LES MENTEUSES

Tome 8 · Aveux

Déjà parus

1. *Confidences*
2. *Secrets*
3. *Rumeurs*
4. *Révélations*
5. *Vengeances*
6. *Dangers*
7. *Représailles*
8. *Aveux*

Les Menteuses

Tome 8
AVEUX

SARA SHEPARD

*Traduit de l'anglais (États-Unis)
par Isabelle Troin*

Fleuve Noir

Titre original :

Wanted

Le Code de la propriété intellectuelle n'autorisant, aux termes de l'article L-122-5 (2ᵉ et 3ᵉ a), d'une part, que « les copies ou reproductions strictement réservées à l'usage privé du copiste et non destinées à une utilisation collective » et, d'autre part, que les analyses et les courtes citations dans un but d'exemple ou d'illustration, « toute représentation ou reproduction intégrale ou partielle, faite sans le consentement de l'auteur ou de ses ayants droit ou ayants cause, est illicite » (art. L.122-4).
Cette représentation ou reproduction, par quelque procédé que ce soit, constituerait donc une contrefaçon sanctionnée par les articles L.335-2 et suivants du Code de la propriété intellectuelle.

© 2010 by Alloy Entertainment and Sara Shepard. All rights reserved.
© 2010 Fleuve Noir, département d'Univers Poche,
pour la traduction française.

Photographie : Ali Smith
ISBN : 978-2-265-08857-3

À trois professeurs d'anglais :
Feu Mary French, Alice Campbell et Karen Bald Mapes

Il est deux tragédies dans la vie. La première est de perdre ce que désire votre cœur. La seconde est de l'obtenir.

George Bernard Shaw

Remerciements

C'est le cœur lourd que je rédige mes remerciements pour le dernier tome de la série des *Menteuses*. Écrire ces livres fut une aventure palpitante du début à la fin, et je n'arrive toujours pas à croire qu'ils ont été au centre de ma vie pendant quatre ans.

Vous êtes nombreux à m'avoir aidée à faire de cette série ce qu'elle est ; je ne vous remercierai jamais assez. D'abord, Lanie Davis, mon éditrice, qui déborde toujours d'idées judicieuses et intelligentes. Lanie a affûté chaque tome – chaque chapitre, et parfois chaque page ! – jusqu'à ce qu'il soit incisif et brillant. Sara Shandler, Les Morgenstein et Josh Bank se sont tous impliqués à fond dans les personnages, leur histoire et la série dans son ensemble. Kristin Marang a créé des buzz géniaux sur Internet, ce qui n'a rien d'évident ! Farrin Jacobs et Kari Sutherland m'ont constamment soutenue et m'ont apporté des suggestions éditoriales fantastiques. Quant à Andy McNicol et Anais Borja chez William Morris, ils m'ont encouragée depuis le début... et envoyé des exemplaires supplémentaires quand j'oubliais les miens dans une librairie ou les offrais à un fan enragé.

Tout mon amour à mes parents, Shep et Mindy, qui sont actuellement obsédés par la Wii Fit. Allez les archers ! Un gros câlin à ma sœur Alison, qui ne ressemble pas du tout à celle de la série (ni à Courtney non plus!). Je suis bien contente qu'on n'ait pas péri en mer ce jour-là!

Plein de bisous à mon mari Joel, qui était au téléphone avec moi le jour où j'ai appris que les *Menteuses* allaient devenir une série, il y a quatre ans. Bienvenue à Josephine et à sa queue en pomme de pin, et au revoir à Zelda, qui faisait un bruit de remorqueur quand elle nageait dans la baie. Tu vas beaucoup, beaucoup nous manquer.

Je voudrais également remercier chacun des fans de la série. Ceux qui ont passé les bouquins à leurs copains de classe, ceux qui ont fait des vidéos YouTube de leur casting idéal pour les *Menteuses*, ceux qui ont posté des messages sur Facebook ou sur Twitter, ou partagé leur avis sur Goodreads – qui que vous soyez, où que vous soyez, vous avez tous une petite place dans mon cœur. Enfin, un grand hourra pour mes professeurs d'anglais au lycée de Downingtown : feu Mary French, Alice Campbell et Karen Bald Mapes. Vous m'avez appris à fuir les phrases interminables ; vous m'avez initiée au drame et à l'absurde, au roman d'apprentissage et aux mauvaises parodies de Hemingway. Et surtout, vous m'avez encouragée – avec parfois beaucoup de véhémence ! – à écrire. Vous avez énormément compté dans ma vie, et je vous en remercie du fond du cœur.

REGARDEZ DE PLUS PRÈS

On dit qu'une photo vaut mieux que mille mots. Une caméra de surveillance surprend une jolie brunette en train de subtiliser une poignée de babioles en or chez Tiffany. Un cliché de paparazzi révèle la liaison entre une starlette et un réalisateur marié. Mais ce que l'image ne dit pas, c'est que la fille est une employée du magasin qui apportait ces bracelets à son patron, ou que le réalisateur a entamé une procédure de divorce un mois avant.

Et les photos de famille ? Prenons celle-ci, par exemple, où papa, maman, fiston et fifille posent avec un large sourire sous le porche d'une luxueuse demeure victorienne. Maintenant, examinons-la de plus près. Le sourire de papa semble forcé. Maman regarde sur la gauche, vers la maison des voisins... ou le voisin lui-même, peut-être. Fiston agrippe la balustrade comme s'il voulait la casser en deux. Et fifille arbore le petit air mystérieux de celle qui dissimule un secret croustillant. La moitié du jardin a été éventré par un énorme bulldozer jaune, et quelqu'un rôde à l'arrière-plan – juste une tache floue de cheveux blonds et de peau claire. Est-ce un garçon, une fille ? Ça pourrait aussi être une illusion créée par la lumière, ou une ombre projetée par un doigt qui traîne devant l'objectif.

À moins que toutes ces choses que vous avez manquées au premier coup d'œil signifient beaucoup plus que vous ne pourriez le deviner.

À Rosewood, quatre jolies filles pensent avoir une image très nette de ce qui s'est passé la nuit où leur meilleure amie a disparu. Un suspect a été arrêté, et l'affaire est désormais classée. Mais si elles passaient leurs souvenirs au peigne fin, si elles se focalisaient sur les zones d'ombre, si elles se concentraient sur les choses qui les préoccupent sans qu'elles parviennent à les identifier et sur les gens qui se trouvent juste sous leur nez, cette image pourrait bien changer du tout au tout. Si elles prenaient une grande inspiration et regardaient de plus près, ces quatre jolies filles seraient peut-être stupéfaites – voire horrifiées – par ce qu'elles découvriraient.

Après tout, la réalité est bien plus étrange que la fiction. Surtout à Rosewood.

C'était une soirée de juin brumeuse et sans lune. Des criquets stridulaient dans les bois sombres et épais. Tout le quartier embaumait les azalées en fleur, les bougies à la citronnelle et le chlore de piscine. Des voitures de luxe flambant neuves étaient rangées bien à l'abri dans des garages trois places. Comme partout ailleurs à Rosewood, une banlieue chic de Pennsylvanie située à trente kilomètres de Philadelphie, pas un brin d'herbe ne dépassait des pelouses soigneusement tondues, et chacun se trouvait là où il devait être.

À une exception près.

Alison DiLaurentis, Spencer Hastings, Aria Montgomery, Emily Fields et Hanna Marin allumèrent toutes les lumières de la grange aménagée en appartement derrière la propriété des Hastings, et entreprirent aussitôt de s'installer pour la soirée pyjama qui célébrerait la fin de leur année de 5e.

Spencer se hâta de jeter à la poubelle plusieurs bouteilles de Corona vides. Elles avaient été bues par sa sœur Melissa et par le petit ami de celle-ci, Ian Thomas, que Spencer avait chassés quelques instants plus tôt. Emily et Aria déposèrent dans un coin leurs fourre-tout LeSportsac, respectivement jaune et bordeaux, qui contenaient leurs affaires pour la nuit. Hanna se laissa tomber sur le canapé et commença à se goinfrer du pop-corn abandonné par Melissa et Ian. Ali referma la porte et tira le verrou. Personne n'entendit le bruit de pas dans l'herbe humide de rosée, ni ne vit le nuage de buée à la fenêtre.

Clic !

— Vous savez quoi, les filles ? lança Ali en se perchant sur l'accoudoir du canapé en cuir. J'ai une idée pour nous occuper ce soir. (La fenêtre était fermée, mais la voix de l'adolescente passait au travers de la vitre mince, bruissant dans la quiétude de cette nuit estivale.) Je sais hypnotiser les gens. Je pourrais vous le faire à toutes en même temps.

Il y eut une longue pause. Spencer tira sur la taille élastique de sa jupe de hockey sur gazon. Aria et Hanna échangèrent un regard inquiet.

— Alleeeeeez, dit Ali, pressant ses mains l'une contre l'autre en une attitude de prière. Emily, tu as envie d'essayer, pas vrai ?

— Euh... (La voix d'Emily tremblait.) En fait...

— Moi, je veux bien le faire, coupa Hanna.

Clic !

Rrrrrrrr.

Les autres acceptèrent à contrecœur. Comment auraient-elles pu refuser ? Ali était la fille la plus populaire de l'Externat de Rosewood, l'établissement scolaire qu'elles fréquentaient toutes. Les garçons voulaient sortir avec elle, les filles voulaient être elle, les parents la trouvaient parfaite, et elle obtenait toujours ce qu'elle désirait.

Quand elle avait choisi Spencer, Aria, Emily et Hanna pour faire partie de sa bande, l'année précédente pendant une opération caritative organisée par l'Externat, ça avait été un rêve devenu réalité. Ali avait pris quatre filles ternes auxquelles personne ne prêtait attention, et elle les avait transformées en stars du collège. Elle les avait emmenées en week-end dans les Poconos, leur avait offert des masques de boue et une place à la meilleure table de la cafétéria du bahut. Mais elle les forçait également à faire des choses qui ne leur plaisaient pas – comme dans l'affaire Jenna, un secret horrible qu'elles avaient juré de garder jusqu'à leur mort. Parfois, elles se sentaient comme des marionnettes dont Ali contrôlait le moindre mouvement.

Depuis quelques semaines, Ali ignorait leurs appels, passait tout son temps libre avec ses copines plus âgées de l'équipe de hockey sur gazon et ne s'intéressait apparemment plus qu'à leurs secrets et à leurs défauts. Elle taquinait Aria au sujet de la liaison que le père de celle-ci entretenait avec l'une de ses étudiantes. Elle se moquait d'Hanna, de sa boulimie de Cheez-It et des dégâts sur son tour de taille. Elle riait cruellement du béguin qu'Emily avait pour elle, et menaçait de révéler à tout le monde que Spencer avait embrassé le petit ami de sa sœur. Les filles avaient l'impression que leur amitié avec Ali leur glissait entre les doigts. Au fond, chacune d'elles se demandait si leur bande existerait toujours le lendemain.

Clic !

Ali se dépêcha d'allumer les bougies parfumées à la vanille avec un Zippo. Puis elle ferma les stores vénitiens, au cas où, et ordonna aux autres de s'asseoir en tailleur sur le tapis rond. Ses amies obéirent, nerveuses et mal à l'aise. Que se passerait-il si Ali réussissait à les hypnotiser ? Chacune d'elles dissimulait un grand secret qu'Ali était la seule à connaître. Un secret qu'elle ne voulait pas révéler aux autres, et encore moins au reste du monde.

Clic !

Rrrrrr.

Lentement, Ali se mit à compter à rebours depuis cent, d'une voix légère et apaisante. Ses amies ne bougèrent pas. Ali fit le tour de la pièce sur la pointe des pieds, longeant l'énorme bureau en chêne, la bibliothèque remplie à craquer et la minuscule kitchenette. Ses amies restèrent docilement immobiles. Aucune d'entre elles ne regarda vers la fenêtre. Et aucune n'entendit les *clic !* mécaniques du vieux Polaroïd qui capturait leur image floue, ni les *rrrrrr* qui accompagnaient la sortie de chaque photo et sa chute sur le sol. L'espace entre les lamelles des stores était juste assez large pour obtenir des clichés acceptables de tout le groupe.

Clic !

Rrrrrr.

Ali venait d'arriver à « un » quand Spencer se leva d'un bond et courut vers la fenêtre de derrière.

— Il fait beaucoup trop noir là-dedans, déclara-t-elle en ouvrant les rideaux d'un geste ample. Je veux de la lumière. Et je ne suis peut-être pas la seule.

Ali regarda les autres, qui avaient toujours les yeux clos. Un sourire moqueur releva le coin de ses lèvres.

— Referme ces rideaux, ordonna-t-elle.

Spencer leva les yeux au ciel.

— Va prendre un cachet.

Ali jeta un coup d'œil dehors, et une expression apeurée traversa son visage. Avait-elle vu ? Savait-elle qui se trouvait dehors ? Devinait-elle ce qui allait suivre ?

Mais quand elle reporta son attention sur Spencer, elle avait les poings serrés.

— C'est toi qui me dis ça?

Clic! L'encombrant appareil éjecta une nouvelle photo. Lentement, une image apparut sur le rectangle de carton.

Spencer et Ali se fixèrent un long moment. Les autres filles étaient toujours assises sur le tapis. Hanna et Emily se balançaient d'avant en arrière comme si elles rêvaient, mais Aria avait les yeux à demi ouverts. Elle regardait Spencer et Ali sans intervenir, se sentant incapable de mettre un terme à leur dispute.

Finalement, Spencer tendit un doigt vers la porte.

— Casse-toi!

— D'accord.

Ali sortit à grandes enjambées et claqua la porte derrière elle.

Un instant, elle demeura immobile, la poitrine soulevée par de profondes inspirations. Les feuilles des arbres chuchotaient dans le vent. L'espèce de lanterne jaune suspendue à l'entrée de la grange éclairait la moitié gauche du corps d'Ali, révélant son air renfrogné mais déterminé. L'adolescente ne jeta pas de coup d'œil effrayé vers le côté de la maison. Elle ne sentait pas la présence dangereuse, pourtant toute proche. Peut-être parce qu'elle était préoccupée par son propre secret. Elle avait quelqu'un à rencontrer – et quelqu'un à éviter.

Au bout d'un moment, elle s'engagea dans l'allée.

Quelques secondes s'écoulèrent. Puis la porte de la grange claqua de nouveau. Spencer rattrapa Ali à la lisière des bois. Leurs chuchotements se firent fiévreux. *Tu essaies de me voler tout ce que j'ai. Mais ça, tu ne l'auras pas. Allez, avoue. Tu l'as lu dans mon journal. Tu as cru que votre baiser était spécial, mais Ian m'a dit que tu ne savais même pas t'y prendre.*

Il y eut un bruit mouillé de chaussures glissant dans l'herbe. Un cri aigu. Un craquement sinistre. Un hoquet horrifié. Puis le silence.

Aria sortit de la grange et regarda autour d'elle.

— Ali ? appela-t-elle.

Pas de réponse. Les mains d'Aria tremblaient comme si, tout au fond d'elle, l'adolescente avait senti qu'elle n'était pas seule.

— Spencer ?

Aria tendit la main et fit tinter le carillon à vent – elle avait trop besoin d'entendre quelque chose.

Elle regagna la grange alors qu'Hanna et Emily revenaient à elle.

— Je viens de faire un rêve trop bizarre, murmura Emily en se frottant les yeux. Ali tombait dans un puits super profond, et il y avait des tas de plantes géantes.

— J'ai rêvé de la même chose ! s'exclama Hanna.

Les deux filles se dévisagèrent, les yeux écarquillés.

Spencer rentra à son tour, éblouie et désorientée.

— Où est Ali ? interrogèrent les autres.

— Je ne sais pas, répondit Spencer d'une voix lointaine. (Elle regarda autour d'elle.) J'ai cru que... Je ne sais pas.

Entre-temps, les Polaroïd avaient été ramassés et soigneusement rangés dans une poche. Mais l'appareil se déclencha de nouveau par accident, et son flash illumina les bardeaux rouges. Une autre photo sortit de la fente.

Clic ! Rrrrr.

Les filles jetèrent un coup d'œil à la fenêtre, aussi immobiles et terrifiées que des biches prises dans les phares d'une voiture. Y avait-il quelqu'un dehors ? Ali ? Ou peut-être Melissa et Ian ? Après tout, ils se trouvaient dans les parages.

Elles restèrent pétrifiées. Deux secondes s'écoulèrent. Puis cinq, puis dix, sans qu'aucun bruit vienne troubler le silence. Ce n'était que le vent, décidèrent-elles. Ou une branche raclant contre la vitre avec un crissement d'ongles sur une assiette.

— Je veux rentrer chez moi, dit Emily.

Les filles sortirent de la grange ensemble – agacées, embarrassées et ébranlées. Ali les avait laissées tomber. Leur amitié était finie. Elles traversèrent le jardin des Hastings, inconscientes des terribles événements qui étaient sur le point de se produire. Le visage à la fenêtre avait disparu; il était parti suivre Ali le long du chemin. Le mécanisme venait de s'enclencher. Le drame était déjà en train de se jouer.

Dans quelques heures, Ali serait morte.

1

Un foyer brisé

Spencer Hastings frotta ses yeux encore collés par le sommeil et glissa une gaufre dans le grille-pain. La cuisine familiale sentait le café tout juste préparé, les viennoiseries et le nettoyant ménager aux agrumes. Les deux labradoodles des Hastings, Rufus et Béatrice, tournaient autour des jambes de la jeune fille en agitant la queue.

La minuscule télé LCD posée dans le coin diffusait un bulletin d'information local. Une journaliste en veste Burberry bleue se tenait debout en compagnie du chef de la police de Rosewood et d'un homme aux cheveux gris et costume noir. « Meurtres de Rosewood », indiquait le titre au bas de l'écran.

— Mon client a été injustement accusé, clama l'homme en costume. (C'était la première fois que l'avocat commis d'office de William « Billy » Ford s'adressait à la presse depuis l'arrestation de ce dernier.) Il est innocent. Il a été piégé.

— Ben voyons, cracha Spencer.

D'une main tremblante, elle se versa du café dans un mug bleu de l'École préparatoire de Rosewood. Pour elle, il ne faisait aucun doute que Billy avait tué sa meilleure amie, Alison DiLaurentis, près de quatre ans plus tôt. Et maintenant, il venait d'assassiner Jenna Cavanaugh, une jeune aveugle qui était dans la même classe que Spencer, et peut-être aussi Ian Thomas – l'ex-petit ami de Melissa, le flirt secret d'Ali et la première personne accusée de son meurtre. Les flics avaient trouvé un T-shirt appartenant à Ian dans la voiture de Billy. À présent, ils cherchaient le cadavre du jeune homme.

Dehors, le camion-poubelle gronda en faisant le tour de l'impasse où habitaient les Hastings. Une seconde plus tard, le même son sortit des haut-parleurs de la télé. Spencer passa dans le salon et écarta les rideaux de la baie vitrée. Comme elle s'en doutait, une camionnette de journalistes était garée le long du trottoir. Un type pivotait pour braquer sa caméra sur la personne en train de parler, tandis qu'un autre s'efforçait de tenir un micro géant immobile malgré le vent. Spencer vit remuer la bouche de la journaliste à travers la vitre et entendit sa voix depuis le poste de la cuisine.

De l'autre côté de la rue, le jardin des Cavanaugh était délimité par du Scotch de police jaune. Une voiture de patrouille restait stationnée dans l'allée depuis le meurtre de Jenna. Le chien guide de la défunte, un gros berger allemand, regardait dehors par la baie vitrée du salon. Il montait la garde depuis deux semaines, comme s'il attendait patiemment le retour de sa maîtresse.

La police avait découvert le corps sans vie de Jenna dans un fossé derrière la maison des Cavanaugh. Selon les journalistes, les parents de la jeune fille avaient trouvé la maison vide en rentrant chez eux un samedi soir. Des aboiements frénétiques résonnaient dans le jardin de derrière. Le chien de Jenna était attaché à un arbre... mais sa maîtresse avait disparu.

Quand les Cavanaugh l'avaient relâché, il avait foncé

droit vers le trou que des plombiers avaient creusé quelques jours plus tôt afin de réparer une canalisation crevée. Le trou qui, hélas, ne contenait plus uniquement une canalisation neuve. On aurait dit que l'assassin de Jenna *voulait* que le corps soit retrouvé.

Une dénonciation anonyme avait mené la police à Billy Ford. Celui-ci avait également été inculpé pour le meurtre d'Alison DiLaurentis. Ça semblait logique : il faisait partie de l'équipe qui installait un pavillon chez les DiLaurentis la semaine de la disparition d'Ali. L'adolescente s'était plainte à plusieurs reprises des coups d'œil lubriques et des remarques salaces que lui jetaient les ouvriers. Sur le coup, Spencer avait cru que son amie se vantait, pour changer un peu. À présent, elle savait qu'Ali avait dit vrai.

Le grille-pain éjecta la gaufre avec un petit bruit métallique, et Spencer rebroussa chemin vers la cuisine. L'image du bulletin d'information avait basculé vers le studio où une présentatrice brune portant de grosses créoles était assise derrière un long bureau.

— La police a découvert sur l'ordinateur portable de M. Ford une série de photos compromettantes qui ont conduit à son arrestation, dit-elle d'une voix grave. Ces photos prouvent que M. Ford espionnait Mlle DiLaurentis, Mlle Cavanaugh et quatre autres adolescentes surnommées les Jolies Petites Menteuses.

Un montage de vieux clichés d'Ali et de Jenna apparut à l'écran. La plupart semblaient avoir été pris à la sauvette de derrière un arbre ou de l'intérieur d'une voiture. Puis vinrent des photos de Spencer, d'Aria, d'Emily et d'Hanna. Certaines dataient de leur année de 5e, quand Ali vivait encore. D'autres étaient plus récentes. L'une d'elles les montrait toutes vêtues de noir au procès de Ian, attendant l'arrivée de l'accusé. Une autre avait été prise alors que, bien emmitouflées contre le froid hivernal, elles discutaient près des balançoires de l'Externat – probablement du nouveau « A ». Spencer frémit.

— Sur l'ordinateur de M. Ford se trouvaient également des messages de menaces identiques à ceux reçus par les anciennes meilleures amies d'Alison, poursuivit la présentatrice.

Une photo de Darren Wilden sortant d'un confessionnal fut rapidement suivie d'une série de mails familiers. Chacun d'eux était signé d'une seule lettre : « A ». Les filles n'avaient plus rien reçu depuis l'arrestation de Billy.

Spencer but une gorgée de café. Mais elle sentit à peine le liquide brûlant couler le long de sa gorge. C'était si bizarre que Billy Ford – un parfait inconnu – soit à l'origine de tout ce qui était arrivé. Elle ne voyait vraiment pas ce qui avait pu le pousser à commettre ces crimes.

— M. Ford a de nombreux antécédents de violence, déclara la présentatrice.

Spencer jeta un coup d'œil par-dessus le bord de son mug. Une vidéo YouTube montrait une mauvaise image de Billy et d'un type avec une casquette de l'équipe des Phillies dans le parking d'un Wawa. L'autre type avait beau être par terre, Billy continuait à le bourrer de coups de pied. Spencer porta une main à sa bouche en l'imaginant faire la même chose à Ali.

— Et voici des photos inédites retrouvées dans la voiture de M. Ford.

Un Polaroïd flou apparut à l'écran. Spencer se pencha en avant et écarquilla les yeux. La photo montrait l'intérieur d'une grange – celle des Hastings, détruite quelques semaines plus tôt dans l'incendie sans doute allumé par Billy pour réduire en cendres les indices le liant aux meurtres d'Ali et de Ian. Quatre filles étaient installées sur un tapis rond au centre de la pièce, la tête baissée. Une cinquième fille se tenait debout au-dessus d'elles, les bras en l'air.

Sur le cliché suivant, elle s'était déplacée de quelques centimètres sur la gauche. Sur celui d'après, une des filles assises s'était levée et approchée de la fenêtre. Spencer reconnut ses cheveux blond foncé et sa jupe de hockey sur gazon roulée à la taille. Elle hoqueta. C'était elle, en plus jeune. Ces photos avaient été prises la nuit de la disparition d'Ali. Billy les avait espionnées depuis l'extérieur de la grange.

Et elles ne s'en étaient jamais doutées.

Quelqu'un toussota sèchement derrière Spencer. La jeune fille fit volte-face. Attablée dans la cuisine, Mme Hastings fixait son Earl Grey d'un air morne. Elle portait un pantalon de yoga gris Lululemon troué au genou, des chaussettes blanches sales et un polo Ralph Lauren beaucoup trop grand pour elle. Ses cheveux pendaient mollement sur ses épaules, et elle avait des miettes de toast sur la joue gauche. D'habitude, la mère de Spencer ne se montrait même pas aux chiens de la famille si elle n'était pas absolument impeccable.

— Maman ? appela Spencer d'un ton hésitant, se demandant si sa mère avait vu les Polaroïd elle aussi.

Mme Hastings tourna lentement la tête vers sa fille, comme si elle bougeait sous l'eau.

— Salut, Spence, répondit-elle d'une voix atone.

Puis elle reporta son attention sur son thé, fixant le sachet qui infusait.

Spencer mordit l'ongle manucuré de son petit doigt. En plus de tout le reste, sa mère se conduisait comme un zombie... et c'était sa faute. Si seulement elle n'avait pas révélé l'horrible secret que lui avait appris Billy-*alias*-« A » – que son père avait eu une liaison avec la mère d'Ali, et qu'Ali était sa demi-sœur. Si seulement elle ne s'était pas laissée convaincre que sa mère était déjà au courant, et qu'elle avait tué Ali pour punir son mari.

Spencer avait accusé sa mère, mais s'était rendu compte que cette dernière ignorait tout et qu'elle n'avait rien fait. Après ça, Mme Hastings avait mis son mari à la porte, et plus ou moins renoncé à poursuivre le cours de sa vie.

Un cliquetis de talons sur le parquet en acajou du hall arracha Spencer à ses réflexions. Sa sœur Melissa fit irruption dans la pièce, enveloppée d'un nuage de Miss Dior. Elle portait une robe-pull Kate Spade bleu pâle et des chaussures grises à petits talons. Ses cheveux blond foncé étaient retenus par un bandeau assorti aux escarpins. Elle tenait un porte-bloc sous le bras, et un stylo Montblanc était coincé derrière son oreille droite.

— Coucou, maman ! lança-t-elle sur un ton guilleret en déposant un baiser sur le front de Mme Hastings. (Puis elle aperçut sa sœur et pinça les lèvres.) Salut, Spence, dit-elle froidement.

Spencer s'affaissa sur la chaise la plus proche. Le soulagement mutuel de retrouver sa sœur vivante la nuit où Jenna avait été assassinée avait duré exactement vingt-quatre heures. À présent, les choses étaient revenues à la normale : Melissa tenait Spencer pour responsable de la destruction de leur famille, la snobait chaque fois qu'elle le pouvait et assumait toutes les tâches de la maison comme l'odieuse lèche-bottes qu'elle avait toujours été.

Melissa brandit son porte-bloc.

— Je vais faire des courses chez Fresh Fields. Tu veux quelque chose de particulier ? demanda-t-elle d'une voix forte, comme si Mme Hastings était nonagénaire et sourde.

— Je ne sais pas, répondit sa mère d'un air morose, en fixant ses paumes ouvertes comme si elles contenaient toute la sagesse du monde. Quelle importance, au fond ? On mange ce qu'il y a dans notre assiette, et quelques heures plus tard, on a de nouveau faim.

Sur ces mots, elle se leva, poussa un gros soupir et se dirigea vers l'escalier en traînant les pieds.

La bouche de Melissa frémit. Le porte-bloc retomba contre sa hanche. Elle regarda Spencer, les yeux plissés. « Tu as vu ce que tu as fait ? » pouvait-on lire sur son visage.

Spencer tourna la tête vers la baie vitrée qui donnait sur le jardin de derrière. Des plaques de verglas bleuté scintillaient dans l'allée. Des stalactites pendaient aux branches noircies des arbres. La grange ravagée par le feu n'était plus qu'un tas de cendres et de bois calciné. Le moulin avait subi le même sort, mais on distinguait encore le graffiti tracé à la peinture rouge sur son mur : MENTEUSE. Les yeux de Spencer se remplirent de larmes. Chaque fois qu'elle regardait là-bas, elle était prise d'une subite envie de monter en courant dans sa chambre, de claquer la porte et de se recroqueviller sous sa couette. Pour une fois, le temps était au beau fixe entre ses parents et elle avant qu'elle ne révèle la liaison de son père avec Jessica DiLaurentis.

À présent, Spencer se sentait comme la première fois qu'elle avait goûté de la glace au cappuccino maison à la crémerie de Hollis. Un seul coup de langue et c'en était fini du cornet entier. De la même façon, après avoir goûté à une vraie vie de famille avec des parents aimants, elle ne pouvait se résoudre à retomber dans l'hostilité et le mépris.

À la télé, le bulletin d'information se poursuivait. Une photo d'Ali emplissait l'écran. Melissa, qui était censée sortir, s'arrêta pour écouter la présentatrice énumérer dans l'ordre chronologique les événements survenus après la disparition d'Ali.

Spencer se mordit la lèvre. Melissa et elle n'avaient pas discuté de la révélation qu'Ali était leur demi-sœur. Mais le fait de le savoir changeait tout. Pendant très longtemps, Spencer avait plus ou moins détesté Ali – cette voisine et soi-disant amie qui contrôlait le moindre de ses gestes et connaissait tous ses secrets. Désormais, cela n'avait plus la moindre importance. Elle aurait juste voulu pouvoir remonter le temps pour la sauver de Billy lors de cette horrible nuit de juin.

Le reportage enchaîna sur un débat. Dans un studio, des gens assis autour d'une grande table style bistrot discutaient du sort de Billy Ford.

— On ne peut plus faire confiance à personne! s'exclama une femme à la peau olivâtre en tailleur rouge cerise. Aucun de nos enfants n'est à l'abri.

— Attendez un peu, intervint un Noir au menton orné d'un bouc. Peut-être devrions-nous laisser le bénéfice du doute à M. Ford. Un homme est innocent tant que sa culpabilité n'a pas été prouvée, pas vrai?

Melissa saisit son sac hobo en cuir verni noir Gucci, qu'elle avait posé sur le comptoir de la cuisine.

— Je ne comprends pas pourquoi ils perdent leur temps à discuter de ça, cracha-t-elle. Ce type mérite de pourrir en enfer.

Spencer lui jeta un coup d'œil gêné. Une bizarrerie de plus dans la maison Hastings : Melissa était fanatiquement convaincue de la culpabilité de Billy. Chaque fois que les médias soulevaient une incohérence dans son dossier, cela mettait la jeune fille dans une rage folle.

— Il va aller en prison, dit Spencer sur un ton rassurant. Tout le monde sait que c'est lui le coupable.

— Tant mieux.

Melissa se détourna, prit les clés de la Mercedes dans le compotier en céramique près du téléphone, boutonna la veste à carreaux Marc Jacobs achetée chez Saks la semaine précédente – apparemment, la destruction de leur famille ne la perturbait pas au point de lui ôter toute envie de faire du shopping – et sortit en claquant la porte.

Comme les invités du débat continuaient à se chamailler, Spencer se dirigea vers la baie vitrée du salon et regarda sa sœur sortir du jardin de devant en marche arrière. Sur ses lèvres flottait un sourire étrange qui donna le frisson à Spencer.

Curieusement, Melissa semblait presque… soulagée.

2

LES SECRETS SONT ENFOUIS MAINTENANT

Aria Montgomery et son petit ami, Noel Kahn, se serrèrent l'un contre l'autre pour marcher depuis le parking des élèves de l'Externat de Rosewood jusqu'à l'entrée du bâtiment principal. Une bouffée d'air tiède les accueillit alors qu'ils se glissaient à l'intérieur. Mais lorsque Aria aperçut la longue table dressée près de la porte de l'auditorium, son sang ne fit qu'un tour. Dessus reposait un portrait de Jenna Cavanaugh.

Le teint de porcelaine de la défunte scintillait presque. L'ébauche d'un sourire flottait sur ses lèvres naturellement rouges. Elle portait de grosses lunettes de soleil Gucci qui dissimulaient ses yeux blessés. « Tu vas nous manquer, Jenna », était-il écrit en lettres dorées au-dessus du portrait. À côté de celui-ci s'entassaient des photos plus petites, des fleurs, des souvenirs et de menus cadeaux. Quelqu'un avait même posé là un paquet de Marlboro Ultra Light alors que la jeune fille n'était pas du tout du genre à fumer.

Aria poussa un petit grognement consterné. Elle avait

entendu dire que l'Externat envisageait de dresser un autel à la mémoire de Jenna, mais c'était d'un mauvais goût!

— Et merde, souffla Noel. On n'aurait pas dû passer par là.

Les yeux d'Aria se remplirent de larmes. Une minute, Jenna était vivante – Aria l'avait vue en train de rire avec Maya Saint-Germain pendant une soirée chez les Kahn. Et la minute d'après... c'était trop affreux pour y penser. Aria aurait dû se sentir soulagée que l'assassin de Jenna ait été arrêté, le meurtre d'Ali enfin résolu, et que les menaces de « A » aient cessé. Mais ce qui était arrivé ne pouvait être défait. Une jeune fille innocente restait morte.

Aria se demandait pourtant si ses amies et elle-même n'auraient pas pu empêcher le drame. Une fois, Billy-*alias*-« A » avait envoyé à Emily une photo de Jenna et d'Ali quand elles étaient plus jeunes. Puis il avait guidé la jeune fille jusque chez les Cavanaugh à un moment où Jenna se disputait avec Jason DiLaurentis. De toute évidence, il avait voulu leur donner un indice sur l'identité de sa prochaine victime.

Peu de temps auparavant, Jenna avait attendu sur la pelouse devant la nouvelle maison d'Aria, comme si elle hésitait à sonner pour dire quelque chose à sa camarade. Mais quand Aria l'avait appelée, elle avait pâli et s'était éloignée très vite. Pressentait-elle que Billy allait s'en prendre à elle? Aria aurait-elle dû se douter que quelque chose clochait?

Une fille de seconde déposa une rose rouge sur la table du souvenir. Aria ferma les yeux. Elle n'avait pas besoin de tout ça pour lui rappeler ce que Billy avait fait. Le matin même, dans un reportage télévisé, elle avait vu une série de Polaroïd que ce taré avait pris la nuit de leur fameuse soirée pyjama. Elle avait eu du mal à croire qu'il se soit trouvé si près d'elles.

Tout en mâchant ses graines de quinoa, Aria avait fouillé

dans sa mémoire, essayant de se rappeler des détails de cette soirée oubliés jusque-là. Avait-elle entendu des bruits étranges dehors, ou vu quelque chose à la fenêtre ? Avait-elle senti un regard furibond l'observer à travers la vitre ? Mais elle n'avait rien retrouvé de plus.

Elle s'adossa au mur qui se trouvait tout au bout du hall. Des garçons de l'équipe d'aviron se pressaient autour d'un iPhone, riant d'une application qui émettait des bruits de chasse d'eau qu'on vient de tirer. Sean Ackard et Kirsten Cullen comparaient leurs réponses au devoir de trigonométrie à rendre ce jour-là. Jennifer Thatcher et Jennings Silver s'embrassaient non loin de l'autel à la mémoire de Jenna. La hanche de Jennifer heurta la table, faisant tomber une petite photo dans un cadre doré.

Un nœud se forma dans la poitrine d'Aria. Traversant la pièce, elle alla redresser la photo. Jennifer et Jennings s'écartèrent l'un de l'autre, l'air coupable.

— Un peu de respect, ça vous ferait mal ? aboya Aria.

Noel lui toucha le bras.

— Viens, lui dit-il gentiment. Sortons d'ici.

Il l'entraîna hors du hall, dans un couloir adjacent. Des élèves debout devant leur casier rangeaient leur manteau ou sortaient leurs livres de cours. Dans un coin du fond, les membres de Shark Tones (le groupe de chant *a cappella* de l'Externat) répétaient leur version de *I Heard It Through the Grapevine* pour un futur concert. Mike Montgomery, le frère d'Aria, faisait semblant de se bagarrer pour de rire avec Mason Byers près des fontaines à eau.

Aria s'approcha de son casier et composa le code du cadenas.

— C'est comme si personne ne se souvenait de ce qui s'est passé, murmura-t-elle.

— Ils ne connaissent peut-être pas d'autre moyen de

réagir, suggéra Noel. (Il posa une main sur le bras de la jeune fille.) Faisons quelque chose pour te changer les idées.

Aria se tortilla pour enlever son manteau en pied-de-poule acheté dans une friperie de Philadelphie.

— Quoi par exemple ? demanda-t-elle en suspendant le vêtement à un crochet dans son casier.

— Rien de précis. Tout ce que tu voudras.

Aria étreignit Noel avec reconnaissance. Il sentait le chewing-gum à la menthe bleue et l'odeur de réglisse de l'arbre désodorisant pendu au rétroviseur de sa Cadillac Escalade.

— Ça ne me déplairait pas d'aller au Clio ce soir, avoua Aria.

Le Clio était un nouveau café à l'ancienne qui venait d'ouvrir dans le centre de Rosewood. Les chocolats chauds y étaient servis dans des chopes larges comme des casquettes de base-ball.

— Vendu, acquiesça Noel. (Puis il frémit et ferma les yeux.) Non, attends. Je suis pris ce soir. J'ai la réunion de mon groupe de soutien.

Aria hocha la tête. Un des frères aînés de Noel s'était suicidé des années auparavant, et le jeune homme appartenait à un groupe de soutien pour frères et sœurs en deuil. Après qu'Aria et ses anciennes amies avaient vu le fantôme d'Ali dans les bois la nuit de l'incendie, la jeune fille avait contacté une médium qui lui avait dit : « Ali a tué Ali », l'amenant à se demander si l'adolescente ne s'était pas donné la mort elle aussi.

— Ça t'aide ? demanda-t-elle doucement.

— Je crois. Attends... (Noel claqua des doigts en regardant quelque chose de l'autre côté du couloir.) Et si on allait à ce truc ?

Il désignait une affiche rose vif couverte de silhouettes

noires qui dansaient, comme sur les anciennes pubs pour l'iPod. Mais plutôt que des Nano ou des Touch, elles tenaient de petits cœurs blancs. « TROUVEZ L'AMOUR AU BAL DE LA SAINT-VALENTIN », clamaient des lettres rouges pailletées.

— Qu'en penses-tu ? demanda Noel sur un ton hésitant. (Il y avait en lui quelque chose de vulnérable qui faisait craquer Aria.) Tu veux être ma cavalière ?

— Oh, bredouilla Aria.

En fait, elle voulait aller à ce bal depuis que Teagan Scott, un beau gosse de seconde, avait invité Ali l'année en 5e. Aria et les autres avaient aidé leur amie à se préparer comme si elle était Cendrillon. Hanna lui avait bouclé les cheveux au fer, Emily l'avait aidée à fermer sa robe qui lui donnait l'allure d'une ballerine en tutu long, et Aria avait eu l'honneur de lui passer autour du cou le pendentif en diamant que Mme DiLaurentis avait prêté à sa fille pour la soirée.

Le lendemain, Ali n'avait parlé que de la sublime fleur que Teagan lui avait apportée pour mettre à son poignet, de la musique géniale que le DJ avait passée et du photographe officiel qui l'avait suivie partout en lui répétant qu'elle était la plus jolie fille de la soirée – comme d'habitude.

Aria jeta un coup d'œil timide à Noel.

— Ça pourrait être sympa.

— Ce sera *sûrement* sympa, corrigea le jeune homme. Je te le promets. (Les yeux bleu vif d'Aria s'adoucirent.) Et tu sais, les gens de l'association sont en train de créer un autre groupe de soutien. Tu devrais peut-être t'inscrire.

— Oh, je ne sais pas, répondit Aria sur un ton vague, en s'écartant pour laisser Gemma Curran ranger son étui à violon dans le casier voisin. La thérapie collective, ce n'est pas trop mon truc.

— Penses-y quand même, lui conseilla Noel.

Puis il se pencha vers elle, l'embrassa sur la joue et partit.

Aria le regarda disparaître dans l'escalier. La thérapie n'était pas la solution : en janvier, ses amies et elle avaient vu une conseillère nommée Marion pour tenter de tourner la page et de laisser Ali derrière elles, mais ça n'avait fait que renforcer leur obsession.

La vérité, c'est que des incohérences troublantes subsistaient encore dans cette affaire, avec tout un tas de questions sans réponses qu'Aria ne pouvait s'empêcher de ruminer. Par exemple, comment Billy pouvait-il en savoir autant sur elles toutes – jusqu'aux plus noirs secrets de la famille Hastings ? Au cimetière, après qu'Aria avait accusé Jason DiLaurentis d'être un malade mental, le jeune homme avait répliqué : « Tu te trompes complètement. » Mais à quel sujet ? De toute évidence, Jason avait été soigné au Radley, un hôpital psychiatrique transformé par la suite en hôtel de luxe. Emily avait vu son nom dans les anciens registres.

Aria claqua la porte de son casier. Tandis qu'elle s'éloignait, elle entendit un gloussement étouffé – celui qui la tourmentait depuis qu'elle avait commencé à recevoir des messages de « A ». Le cœur battant la chamade, elle regarda autour d'elle. Dans le couloir, la foule se dissipait rapidement à mesure que les élèves gagnaient leurs salles respectives pour le premier cours de la journée. Personne ne faisait attention à Aria.

D'une main tremblante, la jeune fille saisit son téléphone portable dans son sac en peau de yak. Elle cliqua sur l'icône « enveloppe », mais elle n'avait pas reçu de nouveau message. Pas de nouvel indice envoyé par « A ».

Elle soupira. Évidemment, puisque Billy avait été arrêté. Et que tous ses soi-disant indices n'avaient servi qu'à égarer les anciennes amies d'Ali. L'affaire était résolue. Les morceaux du puzzle qui ne collaient pas avec le reste ne valaient pas la peine qu'Aria continue à se torturer. Lâchant son Treo dans son sac, la jeune fille essuya ses paumes moites sur son blazer de l'Externat. « *A* » *ne nous tourmentera plus*, se dit-elle. Si elle se le répétait assez souvent, peut-être finirait-elle par y croire.

3

Hanna et Mike, couple vedette

Assise à une table dans un coin du Steam, le café très chic de l'Externat de Rosewood, Hanna Marin attendait son petit ami Mike Montgomery. Ni l'un ni l'autre n'avaient cours en cette fin de journée. Afin de se préparer pour ce mini-rendez-vous, Hanna feuilletait le dernier catalogue Victoria's Secret en cornant certains pages. Mike et elle aimaient chercher les filles qui avaient les seins les plus siliconés.

Autrefois, Hanna jouait à ce jeu avec sa meilleure amie, Mona Vanderwaal, avant que celle-ci ne devienne une folle psychopathe et finisse par se tuer accidentellement. Mais c'était beaucoup plus amusant avec Mike. Beaucoup de choses étaient plus fun avec Mike. Les garçons qu'Hanna avait fréquentés avant lui étaient trop prudes pour mater des filles quasi nues, ou trouvaient méchant de se moquer des autres. Mais le mieux dans tout ça, c'est qu'en tant que membre de l'équipe de lacrosse de l'Externat, Mike jouissait d'une popularité supérieure à celle de tous ses prédécesseurs – y compris Sean Ackard qui, depuis sa rupture avec Aria et son retour dans le club de chasteté, barbait tout le monde avec ses leçons de morale.

L'iPhone d'Hanna sonna. Elle le sortit de son étui en cuir rose. L'écran affichait un e-mail de Jessica Barnes, une journaliste locale qui cherchait des témoignages pour un nouvel article sur Billy Ford – un de plus. *Son avocat affirme qu'il est innocent. Vous voulez commenter ? Et au sujet des Polaroïd de vous quatre la nuit de la disparition d'Alison, avez-vous une déclaration à faire ? Contactez-moi sur Twitter ! J.*

Hanna effaça le mail sans y répondre. L'idée que Billy puisse être disculpé était absurde. Les avocats étaient sans doute obligés de dire ça à propos de tous leurs clients, même quand ils défendaient le pire criminel que la Terre ait jamais porté.

Quant aux clichés flous et flippants qui la montraient dans la grange des Hastings en compagnie de ses anciennes amies, Hanna préférait ne pas y penser. Elle aurait voulu oublier à jamais cette maudite soirée. Chaque fois que son esprit revenait vers les meurtres d'Ali, de Ian et de Jenna, ou vers le fait que Billy les avait espionnées, ses amies et elle, son cœur se mettait à battre plus fort que le *beat* d'un morceau de techno. Que serait-il arrivé si les flics n'avaient pas arrêté Ford ? Hanna aurait-elle été sa prochaine victime ?

Elle jeta un coup d'œil vers le couloir du lycée en priant pour que Mike se dépêche. Adossés aux casiers, quelques élèves pianotaient furieusement sur leurs BlackBerry. Un garçon de seconde à face d'écureuil griffonnait quelque chose sur sa main – sans doute une antisèche pour une interro. Naomi Zeigler, Riley Wolfe et la future demi-sœur d'Hanna, Kate Randall, se tenaient près d'un grand portrait à l'huile de Marcus Wellington, un des fondateurs de l'Externat, riant de quelque chose qu'Hanna ne pouvait pas voir. Toutes avaient les cheveux brillants, une jupe d'uniforme raccourcie qui leur arrivait huit bons centimètres au-dessus du genou, des mocassins Tod's assortis et des collants imprimés J. Crew.

Hanna lissa le nouveau top en soie Nanette Lepore acheté la veille chez Otter, sa boutique préférée dans le centre commercial King James, et passa les doigts dans ses cheveux auburn soigneusement lissés – elle était allée se faire faire un brushing au spa Fermata le matin même. Elle était parfaitement glamour. Elle ne ressemblait pas du tout à une fille qui sortait tout juste de l'asile. Encore moins à une victime de sa cinglée de compagne de chambre, ou à une innocente ayant croupi deux heures en prison quinze jours auparavant. Et définitivement pas à quelqu'un que les gens mépriseraient ou éviteraient.

Malgré son apparence impeccable, chacune de ces choses s'était pourtant produite. Tom Marin avait prévenu Kate qu'elle aurait de gros ennuis si quelqu'un apprenait qu'Hanna avait séjourné au Sanctuaire d'Addison-Stevens. C'était Billy-*alias*-« A » qui avait envoyé la jeune fille là-bas, en convainquant son père que l'endroit était idéal pour l'aider à surmonter son stress post-traumatique. Mais tout avait capoté lorsque le magazine *People* avait publié une photo d'Hanna au Sanctuaire.

La jeune fille était devenue une paria. À peine avait-elle remis les pieds à l'Externat de Rosewood qu'elle avait été éjectée de la bande de Kate, Naomi et Riley. Peu de temps après, elle avait découvert le mot CINGLÉE gribouillé au feutre indélébile sur la porte de son casier. Puis elle avait reçu une demande d'amitié Facebook de la part d'une certaine Hanna Cinglée Marin. Inutile de préciser que celle-ci n'avait aucun autre ami sur le réseau.

Quand Hanna s'était plainte de la fuite à son père – elle

savait qu'elle venait de Kate –, M. Marin avait juste haussé les épaules et répondu :

— Je ne peux pas vous forcer à bien vous entendre.

Hanna se leva, lissa de nouveau ses vêtements et se fraya un chemin à travers la foule. Mason Byers et James Freed avaient rejoint Naomi, Kate et Riley. Hanna fut surprise de constater que Mike se trouvait aussi avec eux.

— Ce n'est pas vrai, protesta-t-il, les joues et le cou rose vif.

— Si tu le dis, mon pote. (Mason leva les yeux au ciel.) Je sais très bien que c'est ton casier.

Il orienta l'écran de son iPhone vers Naomi, Kate et Riley, qui poussèrent des cris perçants et des grognements dégoûtés.

Hanna pressa la main de Mike.

— Que se passe-t-il ?

— Quelqu'un a envoyé une photo de mon casier de lacrosse à Mason, expliqua Mike, ses yeux bleu gris écarquillés. Mais ce n'est pas à moi, je le jure !

— Ben voyons, Traces de Pneus, le taquina James.

— Qu'est-ce qui n'est pas à toi ? (Hanna jeta un bref coup d'œil à Naomi, Kate et Riley, qui fixaient toujours l'iPhone de Mason.) Qu'est-ce qui n'est pas à lui ? répéta-t-elle fermement.

— Oh, le vilain dérapage, gloussa Riley.

Mason et James ricanèrent en se poussant du coude.

— C'est faux, protesta Mike. Quelqu'un a voulu me jouer un mauvais tour.

— C'est plutôt toi qui as raté le tournant, s'esclaffa Mason.

Tout le monde se remit à rire, et Hanna arracha l'iPhone des mains de Mason. Sur l'écran s'affichait une photo d'un des casiers de sport de l'Externat. Hanna reconnut le sweat à capuche Ralph Lauren bleu de Mike suspendu à un crochet, et sur l'étagère du haut, son coq en peluche porte-bonheur Kellogg's CornFlakes. Au premier plan se détachait un boxer blanc D&G qui portait de très distinctes... traces de pneus.

Lentement, Hanna dégagea sa main de celle de Mike et s'écarta de lui.

— Je ne porte même pas de sous-vêtements D&G, enragea Mike en pointant un doigt sur l'écran de l'iPhone comme pour effacer la photo incriminante.

Naomi poussa un glapissement.

— Huuuuu, Mason, Traces de Pneus a touché son téléphone.

— Dégueu, renchérit James.

Mason reprit son iPhone à Hanna, le tenant d'un air dégoûté entre pouce et index.

— Beurk. Des germes de Traces de Pneus!

Deux blondes de 3e, qui se tenaient de l'autre côté du hall, chuchotaient en regardant le petit groupe. Une d'elles prit une photo avec son propre téléphone.

Hanna foudroya Mason du regard.

— Qui t'a envoyé ça?

Le jeune homme fourra les mains dans les poches de son pantalon à fines rayures.

— Un citoyen inquiet. Je n'ai pas reconnu le numéro.

L'affiche annonçant la prochaine soirée du club de cuisine française ondula et se brouilla sous les yeux d'Hanna. C'était exactement le genre de message que « A » aurait envoyé. Mais « A », c'était Billy, et il avait été arrêté.

— Tu me crois, hein? demanda Mike en reprenant la main d'Hanna.

— Oooh, que c'est mignon, roucoula Riley en donnant un coup de coude à Naomi. Traces de Pneus a trouvé une fille qui se fiche de ses sous-vêtements crados!

— C'est vrai qu'ils forment un joli couple, gloussa Kate. Cinglée et Traces de Pneus.

Tout le groupe éclata de rire.

— Je ne suis pas cinglée, se défendit Hanna d'une voix éraillée.

Ce qui n'eut aucun effet sur l'hilarité générale.

La jeune fille promena un regard hébété à la ronde. De nombreux élèves les observaient avec curiosité. Un professeur assistant passa même la tête hors de son laboratoire de biologie pour jeter un coup d'œil dans le hall.

— Fichons le camp d'ici, murmura Mike à l'oreille d'Hanna.

Il tourna les talons et s'en fut à grands pas furieux. Un de ses lacets était défait ; il n'y prêta aucune attention. Hanna voulut le suivre, mais ses pieds semblaient collés au plancher de marbre poli, et loin de s'arrêter, les rires moqueurs se multipliaient autour d'elle.

C'était encore pire que la fois où, en CM2, Ali, Naomi et Riley avaient traité Hanna de « boule de gras » en cours de gym et lui avaient enfoncé l'index dans le ventre l'une après l'autre. Plus horrible que la fois où sa soi-disant meilleure amie, Mona Vanderwaal, lui avait envoyé une robe six tailles trop petite, et où le vêtement avait explosé dès qu'Hanna était arrivée à l'anniversaire de Mona. Mike était censé être populaire. *Elle* aussi. Et maintenant, tout le monde les traitait comme des... pestiférés.

Hanna fonça à travers le hall et sortit en trombe. L'air glacial de février lui mordit le nez et fit claquer les drapeaux plantés au milieu du green. Ils n'étaient plus en berne, mais quelques personnes avaient déposé des fleurs au pied de leur mât pour honorer la mémoire d'Ali et de Jenna. Des bus scolaires ronronnaient le long du trottoir, prêts à ramener les élèves chez eux. Deux corbeaux se blottissaient sous un saule aux branches minces. Une ombre noire se faufila derrière un buisson touffu.

Hanna repensa à la photo d'elle parue dans *People*, et elle en eut la chair de poule. La tarée qui partageait sa chambre au Sanctuaire, Iris, l'avait prise dans une pièce secrète aux murs couverts de graffitis réalisés par d'anciennes patientes. Derrière la tête d'Hanna, étrangement près de son visage, se détachait un portrait d'Ali. Impossible de s'y tromper. La fille du dessin avait l'air menaçante et... vivante. « Je sais quelque chose que tu ignores, semblait-elle dire. Et je ne te le révélerai pas. »

À cet instant, quelqu'un tapa sur l'épaule de la jeune fille. Elle poussa un cri et fit volte-face. Emily Fields recula de deux pas en levant les mains.

— Pardon !

Hanna passa les doigts dans ses cheveux et prit de grandes inspirations pour se calmer.

— Mon Dieu, grogna-t-elle. Ne fais plus jamais ça.

— Je te cherchais, dit très vite Emily. On vient de m'appeler au secrétariat pour prendre un coup de fil. C'était la mère d'Ali.

— Mme DiLaurentis ? (Hanna fronça le nez.) Pourquoi t'a-t-elle dérangée au bahut ?

Emily frotta ses mains nues l'une contre l'autre.

— Ils tiennent une conférence de presse chez eux en ce moment même, répondit-elle. Mme DiLaurentis voudrait que nous venions toutes. Elle a quelque chose à nous dire.

Un frisson glacial parcourut le dos de Hanna.

— Qu'est-ce que ça signifie ?

— Aucune idée. (Emily avait les yeux écarquillés, et ses taches de rousseur se détachaient sur sa peau pâle.) Mais on ferait mieux de se dépêcher. Ça va bientôt commencer.

4

ℒA BOMBE BLONDE

Assise dans le siège passager de la Prius d'Hanna, Emily regardait défiler Lancaster Avenue tandis que le soleil hivernal déclinait sur l'horizon. Les deux filles fonçaient vers Yarmouth, où les DiLaurentis vivaient désormais. Spencer et Aria les rejoindraient sur place.

— Tourne à droite ici, dit Emily en suivant les instructions fournies par Mme DiLaurentis.

Elles pénétrèrent dans un lotissement du nom de Darrow Farms. L'endroit semblait avoir été une véritable exploitation agricole autrefois, avec des collines verdoyantes, des pâturages et un tas de champs cultivés, mais un promoteur l'avait découpé en parcelles toutes identiques pour y construire d'énormes maisons. Chacune d'elles avait une façade de pierre, des volets noirs et un jardin planté d'érables japonais.

Trouver celle des DiLaurentis ne fut pas difficile : une foule compacte se massait sur le trottoir ; une estrade avait été dressée dans le jardin de devant, et des essaims entiers de journalistes et de cameramen se pressaient autour des barrières de sécurité. Plusieurs flics portant un pistolet à la ceinture montaient la garde sous le porche.

Les correspondants des chaînes de télévision et des journaux locaux n'étaient pas les seuls à vouloir assister à la déclaration des DiLaurentis. Parmi la foule, Emily aperçut nombre de simples curieux, notamment Lanie Iler et Gemma Curran, deux filles de son équipe de natation qui étaient adossées à un séquoia. Melissa Hastings, la sœur de Spencer, traînait près d'un SUV Mercedes.

— Wouah, souffla Emily.

La nouvelle s'était répandue comme une traînée de poudre. Les DiLaurentis devaient s'apprêter à faire une déclaration fracassante.

Emily claqua la portière de la Prius et les deux amies se dirigèrent vers la foule. Emily avait oublié de prendre des gants et, à cause du froid, elle ne sentait déjà presque plus ses doigts. Elle avait la tête ailleurs depuis la mort de Jenna. Elle dormait très mal la nuit et ne mangeait presque plus.

— Em?

Emily pivota et fit signe à Hanna qu'elle la rattraperait dans une minute. Maya Saint-Germain se tenait derrière elle, près d'un garçon au bonnet enfoncé jusqu'aux oreilles. Sous son manteau de laine noire, elle portait un T-shirt marin à encolure, un jean et des bottines en cuir noirs. Ses cheveux bouclés étaient retenus par une pince en écailles de tortue, et ses lèvres couvertes de baume anti-gerçures à la cerise. Emily vit qu'elle mâchait un chewing-gum à la banane, et cela lui rappela leur premier baiser.

— Salut, dit-elle prudemment.

Emily et elle n'étaient pas exactement en bons termes – pas depuis que Maya l'avait surprise en train d'embrasser une autre fille.

Les lèvres de son ex tremblèrent, et elle éclata en sanglots.

— Je suis désolée, bredouilla-t-elle en se couvrant le visage de ses mains. C'est vraiment dur. Je n'arrive pas à croire que Jenna...

Emily éprouva un pincement de culpabilité. Ces derniers temps, elle avait souvent vu Maya et Jenna ensemble – dans les couloirs de l'Externat, au centre commercial King James, et même dans le public d'un concours de plongeon.

Un léger mouvement derrière la baie vitrée des DiLaurentis attira l'attention d'Emily. On aurait dit que quelqu'un avait écarté le rideau et l'avait laissé retomber. Un instant, elle se demanda si c'était Jason. Puis elle aperçut le jeune homme près de l'estrade, en train de pianoter sur son téléphone portable.

Elle reporta son attention sur Maya, qui venait de sortir un sac plastique Wawa de sa besace kaki.

— Je voulais te donner ça, dit la jeune fille. Les ouvriers qui nettoient les dégâts de l'incendie me l'ont apporté en croyant que c'était à moi, mais je me souviens l'avoir vu dans ta chambre.

Emily plongea sa main dans le sac et en sortit un porte-monnaie en cuir verni rose. Un E plein d'arabesques se détachait sur le devant, et la fermeture Éclair était rose pâle.

— Oh, mon Dieu, souffla Emily.

Ali lui avait offert ce porte-monnaie en 6e. Il faisait partie des « reliques » qu'Emily et les autres avaient enterrées dans le jardin des Hastings avant l'ouverture du procès de Ian. La thérapeute avait affirmé que ce rituel les aiderait à tourner la page, mais depuis, Emily regrettait d'avoir sacrifié ce souvenir d'Ali.

— Merci, dit-elle en le serrant contre sa poitrine.

— Pas de quoi. (Maya referma sa besace.) Bon, ben je vais retrouver mes parents.

À travers la foule, elle désigna M. et Mme Saint-Germain

qui se tenaient près de la boîte aux lettres des DiLaurentis, et semblaient un peu perdus.

— Bye.

Emily se détourna. Hanna avait rejoint Spencer et Aria près des barrières de sécurité. Emily ne les avait pas vues ensemble depuis l'enterrement de Jenna. Déglutissant avec difficulté, elle se fraya un passage à travers la foule jusqu'à ses anciennes amies.

— Salut, dit-elle tout bas à Spencer.

Celle-ci lui jeta un coup d'œil gêné.

— Salut.

Aria et Hanna adressèrent un petit signe de tête à la nouvelle venue.

— Ça va, vous ? demanda Emily.

Aria passa les doigts à travers les franges de sa longue écharpe noire. Hanna fixa l'écran de son iPhone sans répondre. Spencer se mordit la lèvre inférieure. Aucune d'elles ne semblait ravie de retrouver les autres.

Emily tourna et retourna le porte-monnaie rose dans ses mains, espérant qu'une de ses anciennes amies le reconnaîtrait. Elle mourait d'envie de leur parler d'Ali, mais quelque chose s'interposait entre elles depuis la découverte du corps de Jenna. La même chose s'était déjà produite après la disparition d'Ali : c'était plus facile pour elles de s'ignorer mutuellement que de ressasser leurs horribles souvenirs.

Pourtant, Emily tenta de nouveau d'engager la conversation :

— À votre avis, que vont-ils dire ?

Aria sortit un tube de baume anti-gerçures à la cerise et en appliqua sur ses lèvres.

— C'est toi que Mme DiLaurentis a appelée. Elle ne te l'a pas précisé ?

Emily secoua la tête.

— Elle a raccroché hyper vite ; je n'ai pas eu le temps de lui demander.

— C'est peut-être à propos des déclarations d'innocence de Billy, suggéra Hanna en s'appuyant contre la barrière, qui oscilla légèrement.

Aria frissonna.

— J'ai entendu dire que son avocat voulait faire lever toutes les charges sous prétexte que les flics n'ont pas trouvé une seule empreinte de botte dans le jardin des Cavanaugh. Ils n'ont aucune preuve qui le relie à la scène du crime.

— C'est ridicule, aboya Spencer. Il avait toutes ces photos de nous, les messages envoyés par « A »...

— Mais vous ne trouvez pas ça bizarre que ce soit lui ? murmura Aria en tripotant une peau morte autour de l'ongle de son pouce. Il sort de nulle part, non ?

Le vent tourna, apportant une odeur âcre de bouse de vache depuis une ferme voisine. Emily était d'accord avec Aria : l'assassin d'Ali appartenait au cercle de ses proches. Ce Billy était un inconnu, juste un type bizarre qui avait réussi à mettre au jour leurs plus noirs secrets – un peu comme Mona Vanderwaal lorsqu'elle avait découvert le journal intime abandonné d'Ali.

— Je suppose. (Hanna frissonna.) Mais c'est quand même lui qui l'a fait. J'espère qu'il moisira en prison jusqu'à la fin de ses jours.

Le micro du podium émit un sifflement perçant. Emily sursauta et leva la tête. Mme DiLaurentis sortit de la maison. Elle portait un fourreau noir, une étole en vison et des escarpins noirs. Dans ses mains, elle tenait une pile de petites cartes sur lesquelles elle avait rédigé des notes. Son mari au nez crochu la suivait, encore plus maigre que dans le souvenir d'Emily.

La jeune fille remarqua également l'agent Darren Wilden

qui se tenait les bras croisés sur la poitrine au milieu des policiers. Elle grimaça. Wilden n'avait peut-être pas tué son ancienne petite amie amish, mais il y avait quelque chose de louche chez lui. Il n'avait pas cru à l'existence du nouveau « A », même quand Emily et les autres lui avaient montré ses messages menaçants. Et après l'incendie, il leur avait fait promettre de ne pas raconter qu'elles avaient vu Ali dans les bois.

La foule se tut. Des flashes se déclenchèrent.

— Ça tourne, chuchota quelqu'un près d'Emily.

Mme DiLaurentis esquissa un pâle sourire.

— Merci d'être venus, dit-elle. Les quatre dernières années ont été difficiles et douloureuses pour toute notre famille, mais nous avons reçu énormément de soutien. Je tenais à vous dire que nous allons bien, et que nous sommes soulagés de pouvoir enfin tourner la page du meurtre de notre fille.

Il y eut quelques applaudissements épars. La mère d'Ali poursuivit :

— Deux tragédies se sont produites à Rosewood, emportant deux jeunes filles belles et innocentes. J'aimerais que nous fassions une minute de silence pour Alison et pour Jenna.

Par-delà la foule, elle regarda les Cavanaugh qui se tenaient à moitié cachés derrière un gros chêne. La mère se pinçait les lèvres pour ne pas pleurer, et le père fixait obstinément un emballage de chewing-gum argenté à ses pieds.

Emily entendit quelqu'un renifler. Un corbeau croassa. Le vent siffla, agitant les branches nues. Quand Emily reporta son attention sur la maison des DiLaurentis, elle vit de nouveau bouger quelque chose derrière la baie vitrée.

Mme DiLaurentis se racla la gorge et baissa les yeux vers ses fiches.

— Mais ce n'est pas la raison pour laquelle nous vous avons fait venir, lut-elle tout haut. Notre famille dissimule un secret depuis longtemps – pour des raisons de sécurité, essentiellement. Nous pensons que le moment est venu de dévoiler la vérité.

Emily eut l'impression qu'on avait lâché un papillon à l'intérieur de son ventre. *Quelle vérité?*

La bouche de Mme DiLaurentis trembla. Elle prit une grande inspiration.

— Nous avons un autre enfant. Quelqu'un qui n'a pas toujours vécu avec nous à cause de... (Elle marqua une pause et se gratta nerveusement le nez.)... de problèmes de santé.

Un murmure parcourut la foule. L'esprit d'Emily était en ébullition. Que venait de dire la mère d'Ali ? Emily saisit la main d'Aria, qui pressa la sienne en retour.

Mme DiLaurentis haussa la voix pour se faire entendre par-dessus les chuchotements de plus en plus forts.

— Notre fille est récemment sortie de l'hôpital. Guérie. Mais nous espérions la protéger contre la curiosité malsaine des gens jusqu'à ce que le véritable meurtrier de sa sœur soit derrière les barreaux. Grâce à l'agent Wilden et à son équipe, c'est désormais chose faite.

Elle pivota et fit un signe du menton à Wilden, qui inclina modestement la tête. Quelques personnes applaudirent. Emily sentit remonter dans sa gorge le goût du sandwich au miel et au beurre de cacahouète qu'elle avait mangé le midi. *Une fille?*

— Sur ce, le moment est venu de vous la présenter, reprit Mme DiLaurentis en désignant la maison d'un grand geste.

La porte d'entrée s'ouvrit. Une jeune fille sortit sous le porche.

Emily laissa échapper le porte-monnaie de ses mains inertes.

— Quoi ? s'exclama Aria se détachant de son amie.

Spencer agrippa l'épaule d'Emily, et Hanna s'affaissa lourdement contre la barrière de sécurité.

La jeune fille sous le porche avait des cheveux blonds, un teint de porcelaine et un visage en forme de cœur. Ses yeux très bleus se posèrent presque immédiatement sur Emily. Elle soutint le regard de cette dernière et, lentement, lui fit un clin d'œil charmeur. Tout le corps d'Emily se changea en guimauve fondue.

— Ali ? balbutia-t-elle.

Mme DiLaurentis se pencha vers le micro.

— Je vous présente Courtney, la sœur jumelle d'Ali.

5

Au moment où vous pensiez que ça ne pouvait pas devenir plus dingue

Les murmures se muèrent en rugissements tandis que les flashes crépitaient en rafale et que beaucoup de gens se mettaient à taper frénétiquement sur le clavier de leur téléphone.

— Une jumelle ? répéta Spencer d'une voix faible.

Ses mains tremblaient de manière irrépressible.

— Oh, mon Dieu, souffla Aria en portant une main à son front.

Emily dévisagea la fille blonde en clignant des yeux, comme si elle n'arrivait pas à croire que cette apparition soit réelle. Hanna se suspendit à son bras.

Une partie de la foule pivota vers les anciennes amies d'Alison.

— Tu crois qu'elles savaient ? chuchota quelqu'un.

Le cœur de Spencer battait aussi vite que les ailes d'un colibri. Non, elles ne savaient pas. Ali leur avait dissimulé beaucoup de secrets : sa relation clandestine avec Ian, son amitié avec Jenna, la raison pour laquelle elle avait laissé tomber Naomi et Riley en 6ᵉ. Mais l'existence d'une sœur jumelle surpassait tout le reste.

Spencer détailla la jeune fille sous le porche. Courtney était grande, avec des cheveux un peu plus foncés et un visage un peu plus étroit que celui d'Ali. À ceci près, elle était identique à la défunte. Elle portait des leggings et des ballerines noirs, une maxi-chemise à carreaux bleue et une veste blanche près du corps. Un foulard rayé était noué autour de son cou, et elle avait attaché ses cheveux en chignon. Avec sa moue boudeuse et ses yeux couleur de saphir, elle ressemblait à un mannequin français.

Du coin de l'œil, Spencer vit sa sœur Melissa se frayer un chemin à travers la foule. Contournant les barrières de sécurité, elle se dirigea droit vers Jason DiLaurentis et lui chuchota quelque chose à l'oreille. Jason blêmit, se tourna vers la jeune fille et lui répondit à voix basse.

L'estomac de Spencer se tordit. Que faisait Melissa ici ? Et que venait-elle de dire à Jason ? Spencer ne les avait pas vus parler ensemble depuis qu'ils étaient tous les deux au lycée.

Melissa se tordit le cou afin de dévisager Courtney. Cette dernière la vit et frémit. Son sourire s'effaça.

Qu'est-ce que...

— Que pensez-vous des protestations de William Ford, qui clame son innocence ? lança une voix dans l'assemblée, arrachant Spencer à ses pensées.

La question venait d'un grand journaliste blond placé au premier rang.

Mme DiLaurentis grimaça.

— Je trouve ça ridicule et honteux. Les preuves contre lui sont accablantes.

Spencer reporta son attention sur Courtney. Elle eut un étourdissement. C'était tellement bizarre ! La jumelle d'Ali soutint son regard, puis jeta un coup d'œil aux trois autres filles et leur désigna la porte latérale de la maison.

Emily se raidit.

— Elle veut qu'on...?

— Impossible, coupa Spencer. Elle ne nous connaît même pas.

Courtney se pencha et chuchota quelque chose à l'oreille de sa mère. Mme DiLaurentis acquiesça et sourit.

— Ma fille se sent quelque peu submergée. Elle va rentrer se reposer.

Courtney se tourna vers la porte. Avant de disparaître à l'intérieur, elle regarda par-dessus son épaule et haussa un sourcil.

— On y va? demanda Hanna, mal à l'aise.

— Non! hoqueta Aria en même temps qu'Emily s'exclamait :

— Oui!

Spencer se mordilla l'ongle du petit doigt.

— Ça ne pourra pas nous faire de mal de voir ce qu'elle veut. (Elle prit le bras d'Aria.) Viens.

Les quatre filles se dirigèrent vers le côté de la maison, contournèrent un buisson de gui touffu et se faufilèrent par la porte latérale peinte en rouge.

L'immense cuisine sentait le clou de girofle, l'huile d'olive et le désodorisant. Une des chaises formait un angle étrange avec la table, comme si son occupant venait juste de se lever en négligeant de la repousser. Spencer reconnut les vieux pots à farine et à sucre en porcelaine de Delft posés près du micro-ondes pour les avoir déjà vus dans l'ancienne maison des DiLaurentis. Quelqu'un avait commencé une liste de courses et l'avait fixée sur la porte du frigo avec un aimant. « Confiture. Oignons au vinaigre. Pain français. »

Quand Courtney apparut sur le seuil, l'ombre d'un

sourire se dessina sur son visage étrangement familier. Les jambes de Spencer se changèrent en gelée de groseille, et Aria poussa un petit couinement.

— Je vous promets que je ne mords pas, dit Courtney avec la même voix rauque et séduisante qu'Ali. Je voulais juste vous parler une minute avant que ça devienne trop la folie.

Spencer rassembla nerveusement ses cheveux blonds comme pour les attacher en queue-de-cheval. Elle ne pouvait détacher les yeux de Courtney. On aurait dit qu'Ali avait rampé hors du trou au fond de son ancien jardin et que sa chair s'était reconstituée sur son squelette.

Les filles continuèrent à se fixer en silence, les yeux écarquillés. La pendule du micro-ondes passa de 3 h 59 à 4 h 00. Courtney saisit sur le comptoir un bol jaune plein de bretzels et les rejoignit.

— Vous étiez les copines de ma sœur, pas vrai? Spencer, Emily, Hanna et Aria? demanda-t-elle en les désignant successivement.

— Oui.

Elles s'assirent autour de la table. Spencer agrippa le bord de sa chaise cannelée en se souvenant de la fois où, l'année de leur 6e, Emily, Aria, Hanna et elle s'étaient faufilées dans le jardin des DiLaurentis dans l'espoir de voler le morceau de drapeau d'Ali. Celle-ci était sortie sous le porche et les avait surprises. Elle portait un T-shirt rose et des sandales compensées.

Après les avoir informées qu'elles arrivaient trop tard – quelqu'un lui avait déjà dérobé son trophée –, elle leur avait demandé leur nom, comme si elle était trop populaire pour se souvenir d'elles alors qu'elle les voyait chaque jour à l'Externat et que Spencer était sa voisine. C'était la première fois qu'elle leur adressait la parole. Une semaine plus tard, elle les avait choisies pour devenir ses nouvelles meilleures amies.

— Ali me parlait de vous.

Courtney proposa des bretzels aux filles, qui secouèrent toutes la tête. Spencer ne voyait pas comment elle aurait pu avaler quoi que ce soit alors qu'elle avait l'estomac à l'envers.

— Mais elle ne vous a jamais parlé de moi, pas vrai?

— N-non, croassa Emily. Pas une seule fois.

— Dans ce cas, ça doit vous faire bizarre, compatit Courtney.

Spencer tripota un sous-verre en liège sur lequel était écrit MARTINI TIME! en lettres façon années 1950.

— Alors, euh... Où étais-tu? interrogea Aria. Dans un hôpital?

Non que Courtney ait l'air malade. Au contraire, sa peau irradiait comme si elle était éclairée de l'intérieur, et ses cheveux blonds brillaient comme si elle se faisait un masque hydratant toutes les heures. Tandis que Spencer la dévisageait, une idée la frappa aussi violemment qu'une météorite : si Ali était sa demi-sœur, Courtney l'était aussi.

Soudain, elle réalisa combien la jeune fille ressemblait à son père... et à Melissa... et à elle. Courtney avait les longs doigts fins et le nez retroussé de leur père, les yeux bleu ciel de Melissa et la même fossette que Spencer – et que Nana Hastings – à la joue droite. C'était stupéfiant que Spencer n'ait pas remarqué ces ressemblances quand Ali était encore en vie. D'un autre côté, elle n'avait pas de raison d'en chercher à l'époque.

Courtney mâchait pensivement ses bretzels, dont le craquement résonnait dans toute la cuisine.

— En quelque sorte, répondit-elle. J'étais dans un endroit appelé le Radley. Puis c'est devenu un hôtel et on m'a transférée ailleurs, au Sanctuaire d'Addison-Stevens, dit-elle avec un accent anglais distingué, en levant les yeux au ciel.

Spencer et ses amies échangèrent un regard. *Évidemment.* Ce n'était pas Jason DiLaurentis qui avait été soigné au Radley, mais Courtney. Le nom du jeune homme figurait dans les registres parce qu'il avait rendu visite à sa sœur. Et Hanna avait dit qu'Iris, la fille qui partageait sa chambre au Sanctuaire, avait dessiné un portrait d'Ali dans une sorte de chambre secrète. Mais c'était Courtney qu'Iris avait dû rencontrer.

— Donc, tu souffrais de... troubles mentaux ? lança Aria sur un ton hésitant.

Courtney pointa un bretzel vers elle comme s'il s'était agi d'un couteau.

— Ces établissements ne sont pas réservés aux fous, aboya-t-elle.

— Oh. (Les joues d'Aria s'empourprèrent.) Désolée. Je ne savais pas.

Courtney haussa les épaules et baissa les yeux vers son bol. Spencer attendit qu'elle leur explique la raison de son séjour en hôpital psychiatrique, mais la jeune fille n'ajouta rien.

Finalement, elle releva la tête.

— Bref. Désolée de m'être enfuie la nuit de l'incendie. J'imagine que ça a dû vous perturber.

— Oh, mon Dieu, c'était toi ! s'exclama Hanna.

Spencer fit courir ses doigts le long d'un set de table en lin bleu. C'était une explication beaucoup plus logique qu'une apparition du fantôme d'Ali, ou même une hallucination collective.

Emily se pencha en avant, et ses cheveux blond vénitien lui tombèrent devant la figure.

— Que faisais-tu dans les bois ?

Courtney rapprocha sa chaise de la table.

— J'ai reçu un message – de Billy, j'imagine – disant qu'il y avait là-bas quelque chose que je devais absolument voir. (Elle grimaça.) Je n'étais pas censée sortir de la maison, mais le message disait que ça aiderait à résoudre le mystère de la mort d'Ali. Je venais juste d'arriver quand le feu s'est déclenché. J'ai cru que j'allais mourir... mais Aria m'a sauvée. (Elle toucha le bras de la jeune fille.) Merci, au fait.

Aria ouvrit grand la bouche, mais aucun son n'en sortit.

— Comment as-tu pu disparaître aussi vite ? la pressa Emily.

Courtney essuya quelques grains de sel sur ses lèvres.

— J'ai appelé mon contact au département de police de Rosewood. C'est un vieil ami de la famille.

Un sifflement de retour micro filtra à travers les vitres. Spencer regarda Aria, Emily et Hanna. Inutile de préciser qui était ce « vieil ami de la famille ». Ça expliquait pourquoi elles ne l'avaient pas vu la nuit de l'incendie. Et aussi pourquoi il leur avait demandé d'arrêter de dire qu'elles avaient vu Ali, le lendemain : il voulait préserver le secret de l'existence de Courtney.

— Wilden. (La mâchoire d'Emily se crispa.) Tu ne devrais pas lui faire confiance. Il cache son jeu.

Courtney s'adossa à sa chaise et poussa un gloussement amusé.

— Du calme, Brutus.

Un frisson glacial parcourut l'échine de Spencer. *Brutus ?* C'était ainsi qu'Ali surnommait Emily. En avait-elle parlé à sa sœur ?

Mais avant qu'une des filles ne puisse ajouter quoi que ce soit, Mme DiLaurentis apparut sur le seuil de la cuisine. À la vue des anciennes amies d'Ali, son visage s'éclaira.

— Merci beaucoup d'être venues, toutes les quatre. C'est très important pour nous.

Elle se dirigea vers Courtney et lui posa une main sur le bras. Ses ongles courts, parfaitement taillés, étaient vernis en rouge Chanel classique.

— Je suis désolée, ma chérie, mais quelqu'un de la chaîne MSNBC voudrait te poser deux ou trois questions. Il est venu exprès de New York...

— D'accord, grogna Courtney en se levant.

— La police aussi veut te parler, ajouta Mme DiLaurentis. (Elle prit le visage de sa fille entre ses mains et lui lissa les sourcils.) À propos de la nuit de l'incendie.

— Encore? (Courtney poussa un soupir théâtral et se dégagea de l'étreinte de sa mère.) Je préfère les journalistes; ils sont plus marrants.

Elle se tourna vers les filles restées assises, immobiles, autour de la table.

— Revenez quand vous voudrez, dit-elle en souriant. Notre porte sera toujours ouverte pour vous. Oh, et... (De la poche de son jean, elle sortit une carte d'identité scolaire fraîchement plastifiée. COURTNEY DILAURENTIS, était-il écrit en grosses lettres rouges.) Je vais aller à l'Externat de Rosewood! s'exclama-t-elle. On se voit en cours demain matin!

Et avec un dernier clin d'œil, elle disparut.

6

*F*INI D'ÊTRE UNE PESTIFÉRÉE

Le lendemain matin, Hanna longea le chemin qui partait du parking des élèves et conduisait au bâtiment dans lequel elle avait cours. Des camionnettes de Channel 6, de Channel 8 et de CNN News étaient garées devant l'entrée principale de l'Externat. Des journalistes se tapissaient derrière les buissons tels des lions en embuscade. Lissant ses cheveux auburn, Hanna se prépara à être bombardée de questions. Mais l'homme le plus proche d'elle la dévisagea un instant avant de se tourner vers les autres.

— Laissez tomber, cria-t-il. C'est juste une des Petites Menteuses.

Hanna frémit. *Juste* une des Petites Menteuses? Qu'est-ce que ça signifiait? Ne voulaient-ils pas lui demander comment elle avait réagi en découvrant qu'Ali avait une jumelle cachée? Ou en apprenant que Billy clamait son innocence? Et pendant qu'ils y étaient, ne tenaient-ils pas à s'excuser d'avoir dit toutes ces horreurs sur elle?

Hanna leva fièrement le menton. *Peu importe*. Elle ne

tenait pas à passer à la télé. Tout le monde savait que la caméra vous faisait prendre cinq kilos.

Un perchiste grassouillet dit quelque chose dans son talkie-walkie Nextel. Une journaliste referma vivement son téléphone à clapet.

— Courtney DiLaurentis est dans le parking de derrière!

Et jaillissant de sa cachette, le petit groupe se précipita vers l'autre côté de l'Externat.

Hanna frissonna. *Courtney.* Elle avait encore du mal à y croire. Lorsqu'elle avait quitté la maison des DiLaurentis, elle s'était attendue, quelques heures durant, à ce que des gens armés de caméras surgissent de nulle part pour lui annoncer que c'était une mauvaise blague.

Pourquoi Ali ne leur avait-elle jamais parlé de sa sœur? Toutes ces soirées pyjama, tous ces petits mots qu'elles se faisaient passer entre les cours, tous ces week-ends dans les Poconos et ces vacances à Newport... Toutes ces fois où elles avaient joué à Action ou Vérité sans qu'Ali se trahisse.

Hanna aurait-elle dû deviner la vérité quand Ali avait voulu qu'elles fassent semblant d'être des quintuplées séparées à la naissance? Ou quand elle avait vu le portrait d'Ali – de Courtney – sur le mur, au Sanctuaire? Ali cherchait-elle à la mettre sur la voie quand elle la regardait en soupirant: «Tu as tellement de chance d'être fille unique!»

Dépassant un groupe de filles de 3ᵉ à lunettes qui regardait une rediffusion de *Glee* sur un iPhone, Hanna ouvrit la porte de devant d'un coup de pied et entra. On aurait dit qu'une usine Hallmark avait explosé dans le hall. Les murs étaient couverts de Cupidon en papier blanc, de guirlandes de cœurs rouges et de drapés en aluminium doré. Près des portes de l'auditorium se dressaient les compositions de bonbons que l'Externat ressortait chaque année. TROUVEZ L'AMOUR, clamait la première en lettres calligraphiées comme sur un faire-part de mariage. AU BAL DE LA SAINT-VALENTIN, disait la suivante. CE SAMEDI SOIR, concluait la troisième.

Il y avait de minuscules traces de dents dans un coin de la dernière, sans doute dues à un rongeur qui s'était introduit dans le placard où on rangeait les créations le reste de l'année. Tous les détails à propos du bal – dont l'obligation, y compris pour les garçons, de porter quelque chose de blanc, de rose ou de rouge – étaient indiqués sur des prospectus entassés dans un gros panier en osier. Exceptionnellement, le produit de la vente des billets serait reversé à la nouvelle fondation Jenna-Cavanaugh, qui financerait le dressage de chiens guides d'aveugles.

Hanna remarqua que toute trace de l'autel qui trônait encore là la veille avait disparu. Ou bien l'administration avait reçu trop de plaintes d'élèves qui le trouvaient déprimant, ou bien l'arrivée de Courtney avait relégué la mort de Jenna au rang de « nouvelle ancienne ».

Des gloussements résonnèrent du côté du Steam. Hanna pivota et aperçut Naomi, Kate et Riley assises à une des tables carrelées avec une chope d'infusion aux plantes et des muffins aux airelles encore tièdes, auxquels elles toucheraient probablement à peine. Évidemment, ce n'était pas Ali qui bavardait gaiement avec elles comme si elles se connaissaient depuis toujours. C'était Courtney.

Hanna s'approcha, mais à l'instant où elle allait tirer l'unique chaise vacante, Naomi y déposa son énorme sac Hermès. Riley ajouta son Kate Spade vert par-dessus, et Kate compléta la pile avec son hobo Foley + Corinna. La pile vacilla comme une tour de Jenga. Courtney serra son cabas framboise contre sa poitrine, l'air hésitant.

— Désolée, Cinglée, lança Naomi sur un ton glacial. C'est déjà pris.

— Je ne suis pas cinglée.

Hanna plissa les yeux. Courtney s'agita sur son siège, et Hanna se demanda si le mot « cinglée » la mettait mal à l'aise. Après tout, elle aussi avait séjourné en hôpital psychiatrique.

— Si tu n'es pas cinglée, pourquoi t'ai-je entendue hurler dans ton sommeil cette nuit ? railla Kate.

Les autres filles pouffèrent de plus belle. Hanna se mordit fort l'intérieur de la joue. Si seulement elle pouvait filmer ça avec son téléphone pour le montrer à son père. D'un autre côté, s'en soucierait-il vraiment ?

Après la conférence de presse, Hanna avait attendu qu'il frappe à la porte de sa chambre pour discuter avec elle de ce qui s'était passé. Autrefois, ils parlaient pendant des heures – quand Hanna n'avait pas été acceptée dans l'équipe de pom-pom girls, quand elle craignait que Sean Ackard ne s'intéresse jamais à elle, ou quand les Marin avaient décidé de divorcer. Mais les coups à la porte n'étaient jamais venus. Tom Marin avait passé la soirée dans son bureau, sans se rendre compte combien sa fille était bouleversée.

— Pourquoi tu ne vas pas t'asseoir avec Traces de Pneus ? la taquina Riley. (Les autres s'esclaffèrent.) Il t'attend là-bas.

Elle tendit un doigt osseux, pareil à celui d'une sorcière, vers le fond de la salle. Hanna regarda dans la direction qu'elle lui indiquait. Mike était affalé à la table la plus proche des toilettes, buvant bruyamment le contenu d'un grand gobelet en carton et fixant un papier posé devant lui. Le cœur d'Hanna se serra.

La veille au soir, Mike lui avait envoyé une rafale de textos. Elle avait eu l'intention de répondre, et finalement, elle ne l'avait jamais fait. Elle ne savait pas quoi lui dire. Peu importait que le boxer sur la photo ne soit pas le sien : tout le monde le croyait, comme tout le monde croyait qu'Hanna était cinglée. Et à l'Externat de Rosewood, les surnoms restaient. En 5ᵉ, Ali avait surnommé Peter Grayson « Monsieur Patate » à cause de sa ressemblance avec le jouet pour enfants ; des années après, tous les élèves l'appelaient encore comme ça.

Mike leva les yeux et aperçut Hanna. Son visage s'éclaira, et il agita un prospectus rose sur lequel était marqué « BAL DE LA SAINT-VALENTIN ».

Hanna voulait le rejoindre, mais si elle faisait ça – et surtout, si elle acceptait d'être sa cavalière pour la soirée dansante –, le sobriquet de Cinglée lui collerait à la peau jusqu'en fin de terminale. Son bref séjour au Sanctuaire, un accident malheureux mais qui aurait pu être vite oublié, resterait un moment décisif de sa scolarité. Elle ne serait plus sur la liste des invités pour les soirées étudiantes, et elle ne pourrait pas siéger au comité d'organisation du bal de promo – la seule association dont elle voulait absolument faire partie. Elle n'accompagnerait pas les gens en Jamaïque ou à Sainte-Lucie pour les vacances de Pâques, ce qui signifiait que personne ne lui garderait une chambre dans sa maison au bord de la plage de Miami pour le mois de juin.

Sasha, la vendeuse d'Otter, cesserait de mettre des vêtements de côté pour elle ; Uri ne lui ferait plus de brushing ou de mèches sans rendez-vous, et en l'espace d'une nuit, elle redeviendrait Hanna la grosse ringarde. Elle reprendrait tous les kilos qu'elle avait perdus ; le Dr Huston lui remettrait son appareil dentaire, et les effets de son opération de la myopie s'envoleraient, l'obligeant à porter de nouveau les mêmes lunettes à monture métallique que Harry Potter.

Hanna ne pouvait pas se résoudre à un sort aussi horrible. Depuis qu'Ali l'avait sortie de sa nullité et de son anonymat, elle s'était juré de ne jamais, jamais y retomber. Elle prit une grande inspiration.

— Désolée, Traces de Pneus, lança-t-elle d'une voix aiguë

et moqueuse qui ne ressemblait en rien à la sienne. Je préfère ne pas trop m'approcher. À cause des germes, tu comprends.

Et elle grimaça.

Les lèvres de Mike s'entrouvrirent. Il blêmit comme s'il avait vu un spectre – le Fantôme de la Méchanceté Passée, peut-être. Hanna se tourna vers Naomi, Riley, Kate et Courtney. *Vous voyez ?* voulait-elle leur crier. *Je peux faire des sacrifices. Je mérite d'appartenir à votre groupe.*

Mais Naomi se leva en époussetant les miettes de muffin sur ses mains.

— Désolée, Han. Tu es peut-être débarrassée de Traces de Pneus, mais tu n'en restes pas moins une dingue.

Elle refit le nœud du foulard Love Quotes en soie qu'elle portait autour du cou et fit signe aux autres de la suivre. Riley lui emboîta le pas, puis ce fut le tour de Kate.

Courtney s'attarda un moment à leur table, ses yeux bleus rivés sur Hanna.

— Tes cheveux sont vraiment jolis comme ça, dit-elle enfin.

Hanna porta une main à ses cheveux. Ils étaient coiffés exactement comme d'habitude : lissés bien raides et fixés par une noisette de sérum Bumble and Bumble. Elle repensa au portrait de Courtney qu'Iris avait fait sur le mur de la chambre secrète – aux yeux immenses et obsédants de la jeune fille sur le dessin. Un frisson parcourut son échine.

— Euh, merci, murmura-t-elle prudemment.

Courtney soutint son regard quelques instants, un étrange sourire aux lèvres.

— De rien.

Puis elle hissa son sac sur son épaule et suivit les autres dans le couloir.

7

NOEL KAHN, COMITÉ D'ACCUEIL DE ROSEWOOD À LUI TOUT SEUL

Quelques heures plus tard, Aria, qui n'avait pas cours pendant la troisième période de la journée, se traîna en salle d'étude. Celle-ci se trouvait dans un local de biologie dont les murs étaient recouverts d'affiches sur les symptômes des MST les plus courantes, les dégâts provoqués par la cigarette ou les différents types de drogues. Dans le fond de la pièce reposait une masse de cire jaune censée représenter une livre de graisse humaine. Au-dessus, un graphique illustrait le développement du fœtus dans l'utérus. Meredith, la belle-mère d'Aria, était enceinte de vingt-cinq semaines et, selon ce graphique, son futur bébé avait actuellement la taille d'un rutabaga. *Chouette alors...*

Aria porta sa chope Thermos à ses lèvres et but une longue gorgée de café. Elle continuait à commander son grain brut au boui-boui qui se trouvait près de l'ancienne maison des Montgomery à Reykjavik, en Islande. Ça lui coûtait une fortune en frais de port, mais elle ne supportait plus le jus de chaussette de Starbucks.

Alors qu'elle s'asseyait, d'autres élèves entrèrent. Un bruit juste à côté d'elle lui fit lever les yeux.
— Salut.
Noel s'installa à sa droite, de l'autre côté de l'allée. Aria fut surprise de le voir : même si, techniquement, le jeune homme avait lui aussi étude à cette heure-là, il la passait généralement à la salle de musculation.
— Comment vas-tu ? demanda-t-il, les yeux écarquillés.
Aria eut un haussement d'épaules désinvolte et but une autre gorgée de café. Elle croyait savoir de quoi Noel voulait parler – parce que tout le monde voulait discuter de ça aujourd'hui.
— Tu as vu... Courtney ? s'enquit son petit ami.
Ses lèvres frémirent en prononçant le nom de la nouvelle élève de l'Externat.
Aria se mordilla l'ongle.
— Hier, oui. On a un peu discuté. J'espère que ce sera la seule et unique fois.
— Ah bon ? s'étonna Noel.
— Quoi ? aboya Aria.
— C'est juste que... (Gêné, Noel tripota le porte-clés en forme de bouteille d'Absolut accroché à son sac à dos.) Je pensais que tu voudrais apprendre à la connaître, vu que c'est la sœur d'Ali.
Aria se détourna et fixa la pyramide d'aliments en plastique aux couleurs criardes qui se dressait de l'autre côté de la pièce. La veille au soir, son père lui avait dit la même chose : fréquenter la jumelle cachée d'Ali l'aiderait peut-être à surmonter la mort de son amie. Aria était à peu près certaine que sa mère serait du même avis. Mais en vérité, elle l'évitait depuis quelques semaines. Chaque fois qu'elle appelait chez Ella, elle courait le risque de tomber sur son petit ami dragueur, Xavier.

Toute cette histoire la perturbait terriblement. Courtney debout sur l'estrade, agitant la main pour saluer la foule. Les DiLaurentis qui avaient dissimulé son existence pendant des années. Les journalistes bavant d'excitation. Au milieu de l'agitation générale, Aria avait jeté un coup d'œil à Jason. Le jeune homme acquiesçait à tout ce que disait sa mère, le regard vitreux comme si on lui avait fait un lavage de cerveau. Alors, les vestiges du béguin incendiaire qu'Aria avait nourri pour lui pendant des années s'étaient évaporés en un instant. Jason et sa famille étaient encore plus tarés qu'elle ne l'avait cru.

Aria ouvrit son manuel de biologie au hasard et fit semblant de lire le chapitre sur la photosynthèse. Elle sentait que Noel l'observait, – qu'il attendait une réponse.

— Ça me fait trop bizarre d'être près d'elle, finit par lâcher Aria sans lever les yeux. Ça remue beaucoup de souvenirs sur la disparition et la mort d'Ali.

Noel se pencha en avant, et son vieux bureau en bois craqua.

— Mais Courtney aussi est passée par là. Ça vous ferait peut-être du bien de vous épauler mutuellement. Je sais que la thérapie de groupe ne te branche pas, mais parler avec Courtney pourrait t'aider.

Aria se pinça l'arête du nez. La vérité, c'est qu'elle aurait eu besoin d'une psychothérapie pour se remettre de l'apparition de Courtney !

Un bruit de pas à l'entrée de la salle lui fit lever les yeux. Les autres élèves se mirent à chuchoter. Quand Mme Ives, la surveillante, s'écarta de la porte, le cœur d'Aria se serra. Courtney en personne se tenait sur le seuil.

Mme Ives lui désigna le seul bureau inoccupé qui, bien évidemment, se trouvait pile à gauche de celui d'Aria. Tout le monde regarda la jeune fille longer l'allée, ses cheveux blonds se balançant au même rythme que ses hanches. Phi Templeton alla jusqu'à prendre une photo d'elle en douce avec son BlackBerry.

— C'est le portrait craché d'Ali, siffla Imogen Smith.

Courtney aperçut Aria et se fendit d'un grand sourire.

— Salut! C'est chouette de voir un visage ami.

— S-salut, bredouilla Aria, consciente que son expression était tout sauf amicale.

Courtney se glissa sur sa chaise et suspendit son fourre-tout rose brillant au dossier. De la poche avant, elle sortit un stylo violet et un carnet à spirale sur la couverture duquel se détachait son nom en lettres rondes. Même son écriture était identique à celle d'Ali.

De la bile monta dans la gorge d'Aria. Elle se sentait incapable de gérer ça. Ali était morte.

Noel se leva de son siège et se pencha par-dessus le bureau d'Aria.

— Je suis Noel Kahn, se présenta-t-il avec un grand sourire. (Il tendit sa main, et Courtney la serra.) Tu es nouvelle? demanda-t-il comme s'il ne le savait pas.

— Uh-huh. (La jeune fille fit mine d'essuyer de la sueur sur son front.) Cet endroit est complètement dingue. Je n'avais encore jamais fréquenté un lycée où la plupart des salles de classe se trouvent dans des granges!

C'est parce que tu n'as jamais fréquenté de lycée tout court, songea Aria, enfonçant la pointe de son stylo dans un petit trou à la surface de son bureau.

Noel acquiesça avec enthousiasme, tandis que son visage s'illuminait comme une machine à sous de Las Vegas.

— Oui, l'Externat était une ferme dans le temps. Au moins, ils ont évacué le bétail avant qu'on arrive!

Courtney s'esclaffa comme si c'était la chose la plus drôle qu'elle eut jamais entendue, et elle pivota légèrement vers

Noel. Ali agissait de même avec les garçons qui lui plaisaient – c'était sa façon de marquer son territoire. Courtney faisait-elle exprès de l'imiter, ou était-ce une attitude qu'elles avaient en commun à cause de leur gémellité?

Aria attendit que Noel dise à la nouvelle venue qu'ils sortaient ensemble, mais le jeune homme se contenta de lui jeter un regard entendu. *Tu vois? Elle n'est pas si terrible*, semblaient lui dire ses yeux.

Soudain, un flot de souvenirs remonta à la surface, vivace et douloureux. En 5e, Aria avait dit à Ali qu'elle en pinçait pour Noel. Ali lui avait promis de découvrir si c'était réciproque. Mais quelques jours plus tard, elle avait rapporté à Aria :

— Il s'est passé quelque chose de bizarre quand je suis allée chez les Kahn. J'ai parlé de toi à Noel, et il a dit qu'il t'aimait bien – mais juste comme une amie. En fait, c'est moi qui lui plais. Et je crois qu'il me plaît aussi. Mais je ne sortirai pas avec lui si tu ne veux pas.

Aria avait eu l'impression qu'on lui arrachait le cœur de la poitrine et qu'on le lui brisait en mille morceaux.

— Non, non. Fais comme tu le sens, avait-elle bredouillé très vite.

Qu'aurait-elle pu répondre d'autre? Ce n'était pas comme si elle pouvait rivaliser avec Ali.

Ali était sortie deux fois avec Noel. La première fois, ils avaient été voir un film de filles qu'elle avait choisi; la deuxième, ils s'étaient rendus au centre commercial King James, où Noel avait fait le pied de grue pendant qu'Ali essayait pratiquement toutes les fringues en vente chez Saks. Puis Ali avait rompu en prétextant qu'elle s'intéressait à quelqu'un d'autre – un garçon plus âgé. Ian, sans doute.

À présent, l'histoire semblait se répéter. L'apparition du double d'Ali allait-elle faire resurgir les sentiments de Noel?

Par-dessus le bureau d'Aria, Courtney et Noel se

moquaient de la « grange » de journalisme, qui abritait toujours un grenier à foin et une auge à cochons de l'ancien temps. Aria se racla bruyamment la gorge.

— Noel, j'ai bien réfléchi au sujet du bal de la Saint-Valentin. Tu comptes porter un smoking ou juste un costume ?

Coupé au milieu d'une phrase, le jeune homme cligna des yeux.

— Euh, en principe, un costume devrait suffire.

— Super, susurra Aria sans quitter Courtney des yeux pour s'assurer qu'elle avait bien compris.

Mais au lieu de laisser tomber et de se mêler de ses affaires, la jeune fille désigna quelque chose dans le sac en peau de yak qu'Aria avait posé par terre près de sa chaise.

— Hé, ça ne t'a toujours pas passé ?

Aria baissa les yeux. Dans l'une des grandes poches se trouvaient une pelote de laine blanche tout emmêlée et deux aiguilles à tricoter en bois. Aria ramassa son sac et le serra contre sa poitrine en un geste protecteur. « Ça ne t'a toujours pas passé ? » Quelle drôle de question...

— Ma sœur m'a dit que tu tricotais, expliqua Courtney comme si elle avait lu dans l'esprit d'Aria. Elle m'a même montré un soutien-gorge en mohair que tu avais fabriqué pour elle.

— Oh, lâcha Aria d'une voix tremblante.

Elle fut brusquement assaillie par une odeur âcre de marqueur indélébile et de transpiration. Courtney la regardait innocemment, mais Aria ne pouvait pas lui rendre son sourire. Qu'est-ce qu'Ali avait bien pu lui raconter d'autre à son sujet ? Que tout le monde la considérait comme une marginale, une excentrique, et qu'elle n'avait aucune amie avant qu'Ali la prenne sous son aile ? Qu'elle avait autrefois eu un béguin pitoyable pour Noel ? Voire qu'Ali et elle avaient un jour surpris son père en train d'embrasser Meredith dans un parking? Durant les semaines qui avaient précédé sa disparition, Ali ne lui avait parlé que de ça.

Aria se mit à trembler. Elle ne pouvait pas rester assise là et faire comme si tout était normal. Quand son Treo, qu'elle avait posé sur son bureau, émit une sonnerie stridente, elle faillit avoir une attaque. Une alerte spéciale envoyée par CNN clignotait sur l'écran. « BILLY FORD AURAIT UN ALIBI. »

Le café qu'Aria avait bu gargouilla dans son estomac. Quand la jeune fille leva les yeux, Courtney aussi fixait l'écran de son Treo. Elle était livide, et un instant, Aria crut qu'elle allait lui arracher son téléphone des mains.

Mais la seconde d'après, son expression étrange avait disparu.

8

$\mathcal{O}$N REGARDE MAIS ON NE TOUCHE PAS

Alors qu'Emily fonçait à son cours de gym du mardi, Aria l'arrêta en lui attrapant le bras.
— Regarde ça.
Et elle lui brandit son Treo sous le nez.
L'écran montrait un bulletin d'information.
— Un nouvel élément aussi surprenant que crucial vient de faire surface dans l'affaire William Ford, claironna un journaliste. (À l'image apparut le parking d'une épicerie de quartier.) Un témoin résidant en Floride affirme avoir rencontré M. Ford devant ce 7-Eleven le 15 janvier, le jour où les Jolies Petites Menteuses ont découvert le cadavre de Ian Thomas à Rosewood, expliqua la voix off. Ce témoin souhaite conserver l'anonymat, car il se trouvait sur les lieux pour procéder à un achat de substances illégales, mais si les enquêteurs peuvent corroborer son récit, cet alibi suffira sans doute à innocenter M. Ford du meurtre de Ian Thomas.

M. Owens, le plus sévère des professeurs d'éducation physique, passa devant les filles, et Aria se hâta de fourrer son portable dans sa poche pour ne pas se le faire confisquer – les élèves de l'Externat n'étaient pas censés utiliser leur téléphone pendant les cours. Quand M. Owens eut disparu à l'angle du couloir, Aria relança la vidéo.

— Comment est-ce possible ? chuchota-t-elle, les traits tirés. Si Billy était en Floride quand Ian a été tué, quelqu'un d'autre a dû prendre ces photos, découvrir tous nos secrets et nous harceler en signant « A ».

Emily se mordit nerveusement les lèvres.

— Ça n'a pas de sens, protesta-t-elle. Le témoin doit mentir. Billy a dû le payer.

— Avec quel argent ? répliqua Aria. Il n'a même pas de quoi s'offrir un avocat.

Les deux filles gardèrent le silence quelques instants. Deux garçons de l'équipe de lutte passèrent en trombe dans le couloir, se poursuivant comme s'ils jouaient à chat. Le bulletin d'information se termina, et deux autres propositions de vidéos apparurent à l'écran. La première était l'annonce du meurtre du Jenna ; l'autre parlait de Courtney DiLaurentis.

De nouveau assaillie par le chagrin et la confusion, Emily détailla l'image de la jeune fille. *Ali nous a menti*, songea-t-elle, et son cœur se brisa pour la énième fois. Ali avait caché une énorme partie de sa vie à ses amies. C'était comme si elles ne la connaissaient pas du tout, au fond.

À moins que... Ali avait-elle tenté de leur donner des indices ? Pour commencer, elle était obsédée par la gémellité. Quand Emily et elle allaient faire du shopping seules à Ardmore, Ali racontait à tout le monde qu'elles étaient jumelles, juste pour voir combien de gens la croiraient. Et elle s'émerveillait toujours de la ressemblance entre Emily et sa sœur aînée Carolyn.

— Quelqu'un a déjà cru que vous étiez jumelles ? avait-elle demandé à Emily plus d'une fois. Ça arrive qu'on vous confonde, toutes les deux?

Aria vit qu'Emily regardait la photo de Courtney. Elle lui toucha le poignet.

— Fais attention.

Emily frémit.

— À quoi?

Aria fit la moue. Des filles en uniforme de pom-pom girls passèrent devant elles en répétant leurs mouvements de bras pour une chorégraphie.

— Elle ressemble peut-être à Ali, mais ce n'est pas elle.

Emily s'empourpra. Elle voyait très bien où Aria voulait en venir. Ses anciennes amies savaient qu'elle avait le béguin pour Ali : la plupart des messages que lui avait envoyés le premier « A » – Mona Vanderwaal – ne parlaient que de ça. Aria avait déjà accusé Emily de réfléchir avec son cœur plutôt qu'avec sa tête, surtout quand elle s'accrochait à l'idée qu'Ali était toujours vivante.

— Je sais que ce n'est pas Ali, aboya Emily. Je ne suis pas stupide.

Elles entrèrent dans le vestiaire des filles. Une odeur de baskets à semelles en caoutchouc, de laque et de déodorant planait dans l'air. Plusieurs de leurs camarades étaient déjà en train d'enfiler leur T-shirt et leur short en parlant du bal de la Saint-Valentin qui devait avoir lieu le samedi. Très agitée, Emily fonça vers son casier. Aria avait tapé dans le mille.

La vérité, c'est qu'Emily n'avait pas dormi la nuit précédente. Elle avait passé des heures à rejouer dans sa tête le moment où Courtney s'était avancée sur l'estrade. Même si elle savait que ce n'était pas Ali, son cœur s'était gonflé quand la jeune fille lui avait adressé ce clin d'œil charmeur. Et lorsqu'elle s'était retrouvée dans la cuisine des

DiLaurentis, assise face à ce visage si beau et si douloureusement familier... elle n'avait pu s'empêcher de trouver ça excitant. Elle rêvait d'Ali depuis des années ; comment pouvait-elle ne pas ressentir quelque chose pour sa sœur jumelle ?

Et à quoi Aria voulait-elle qu'elle fasse attention ? Emily n'avait aucune raison de se méfier de Courtney. Dans cette histoire, la jeune fille était une victime, autant que les anciennes amies d'Ali. Elle avait eu de la chance de survivre à l'incendie dans les bois. De toute évidence, Billy avait essayé de la tuer en même temps qu'Emily, Aria et les autres.

Mais... si les journalistes disaient vrai ? Si Billy n'avait ni tué Ian, ni mis le feu aux bois des Hastings ? S'il était innocent ?

— Ahem.

Emily sursauta et lâcha le short bleu et le T-shirt blanc qu'elle venait de sortir de son casier de gym. Une fille blonde au visage en forme de cœur était assise sur un des bancs en bois au bout de l'allée.

— Oh ! s'exclama Emily en plaquant une main sur sa bouche.

Il lui semblait que le seul fait de penser à Courtney l'avait fait apparaître.

— Salut.

Courtney portait un blazer ajusté de l'Externat de Rosewood, un chemisier blanc et une jupe à carreaux bleue. Ses chaussettes bleues impeccablement tirées s'arrêtaient juste sous ses genoux gracieux. Elle regarda Emily ramasser sa tenue de sport.

— Je ne savais pas qu'on était censées apporter des affaires.

— Si. Tu peux en acheter à la boutique du lycée, l'informa Emily. (Elle pencha la tête sur le côté.) M. Draznowsky – notre prof – ne te l'a pas dit ?

— Il s'est contenté de me donner un numéro de casier et un code. Il devait croire que j'étais au courant.

Emily baissa les yeux. Courtney avait-elle jamais fréquenté une école normale ? Avait-elle jamais appartenu à une équipe de sport, joué d'un instrument dans un orchestre, ou dû calculer le chemin le plus court pour se rendre d'une salle de classe à une autre ? L'avertissement d'Aria résonna de nouveau dans la tête d'Emily. D'accord, elles ne connaissaient pas Courtney. Mais qu'étaient-elles censées faire : l'ignorer ?

— J'ai une tenue de rechange. Je peux te la prêter, offrit Emily en se tournant vers son casier et en fouillant dans le fond. (Elle tendit à Courtney un T-shirt de l'équipe de natation et un short froissé.) Ce n'est pas tout à fait la tenue réglementaire, mais pour aujourd'hui, je pense que personne ne te dira rien.

— Oh, mon Dieu, merci beaucoup !

Courtney tendit le T-shirt à bout de bras. Au-dessus d'un dessin de piscine se détachait l'inscription : REINE DU BASSIN. Courtney la lut à haute voix et jeta un coup d'œil interrogateur à Emily.

— C'est mon entraîneur qui me l'a offert pour me féliciter d'avoir été nommée capitaine de l'équipe, expliqua la jeune fille.

Courtney écarquilla les yeux.

— Capitaine ? Je suis impressionnée.

Emily haussa les épaules. Ses nouvelles responsabilités lui inspiraient des sentiments mitigés, d'autant qu'elle avait songé à arrêter la natation quelques mois plus tôt.

Courtney déplia le short et remarqua le blason de l'Externat cousu près de l'ourlet.

— C'est quoi, le truc sur le bouclier ? On dirait un petit pénis.

Emily éclata de rire.
— C'est un requin. Notre mascotte.
Courtney plissa les yeux.
— Un requin? Sérieusement?
— Je sais. Ça ressemble plutôt à un ver de terre. Ou à… un sexe. (Emily avait déjà du mal à prononcer ce mot tout haut.) Maintenant que tu m'y fais penser, c'est un gars de 3e qui porte toujours son costume en mousse pendant les compétitions. Et à la fin de la journée, la tête du requin pend toujours assez mollement.

Un groupe de filles sortit du vestiaire. Courtney s'adossa aux casiers métalliques.
— Ce bahut est vraiment bizarre. Entre les requins-pénis et la musique horrible qu'on nous passe entre les cours…
— Ne m'en parle pas, grogna Emily. Parfois, ils oublient de l'éteindre après que la cloche a sonné. Et on l'entend toujours hurler dans les couloirs pendant qu'on essaie de se concentrer sur une interro de maths. Tu as rencontré Mlle Reyes, du secrétariat? La dame qui porte de grandes lunettes ovales à verres roses?

Courtney éclata de rire.
— C'est elle qui a pris mon inscription.
— C'est également elle qui s'occupe de la sono, révéla Emily en haussant la voix pour se faire entendre par-dessus un bruit de chasse d'eau provenant des toilettes voisines. Chaque fois qu'elle oublie de couper la musique, j'imagine qu'elle s'est endormie à son bureau.
— Ou qu'elle est trop occupée à mater ses portraits à l'huile de ce chien qui ressemble à un rat, grimaça Courtney.
— C'est son chihuahua! s'esclaffa Emily. Parfois, elle l'amène aux compétitions. Elle lui a cousu une petite veste et une jupe de l'Externat – alors que c'est un mâle!

Courtney gloussa de plus belle, et Emily se sentit toute

tiède et lumineuse à l'intérieur. Courtney déboutonna son blazer pour se changer.

— Je n'arrête pas de voir des affiches pour un truc appelé la Capsule temporelle. C'est quoi, exactement ?

Emily fixa un chewing-gum vert que quelqu'un avait collé sur un joint du carrelage mural.

— Juste un jeu stupide, murmura-t-elle.

Cette vieille tradition de Rosewood avait poussé Emily et ses amies à pénétrer la toute première fois dans le jardin des DiLaurentis pour voler le morceau de « capsule » d'Ali. L'adolescente s'était montrée inhabituellement amicale ce jour-là ; elle leur avait même confié que quelqu'un leur avait coupé l'herbe sous le pied. Emily avait appris récemment qu'il s'agissait de Jason. Le frère d'Ali avait dérobé le morceau de drapeau de sa cadette et l'avait remis à Aria, qui l'avait gardé pendant des années sans rien dire à personne.

Un « bip » se fit entendre à l'intérieur du fourre-tout de Courtney. Celle-ci sortit son iPhone et leva les yeux au ciel.

— C'est encore CNN, lâcha-t-elle sur un ton théâtral. Ils tiennent vraiment à m'interviewer. J'ai même reçu un appel d'Anderson Cooper en personne[1].

— Wouah, souffla Emily.

Dans l'allée voisine, une fille claqua la porte de son casier. Courtney laissa retomber son téléphone dans son sac.

— Oui, mais je n'ai pas vraiment envie de parler à la presse. Je préférerais discuter avec toi et les autres. (Du bout du doigt, elle suivit le tracé des initiales WD + MP gravées dans le bois du banc.) Vous étiez avec ma sœur le soir où elle… le soir où Billy… ?

---

1. Journaliste et présentateur de CNN, connu pour son cynisme et son ton engagé. (Toutes les notes sont du traducteur.)

Un frisson parcourut l'échine d'Emily.

— Oui.

— C'est tellement flippant, ajouta Courtney d'une voix brisée. Penser qu'il a tué Jenna Cavanaugh et Ian. Et qu'il vous a envoyé tous ces messages de menaces.

Le chauffage se mit en marche, projetant des particules de poussière à travers la pièce.

— Attends une minute, dit soudain Emily alors qu'une pensée lui traversait l'esprit. Billy m'a envoyé une photo d'Ali, de Jenna et d'une fille blonde. J'ai cru que c'était Naomi Zeigler – mais c'était toi, n'est-ce pas ?

Courtney gratta le bord d'un autocollant publicitaire pour les bananes Chiquita collé sur la porte d'un casier.

— Probablement. J'ai rencontré Jenna lors de mon unique séjour ici. C'était la seule personne à Rosewood qui connaissait mon existence.

Deux filles en tenue de gym dépassèrent Emily et Courtney, auxquelles elles jetèrent un bref coup d'œil avant de se ressaisir.

L'esprit d'Emily était en ébullition. Donc, Jenna savait quelque chose, comme le soupçonnaient ses amies et elle. Plusieurs semaines plus tôt, Billy-*alias*-« A » avait envoyé Emily chez les Cavanaugh afin qu'elle assiste à une dispute entre Jenna et Jason DiLaurentis. Le jeune homme voulait peut-être s'assurer que Jenna garderait le secret au sujet de Courtney. Mais quel rapport avec Billy ?

Le prof de gym toqua à la porte du vestiaire et cria que tout le monde devait se mettre en rang avec son équipe pour jouer au foot en salle.

— Ce que je peux être déprimante, se lamenta Courtney en secouant la tête. Désolée d'avoir évoqué ce sujet. Je suis sûre que ça te fait bizarre d'en parler.

Emily haussa les épaules.

— On devrait toutes en parler davantage, à mon avis. (Se sentant d'humeur courageuse, elle fit face à Courtney.) Et… si jamais tu as des questions sur Rosewood ou sur n'importe quoi d'autre, je suis là.

Le visage de Courtney s'éclaira.

— Vraiment?

— Bien sûr, acquiesça Emily.

— On pourrait peut-être se voir demain après les cours? suggéra Courtney, pleine d'espoir.

— Oh! hoqueta Emily, surprise.

La porte du vestiaire s'ouvrit, et un instant, la pièce s'emplit de cris d'adolescents et de bruits de ballons de basket rebondissant sur le sol.

— Si ça te dérange, ce n'est pas grave, ajouta très vite Courtney. Tu n'es pas obligée.

— Non, non, c'est une bonne idée. Tu veux venir chez moi?

— D'accord.

Emily se pencha, défit son lacet et le refit. Elle voulait manifester plus d'enthousiasme mais craignait de le faire, de peur de trahir ses sentiments profonds.

Quand Courtney se racla la gorge, Emily leva les yeux et hoqueta de nouveau. La jeune fille avait ôté son chemisier et se tenait au milieu de l'allée avec sa jupe plissée et un soutien-gorge en dentelle rose. Elle ne s'exhibait pas, mais… elle ne se cachait pas non plus.

Emily ne put s'empêcher de l'observer. Courtney avait des seins plus gros que ceux d'Ali en 5e, mais la même taille hyper fine. Des souvenirs défilèrent dans l'esprit d'Emily. Ali assise au bord d'une piscine en Bikini, avec des lunettes aviateur Prada perchées sur le bout du nez. Ali vautrée sur le canapé des Hastings en short de garçon gris, ses longues jambes bronzées croisées aux chevilles. La douceur des lèvres d'Ali quand Emily l'avait embrassée dans la cabane ; l'excitation qui lui avait fait tourner la tête quelques instants avant qu'Ali la repousse.

Courtney pivota et remarqua qu'Emily la regardait. Elle haussa un sourcil. Lentement, un sourire se dessina sur ses lèvres. Emily tenta de le lui rendre, mais sa bouche était toute molle. Courtney était-elle au courant qu'elle avait échangé un baiser avec Ali ? Et était-elle en train de... flirter avec elle ?

La porte du vestiaire claqua. Emily se tourna hâtivement vers le miroir en pied et passa les doigts dans ses cheveux blond-roux. Courtney referma son casier en bâillant. Alors qu'Emily se dirigeait vers la sortie, la jeune fille accrocha son regard et lui lança un clin d'œil charmeur, comme si elle savait exactement ce qu'elle faisait... et l'effet que cela produisait sur Emily.

9

DES SECRETS COMME S'IL EN PLEUVAIT

— Bienvenue chez Ruff House! s'exclama gaiement une femme en blouse rouge alors que Spencer et Melissa traînaient les deux labradoodles des Hastings dans le luxueux salon de toilettage.

En temps normal, shampouiner et peigner Rufus et Béatrice incombaient à Mme Hastings. Mais ces jours-ci, la mère de Spencer n'arrivait pas à se shampouiner et à se peigner elle-même.

Comme les deux chiens s'arrêtaient pour renifler une grosse fougère en pot placée dans un coin – et lever la patte dessus –, Melissa poussa un soupir théâtral et jeta un regard plein de rancune à sa cadette. Spencer grimaça. D'accord, Melissa lui en voulait toujours d'avoir transformé leur mère en limace agoraphobe. *J'ai pigé.* Devait-elle le lui rappeler à la moindre occasion?

Une fille à couettes, qui ne semblait guère plus âgée que Spencer, lança :

— Je suis à vous dans quelques minutes.

Spencer se laissa tomber dans un fauteuil en cuir. Béatrice s'allongea à ses pieds et entreprit de mordiller le bout d'une de ses ballerines Kate Spade.

Quelqu'un se racla la gorge à l'autre bout de la pièce. Spencer leva les yeux. Une vieille femme aux cheveux indisciplinés, un chihuahua microscopique sur les genoux, la regardait d'un air peu amène.

— Vous êtes la fille dont la meilleure amie défunte avait une jumelle cachée, n'est-ce pas ? demanda-t-elle sur un ton accusateur.

Spencer acquiesça. La vieille dame eut un claquement de langue désapprobateur et serra son chien contre elle comme si elle craignait que Spencer ne soit possédée.

— Rien de bon ne peut sortir de ça. Rien, affirma-t-elle.

Spencer en resta bouche bée.

— Je vous demande pardon ?

— Mademoiselle Reyes ? appela une voix depuis le couloir. Vous pouvez venir avec M. Belvédère.

La vieille dame se leva en coinçant le chihuahua sous son bras. Elle foudroya Spencer du regard, puis se détourna et s'en fut.

Melissa laissa échapper un son où perçait son étonnement. Spencer lui jeta un coup d'œil en douce. Comme d'habitude, les cheveux mi-longs de sa sœur étaient bien lisses, sa peau de pêche parfaitement nette et son manteau à carreaux dépourvu de la moindre peluche. Soudain, Spencer en eut assez de ne plus lui parler. Si les vieilles folles en Chanel avaient une opinion sur la bombe lâchée par Mme DiLaurentis la veille, Melissa en avait certainement une elle aussi. Ali n'était pas la seule à avoir une sœur cachée, Courtney était leur demi-sœur à Spencer et à elle.

— À ton avis, qu'est-ce qu'on doit faire pour Courtney ? demanda Spencer.

Melissa laissa retomber le biscuit bio pour chien dans le bol en cristal.

— Comment ça?

— Courtney a dit qu'Ali lui parlait beaucoup de nous. Tu crois que je devrais apprendre à la connaître, vu... nos liens familiaux?

Melissa détourna les yeux.

— Je n'avais pas réalisé que Courtney était si proche d'Ali. Que sait-elle exactement?

Elle déboucha sa bouteille de Nalgene violette et but une longue gorgée.

Spencer sentit un nœud d'anxiété se former dans son ventre.

— Au fait : et toi, qu'est-ce que tu as dit à Jason pendant la conférence de presse?

Melissa faillit s'étrangler avec son eau minérale.

— Rien du tout.

La main de Spencer se crispa sur la laisse de Béatrice. Quelque part dans le salon de toilettage, un chien poussa un glapissement de protestation.

— Et depuis quand es-tu amie avec Jason? insista Spencer. Je ne vous ai pas vus ensemble depuis le lycée.

Le carillon de la porte d'entrée tinta, et un homme entra avec un caniche obèse qui portait un bandana autour du cou. Rufus et Béatrice se levèrent d'un bond, les oreilles frémissantes. Mais Spencer ne détacha pas ses yeux de sa sœur. Cette fois, elle était décidée à lui soutirer la vérité coûte que coûte.

Finalement, Melissa poussa un soupir.

— Je disais à Jason qu'il aurait dû me prévenir du retour de Courtney.

La musique New Age que la sono diffusait en sourdine se tut brusquement.

— Comment ça, du « retour » de Courtney ? Tu étais au courant de son existence ? chuchota Spencer.

Melissa continua à fixer son manteau, qu'elle avait posé sur ses genoux.

— Plus ou moins.
— Depuis combien de temps ?
— Depuis le lycée.
— Quoi ? s'étrangla Spencer.
— Écoute, Jason en pinçait sévèrement pour moi. (Melissa tira Rufus vers elle et lui caressa la tête.) Un jour, il a lâché qu'il avait une sœur cachée qui se trouvait à l'hôpital. Il m'a suppliée de n'en parler à personne. C'était le moins que je pouvais faire.

— Pourquoi ?

Une femme traversa le hall, traînant à sa suite deux bichons frisés impeccablement toilettés.

— En fait, j'ai plus ou moins plaqué Jason pour Ian, avoua Melissa sans regarder sa sœur. Je lui ai brisé le cœur.

Spencer tenta de calculer quand cela avait pu se produire. Avant l'incendie de la grange, elle avait trouvé un vieux cahier de maths appartenant à Melissa contenant un mot dans laquelle Jason et elle se donnaient rendez-vous. Et le samedi après le début de leur année de 6e, quand Spencer, Aria, Hanna et Emily s'étaient introduites dans le jardin des DiLaurentis pour voler le morceau de drapeau d'Ali, elles avaient entendu deux personnes se disputer à l'intérieur de la maison. Ali avait hurlé : « Arrête ! », et quelqu'un d'autre l'avait imitée en prenant une voix aiguë. Puis il y avait eu un choc sourd, et Jason était sorti en trombe. Il s'était arrêté au milieu du jardin pour jeter un coup d'œil furieux à Ian et Melissa, qui se prélassaient sur la terrasse des Hastings. Les jeunes gens n'étaient en couple que depuis quelques jours…

Si Melissa et Jason étaient sortis ensemble, ce devait être avant ça. Autrement dit, Melissa savait qu'Ali avait une jumelle cachée avant même que Spencer devienne copine avec elle.

— C'est sympa de m'avoir prévenue, grinça Spencer, les dents serrées.

La musique reprit avec un cliquetis. Cette fois, c'était une vieille chanson d'Enya.

— J'avais promis, se défendit Melissa en enroulant la laisse de Rufus autour de sa main, assez serré pour couper sa circulation sanguine. C'était à Ali de te le dire.

— Malheureusement, elle ne l'a pas fait, contra Spencer sur un ton sec.

Melissa leva les yeux au ciel.

— Ce n'est pas ma faute si elle était un peu garce.

Une odeur écœurante de dentifrice canin à l'eucalyptus retourna l'estomac de Spencer. Elle voulait dire à Melissa que c'était une chose qu'elle avait en commun avec Ali. Elle avait promis à Jason, et alors ? Melissa ne faisait jamais que ce qui l'arrangeait, elle. Si elle avait gardé le secret des DiLaurentis, c'est parce que cela lui apportait contrôle et pouvoir. Une attitude digne d'Ali. Les sœurs de Spencer se ressemblaient davantage qu'elle ne l'avait jamais réalisé. Et voilà qu'elle s'en découvrait une troisième.

Quelques jours plus tôt, Spencer avait espéré une occasion de recommencer à zéro avec Ali, sans manipulation, sans mensonges, sans concurrence entre elles. Elle n'aurait jamais cette occasion, mais elle pouvait encore avoir ce qui s'en rapprochait le plus.

Sans un mot, elle tendit la laisse de Béatrice à Melissa et sortit en trombe du salon de toilettage.

Quand Spencer se gara devant chez les DiLaurentis, elle fut soulagée de voir que les camionnettes de journalistes, les voitures de police et les barrières de sécurité avaient disparu depuis la veille. La maison était redevenue normale, identique à toutes les autres à l'exception de l'escalier qui conduisait au studio de Jason, situé au-dessus du garage.

Spencer descendit de voiture et hésita. Un chasse-neige grondait dans le lointain. Trois corbeaux étaient assis sur un disjoncteur vert de l'autre côté de la rue. Une odeur de neige et d'huile de moteur renversée planait dans l'air.

Roulant des épaules, Spencer remonta l'allée de dalles grises et sonna à la porte des DiLaurentis. Un bruit sourd résonna à l'intérieur. Spencer sautilla d'un pied sur l'autre en se demandant si elle n'était pas en train de faire une grosse bêtise. Et si Courtney ignorait qu'elles avaient le même père? Ou si elle s'en moquait? Ce n'était pas parce que Spencer voulait une sœur qu'elle pourrait en avoir une.

Soudain, la porte s'ouvrit à la volée, et Courtney apparut. Spencer hoqueta, surprise.

— Quoi? demanda sèchement Courtney, les sourcils froncés.

— Désolée, bredouilla Spencer. C'est juste que... Tu ressembles tellement à...

Courtney était le double parfait d'Ali telle que Spencer se la remémorait. Ses cheveux blonds ondulaient sur ses épaules; sa peau scintillait presque, et ses yeux bleus pétillaient derrière de longs cils épais. Spencer avait du mal à se faire à l'idée que cette fille était le sosie d'Ali et que pourtant, ce n'était pas Ali. Elle agita ses mains devant son visage, au regret de ne pas pouvoir refermer la porte et tout reprendre à zéro.

— Alors, quoi de neuf? demanda Courtney en s'appuyant au chambranle.

Elle avait un trou dans sa chaussette à rayures rouges et blanches.

Spencer se mordit la lèvre. Même sa voix et ses intonations étaient identiques à celles d'Ali.

— Je voudrais te parler de quelque chose.
— D'accord.

Courtney s'effaça pour la laisser entrer, puis se détourna et se dirigea vers l'escalier.

Des photos encadrées de la famille DiLaurentis s'alignaient sur les murs. Spencer en reconnut beaucoup pour les avoir déjà vues dans leur ancienne maison : celle prise dans un autobus à deux étages londonien, une autre en noir et blanc de la famille sur une plage des Bahamas, et celle où ils se tenaient devant l'enclos des girafes au zoo de Philadelphie. Ces images familières prirent une nouvelle signification aux yeux de Spencer. Pourquoi Courtney n'avait-elle jamais accompagné le reste de sa famille en vacances ? Était-elle trop malade ?

Spencer s'arrêta devant un cliché qu'elle ne connaissait pas. Les DiLaurentis posaient sous le porche de leur ancienne maison de Rosewood. Parents, fils et fille arboraient un large sourire, comme s'ils n'avaient aucun souci en ce monde. Le cliché devait dater de quelques jours avant la disparition d'Ali : on apercevait un bulldozer dans le jardin, à l'emplacement du futur pavillon. Une autre forme se détachait en bordure de la propriété. On aurait dit... une silhouette. Spencer se pencha en plissant les yeux, mais ne put déterminer de qui il s'agissait.

Courtney se racla la gorge. Elle s'était arrêtée sur une des marches du haut.

— Tu viens ? demanda-t-elle.

Spencer s'éloigna précipitamment des photos, comme si

elle avait été surprise en train d'espionner les DiLaurentis. Elle se hâta de rejoindre Courtney.

Des tas de cartons de déménagement s'entassaient encore dans le couloir de l'étage. Spencer enfonça ses ongles dans ses paumes à la vue de celui qui était marqué « Ali – affaires de hockey ». Courtney contourna un aspirateur Dyson violet et poussa une porte au fond du couloir.

— Nous y voilà.

Quand Spencer découvrit sa chambre, elle eut l'impression d'avoir fait un bond quatre ans en arrière. Elle reconnut aussitôt le couvre-lit rose vif : elle avait aidé Ali à le choisir chez Saks. La plaque de la station de métro Rockefeller Center que les parents d'Ali lui avaient achetée chez un antiquaire de Soho était accrochée au mur. Mais l'objet le plus familier restait le miroir qui surplombait le bureau : le cadeau de Spencer à son amie pour ses treize ans.

Toutes ces choses appartenaient à Ali. Courtney n'avait-elle donc pas d'affaires à elle? se demanda Spencer, perplexe.

Courtney se laissa tomber sur son lit.

— À quoi penses-tu?

Spencer s'assit dans le fauteuil à petites fleurs de l'autre côté de la pièce et rajusta les protège-accoudoirs pour qu'ils soient bien symétriques. Ce n'était pas le genre de chose qu'elle pouvait balancer de but en blanc – surtout pas à quelqu'un qui avait passé toute sa vie à lutter contre une mystérieuse maladie. Peut-être était-ce une mauvaise idée. Peut-être devrait-elle se lever et s'en aller. Peut-être...

— Laisse-moi deviner, dit Courtney en tirant sur un fil de son couvre-lit. Tu veux me parler de la liaison entre ton père et ma mère.

Spencer hoqueta.

— Tu es au courant?

Courtney haussa les épaules.

— Je l'ai toujours su.

— Mais... comment? s'exclama Spencer.

Courtney avait la tête baissée, de sorte que Spencer voyait juste sa raie en zigzag et ses racines couleur de miel.

— Ali l'a découvert. Et elle me l'a dit pendant une de ses visites.

— Ali savait? Donc, Billy ne mentait pas?

Se faisant passer pour Ian, Billy-*alias*-« A » avait informé Spencer avant de tuer Jenna.

— Et bien entendu, elle ne t'en a jamais parlé?

Courtney eut un claquement de langue désapprobateur.

Une hirondelle se posa sur le rebord de la fenêtre. Une odeur de moquette neuve et de peinture fraîche envahit soudain la chambre. Spencer cligna des yeux.

— Jason et ton père sont au courant?

— Je n'en suis pas sûre. Personne n'a jamais mentionné cette histoire devant moi. Mais si ma sœur le savait, mon frère doit le savoir. Et mes parents se détestent; donc, j'imagine que mon père le sait aussi. (Courtney leva les yeux au ciel.) Je suis sûre qu'ils ne sont restés ensemble qu'à cause de la disparition d'Ali. Je te parie ce que tu veux qu'ils auront divorcé d'ici un an.

Spencer sentit une boule grosse comme une mandarine se former dans sa gorge.

— Moi, je ne sais même pas où mon père se trouve en ce moment, et ma mère vient juste d'apprendre la vérité. Elle est dans un sale état.

— Je suis désolée, dit Courtney en la fixant droit dans les yeux.

Spencer se dandina dans son fauteuil, qui émit un craquement de protestation.

— Tout le monde me cache des choses, dit-elle tout bas. J'ai une sœur aînée, Melissa. Tu l'as peut-être aperçue à la conférence de presse. Elle parlait à ton frère. (*Et elle te regardait de travers*, ajouta-t-elle en son for intérieur.) Elle savait depuis des années qu'Ali avait une sœur jumelle – et elle vient seulement de me l'avouer. Je suis sûre qu'elle adorait connaître un secret dont j'ignorais tout. Tu parles d'une sœur!

Spencer renifla bruyamment.

Courtney se leva, saisit une boîte de Kleenex sur la table de chevet et se laissa tomber en tailleur aux pieds de Spencer.

— On dirait qu'elle manque d'assurance et qu'elle se sent en compétition avec toi. Je sais ce que c'est : Ali était comme ça aussi. Elle voulait toujours être au centre de l'attention générale. Elle détestait que je sois meilleure qu'elle en quoi que ce soit. J'imagine que c'était pareil avec toi?

Et comment! Dans le temps, Spencer se sentait toujours en concurrence avec Ali. Les deux filles passaient leur temps à se mesurer l'une à l'autre. Qui pourrait se rendre le plus vite au Wawa en vélo? Qui embrasserait le plus de garçons du lycée? Qui parviendrait à intégrer l'équipe de hockey sur gazon des grandes? Parfois, Spencer n'avait pas envie de faire la course ou de parier, mais Ali insistait toujours. Était-ce parce qu'elle savait que Spencer était sa sœur? Essayait-elle de prouver quelque chose?

Des larmes brûlantes coulèrent sur les joues de Spencer tandis que de gros sanglots secouaient sa poitrine. Elle ne savait même pas pourquoi elle pleurait. À cause de tous ces mensonges, peut-être. Toute cette souffrance. Tous ces morts.

Courtney la prit dans ses bras et la serra très fort. Elle sentait le chewing-gum à la cannelle et le shampoing Mane'n Tail.

— On s'en fiche, de ce que nos sœurs savaient ou pas,

murmura-t-elle. Le passé, c'est le passé. Aujourd'hui, on est ensemble, pas vrai?

— Uh-huh, renifla Spencer.

Courtney s'écarta d'elle, et son visage s'éclaira.

— J'ai une idée! Et si on allait danser demain soir?

— Danser?

Spencer essuya ses yeux rougis. Il y avait cours le surlendemain. Et elle avait une interro d'histoire à la fin de la semaine. Elle n'avait pas vu Andrew depuis plusieurs jours, et elle devait encore se trouver une robe pour le bal de la Saint-Valentin.

— Je ne sais pas trop...

Courtney lui prit les mains.

— Allez! Histoire d'oublier nos méchantes sœurs! Ce sera comme dans *Survivor*.

Elle se redressa et se lança dans la vieille chanson des Destiny's Child.

— *I'm a sur-vi-vor!* clama-t-elle en agitant les mains au-dessus de sa tête, en tortillant des fesses et en tournant sur elle-même. Allez, Spencer! Dis que tu viendras danser avec moi!

Malgré tout son chagrin, Spencer éclata de rire. Courtney avait peut-être raison. Le meilleur moyen de supporter toute cette folie, c'était de lâcher prise et de prendre du bon temps. Après tout, n'était-ce pas ce qu'elle avait toujours souhaité : une sœur avec qui elle pourrait s'amuser et parler en toute confiance? Apparemment, Courtney voulait la même chose.

— D'accord, capitula Spencer.

Et soufflant un grand coup, elle se leva pour chanter avec sa sœur.

10

Aller simple pour la popularité

Quelques heures plus tard, Hanna manœuvra sa Prius dans l'allée sinueuse qui remontait jusqu'à son garage. Elle coupa le moteur et saisit les deux sacs de chez Otter posés sur le siège passager. Après les cours, elle avait foncé au centre commercial King James pour une séance de shopping thérapeutique – même si ce n'était pas très amusant de faire les magasins sans Mike ou sans une amie. Hanna n'avait plus confiance en son propre jugement; elle ne savait pas trop si le pantalon en cuir Gucci ultra-moulant qu'elle venait d'acheter était fabuleusement disco ou juste vulgaire. Sasha, sa vendeuse préférée, avait affirmé qu'il lui allait super bien... d'un autre côté, elle touchait une commission sur ses ventes.

Dehors, il faisait nuit noire, et une mince couche de givre recouvrait le sol. Hanna entendit quelqu'un glousser. Son cœur s'accéléra. Elle se figea dans l'allée.

— Y'a quelqu'un? appela-t-elle.

Le mot parut geler devant sa bouche avant de se briser en

un millier d'échardes. Hanna regarda autour d'elle, mais il faisait trop noir pour y voir quoi que ce soit.

Puis un autre gloussement se fit entendre, suivi par un grand éclat de rire. Hanna poussa un soupir de soulagement. Le bruit venait de l'intérieur de la maison.

Elle se dirigea vers la porte d'entrée et se faufila discrètement dans le hall. Trois paires de bottes étaient alignées contre le mur. Les Loeffler Randall émeraude appartenaient à Riley, qui faisait une fixation sur le vert. Hanna était avec Naomi quand celle-ci avait acheté les bottines à talons aiguilles juste à côté. Elle ne reconnaissait pas la troisième paire. Mais parmi les rires qui lui parvenaient depuis l'étage, l'un se détachait des autres. Hanna l'avait souvent entendu résonner à ses oreilles, parfois à son détriment. C'était celui d'Ali – ou plutôt, de Courtney. La jumelle de son amie défunte se trouvait chez elle.

La jeune fille monta l'escalier sur la pointe des pieds. Le couloir de l'étage sentait le rhum et la noix de coco. Un remix d'une vieille chanson de Madonna filtrait derrière la porte fermée de la chambre de Kate. Hanna s'approcha et colla son oreille contre le battant. Elle entendit chuchoter.

— Je crois avoir vu sa voiture dans l'allée ! siffla Naomi.

— On devrait se cacher, suggéra Riley.

— Elle ferait mieux de ne pas essayer de s'incruster, ricana Kate. Pas vrai, Courtney ?

— Hum, répondit la jeune fille sur un ton hésitant.

Hanna se dirigea vers sa chambre, résistant à l'envie de claquer la porte derrière elle. Dot, son pinscher nain, se leva de son coussin et vint gambader joyeusement autour de ses jambes, mais Hanna était si furieuse qu'elle ne lui prêta aucune attention.

Elle aurait dû le voir venir. Courtney était devenue la nouvelle mascotte de Naomi, de Riley et de Kate, sans doute parce que les médias ne parlaient que d'elle. Toute la journée, les quatre filles avaient arpenté les couloirs de l'Externat en une ligne censée imposer le respect, flirtant avec les beaux gosses du lycée et regardant ailleurs dès qu'elles croisaient Hanna.

À la sortie des cours, les autres élèves ne regardaient plus Courtney avec embarras, mais avec estime et admiration. Quatre garçons lui avaient déjà demandé de les accompagner au bal de la Saint-Valentin. Scarlet Rivers, l'une des stylistes de l'émission de téléréalité *Project Runaway* voulait concevoir une robe spécialement pour elle. Hanna savait tout cela, non parce qu'elle avait espionné Courtney, mais parce que le profil Facebook flambant neuf de la jeune fille avait déjà attiré un nombre impressionnant d'amis à travers le monde.

Une sonnerie retentit, et l'écran de l'iPhone de Hanna s'alluma dans son sac. La jeune fille l'en sortit. Elle avait reçu un e-mail de sa mère. Ces jours-ci, il était rare qu'elle ait de ses nouvelles : Mme Marin dirigeait la branche singapourienne de l'agence de publicité McManus & Tate. Sa carrière avait toujours été plus importante pour elle que sa fille unique. *Salut, Han*, disait le message. *On m'a offert six places pour le défilé Diane von Furstenberg à New York demain, mais évidemment, je ne pourrai pas les utiliser. Tu veux y aller à ma place ? Je te joins le fichier PDF.*

Hanna relut le message plusieurs fois, les mains tremblantes. *Six places !*

Elle se leva, examina son reflet dans le miroir et sortit de sa chambre. Quand elle tambourina à la porte de Kate, les gloussements s'interrompirent aussitôt. Il y eut des chuchotements fiévreux, puis Kate ouvrit la porte à la volée.

Naomi, Riley et Courtney étaient assises par terre près de son lit, vêtues de jeans et de pulls en cachemire trop grands. La moquette était jonchée de flacons de fond de teint et de palettes de fard à paupières. Quatre petits verres et une bouteille de Gosling's trônaient parmi l'assortiment habituel de téléphones portables, de magazines de mode et d'anciens livres de l'année de l'Externat. M. Marin avait ramené le rhum d'un récent voyage d'affaires dans les Bermudes. Même si Hanna lui disait que Kate en avait bu en douce, son père trouverait probablement un moyen de lui rejeter la faute sur le dos.

Des plis désapprobateurs barrèrent le front de Riley.

— Qu'est-ce que tu veux, Cinglée ?

— Ça ne vous dérangerait pas de la mettre en sourdine ? roucoula Hanna. Je dois téléphoner au sujet de ces places pour un défilé de mode que ma mère vient de m'envoyer, et je vous entends depuis l'autre bout du couloir.

Les filles mirent quelques secondes à imprimer.

— Quoi ? couina Kate, la lèvre supérieure retroussée en une moue incrédule.

Naomi rejeta la tête en arrière.

— Un défilé de mode ? C'est ça !

— Si vous pouviez juste baisser la musique une minute... Je ne voudrais pas que les gens de chez Diane von Furstenberg me prenne pour une lycéenne écervelée. (Hanna battit en retraite vers la porte.) Merci beaucoup !

— Attends ! (Kate lui saisit le bras.) Diane von Furstenberg ?

— Il faut être quelqu'un d'important pour être invité à son défilé, aboya Riley, les narines frémissantes. (Hanna vit que celle de droite n'était pas nette.) Ils ne laissent pas entrer les cinglées.

— Ma mère a eu six places, lâcha nonchalamment Hanna. Elle reçoit souvent des trucs de ce genre grâce à son boulot. Mais comme elle est à Singapour, elle me les a envoyées.

Sortant son iPhone, elle ouvrit le fichier PDF et fourra l'écran sous le nez de Kate. Les autres filles se levèrent d'un bond pour venir voir. Naomi passa une langue avide sur ses lèvres. Riley adressa à Hanna son sourire le plus hypocrite, qui ressemblait davantage à une grimace. Courtney demeura en retrait, les mains fourrées dans les poches arrière de son jean. Les autres se tournèrent vers elle, comme si la jeune fille était Anna Wintour et elles ses assistantes numéros 1 à 3.

— Chouette, déclara Courtney d'une voix identique à celle d'Ali.

Naomi joignit les paumes.

— Évidemment, tu vas emmener tes meilleures copines ?

— Bien sûr qu'elle va nous emmener, dit Riley en glissant un bras sous celui d'Hanna.

— Tu sais bien que si on t'appelle « Cinglée », c'est pour plaisanter, hein ? geignit Kate. Et tu devrais passer la soirée avec nous. On voulait te le proposer, mais on ne savait pas où tu étais.

Hanna dégagea son bras. Elle devait la jouer très, très fine. Si elle cédait trop vite, elle passerait pour une carpette.

— Je vais y réfléchir, déclara-t-elle sur un ton théâtral.

Naomi poussa un gémissement.

— S'il te plaît, Hanna, il faut que tu nous emmènes. On fera tout ce que tu voudras.

— On effacera ce profil Facebook, bredouilla Riley.

— On nettoiera le graffiti sur ton casier, lança Naomi au même moment.

Kate donna un coup de coude à chacune, sans doute pour leur reprocher d'avoir admis que c'étaient elles qui avaient fait toutes ces choses.

— D'accord, d'accord, grommela-t-elle. À partir de maintenant, on ne t'appellera plus « Cinglée ».

— Comme vous voudrez. Je m'en fiche, répliqua Hanna avec désinvolture.

Elle tourna les talons et se dirigea vers la porte.

— Attends! glapit Naomi en la retenant par la manche de son blazer. Tu nous emmènes, oui ou non?

— Mmmmh... (Hanna fit mine de réfléchir.) Bah, pourquoi pas?

— Ouais!

Naomi et Riley se tapèrent dans la main. Kate parut soulagée. Courtney les dévisagea tour à tour comme si elle trouvait toute cette scène parfaitement mesquine.

Elles se donnèrent rendez-vous près de la voiture d'Hanna le lendemain après les cours, pour se rendre ensemble jusqu'à la gare ferroviaire. Et où iraient-elles dîner après le défilé? Au Waverly Inn? Au Soho House?

Hanna abandonna les autres à leurs préparatifs. Elle se faufila dans la salle de bains de l'étage et referma soigneusement la porte derrière elle. En se penchant au-dessus du lavabo, elle faillit renverser les myriades de flacons de démaquillant et de tonique de Kate. Elle sourit à son reflet dans le miroir. Elle avait réussi. Pour la première fois depuis des semaines, elle se sentait de nouveau elle-même.

Quand elle ressortit de la salle de bains quelques minutes plus tard, une silhouette recula précipitamment. Hanna se figea, le cœur dans la gorge.

— Qui est là? appela-t-elle faiblement.

Il y eut un bruissement de tissu. Puis Courtney s'avança dans la lumière. Elle avait les yeux écarquillés et un sourire étrange sur les lèvres.

— Euh, ça va? demanda Hanna, les poils de ses avant-bras hérissés.

— Oui, répondit Courtney.

Elle s'approcha d'elle et s'arrêta à quelques centimètres

d'Hanna. Le couloir paraissait beaucoup plus sombre que lorsque cette dernière était entrée dans la salle de bains, et Courtney était si près d'elle qu'elle pouvait sentir son haleine parfumée au rhum.

— J'ai entendu dire que tu avais rencontré Iris, souffla Courtney en glissant une mèche blonde derrière son oreille.

Hanna sentit son estomac se nouer.

— Euh, c'est vrai.

Courtney lui posa une main sur le bras. Ses doigts étaient glacés.

— Je suis vraiment désolée, chuchota-t-elle. Elle était complètement maboule. Je suis contente que tu aies pu lui échapper, toi aussi.

Puis elle battit en retraite dans la pénombre. Ses pieds nus ne faisaient pas de bruit sur l'épaisse moquette. Hanna ne pouvait plus la localiser que grâce aux aiguilles phosphorescentes de sa montre Juicy Couture. Elle regarda les deux petites lueurs verdâtres s'éloigner dans le couloir et disparaître dans la chambre de Kate.

11

Une oreille compatissante

Le lendemain après les cours, Aria freina en faisant crisser ses pneus dans le parking de la Maison des jeunes. Ce vieux manoir avait conservé un jardin anglais toujours bien entretenu et un immense hangar à voitures qui, autrefois, abritait vingt Rolls-Royce.

M. Kahn avait besoin du SUV de Noel pour l'après-midi, aussi Aria avait-elle proposé de récupérer son petit ami à la sortie de sa séance de thérapie de groupe du mercredi. Et puis, elle mourait d'envie de lui parler de la robe rouge années 1920 qu'elle avait dénichée l'après-midi dans une friperie de Hollis. C'était peut-être idiot, mais le bal de la Saint-Valentin serait la première soirée organisée par l'Externat à laquelle elle participerait, et elle était surprise d'en éprouver une telle excitation.

Aria traversa l'immense parking, braquant pour ne pas percuter une Mercedes. Le conducteur sortit de sa place en marche arrière sans se donner la peine de regarder dans son rétroviseur. Soudain, la chanson des Grateful Dead que diffusait la radio universitaire s'interrompit.

— Du nouveau dans l'affaire du tueur en série de Rosewood, annonça un présentateur. Billy Ford, le suspect actuellement détenu par la police, affirme avoir un alibi pour la nuit de la disparition d'Alison DiLaurentis et pour celle du meurtre de Jenna Cavanaugh. Les enquêteurs vont procéder à une vérification en règle, mais si ses avocats peuvent prouver que M. Ford dit vrai, il sera certainement relâché. Du coup, cette affaire que l'on croyait résolue reviendra à la case départ.

La double porte d'entrée de la Maison des jeunes s'ouvrit. Aria leva les yeux alors qu'une petite foule se déversait sur les larges marches de pierre. Deux personnes se tenaient un peu à l'écart des autres, l'air absorbées par leur conversation. Aria reconnut immédiatement les cheveux noirs de Noel. La personne qui l'accompagnait était une fille blonde. Quand elle repoussa ses cheveux derrière une oreille, Aria hoqueta. C'était Courtney.

Aria voulut plonger sur le siège passager pour se cacher, mais Noel avait déjà repéré sa Subaru et se dirigeait vers elle. Courtney le suivit. Aria les regarda approcher avec l'impression d'être une mouche prisonnière dans un bocal.

— Salut, lança Noel en ouvrant la portière. Ça ne t'ennuie pas de ramener Courtney chez elle? Sa mère devait venir la chercher, mais elle a appelé pour prévenir qu'elle serait très en retard.

Un peu en retrait, Courtney agita la main d'un air penaud. Aria chercha désespérément une excuse pour se soustraire à cette corvée, mais aucune ne lui vint assez vite.

— D'accord, marmonna-t-elle.

« Désolé », articula Noel en silence. Bien qu'il n'ait pas vraiment l'air de l'être. Refermant la portière côté passager, il s'installa sur la banquette arrière et fit signe à Courtney de le rejoindre. Aria sentit sa poitrine se gonfler de colère. Il la prenait pour un chauffeur de taxi, ou quoi?

Mais Courtney s'assit à l'avant, à côté d'Aria. Celle-ci tenta de capter le regard de Noel dans le rétroviseur. Peine perdue : le jeune homme était trop occupé à pianoter sur son iPhone. Était-ce sa façon d'obliger les deux filles à se rapprocher l'une de l'autre? Aria lui avait pourtant dit que la présence de Courtney ravivait en elle des souvenirs douloureux...

Pendant les deux premiers kilomètres, personne ne pipa mot. Ils passèrent devant une aire de jeux déserte, un restaurant bio et l'entrée de la piste Marwyn. Courtney se tenait très droite sur son siège; Noel continuait à taper un message. Finalement, Aria n'y tint plus.

— Donc, vous êtes tous les deux dans le groupe de soutien pour les gens qui ont perdu un frère ou une sœur, hein?

— J'ai conseillé à Courtney de venir jeter un coup d'œil, répondit Noel. Je lui ai dit que ça m'aidait beaucoup.

— Je vois.

Aria résista à l'envie de donner un coup de volant pour envoyer sa Subaru dans la mare aux canards gelée, à sa gauche. Quand Noel et Courtney avaient-ils discuté de ça?

Noel s'accouda au dossier des deux sièges avant.

— Ça t'a plu, Courtney? Je trouve le conseiller vraiment cool.

— Un peu barré, quand même, gloussa la jeune fille. « Et maintenant, laissez-vous tomber dans les bras de votre partenaire, dit-elle en imitant une voix masculine traînante. L'idée, c'est de faire confiance à quelqu'un d'autre comme vous feriez confiance à un arbre ou à un ruisseau. » (Elle ricana.) Et en plus, tu as failli me lâcher.

— Pas du tout, protesta Noel, les joues rose vif.

Aria serra les dents.

— Vous vous étiez mis ensemble?

— Ben oui. On est de loin les deux plus jeunes du groupe.

Noel fit tourner sa casquette de base-ball des STX de façon à ce que la visière lui couvre la nuque.

— Noel m'a sauvée des griffes d'un vieux qui avait des poils plein les oreilles, dit Courtney en tournant la tête pour lui sourire.

— Comme c'était chevaleresque de ta part, Noel, commenta Aria sur un ton glacial.

Pas question qu'elle le laisse impunément flirter avec le double d'Ali. Et Courtney n'était pas innocente non plus : pendant l'étude, Aria lui avait fait savoir que Noel et elle sortaient ensemble; pourtant, elle n'avait eu aucun scrupule à fricoter avec lui. Telle sœur, telle jumelle perdue de vue.

— Tu peux me déposer en premier, dit Noel tandis qu'ils approchaient de sa rue.

— Tu es sûr? demanda Courtney avec anxiété.

Peut-être redoutait-elle, elle aussi, de rester seule avec Aria.

— Pas de problème, acquiesça Noel.

Aria ne dit rien, mais planta si fort ses ongles dans le cuir qui recouvrait le volant qu'elle y laissa de petites marques en forme de demi-lune.

Quand ils s'arrêtèrent devant le portail de la propriété des Kahn, Courtney resta bouche bée en découvrant le manoir de pierre et de brique avec ses tourelles et ses quatre cheminées. Elle balaya du regard le jardin vallonné qui s'étendait sur près d'un demi-kilomètre, la maison d'amis derrière la bâtisse principale, le garage particulier qui abritait la collection de voitures anciennes et de Cessna de M. Kahn.

— Tu habites ici? hoqueta-t-elle.

— Ce n'est pas si grandiose à l'intérieur, marmonna Noel.

Il descendit de voiture et se planta devant la portière d'Aria d'un air penaud. *Tant mieux.* La jeune fille baissa sa vitre.

— Je peux t'appeler plus tard ? demanda doucement Noel en lui touchant le bras.

Aria acquiesça de mauvaise grâce.

Comme la Subaru s'éloignait, Courtney s'agita sur son siège. Aria envisagea de monter le son de la radio. Mais craignant un nouveau bulletin d'information à propos de Billy, elle renonça. Elle n'avait aucune envie d'être obligée de parler de lui.

— La nationale, c'est le plus rapide pour aller à Yarmouth, pas vrai ? demanda-t-elle avec raideur, sans détacher son regard de la route.

— Oui, répondit Courtney tout bas.

— D'accord.

Aria donna un coup de volant à gauche pour entrer sur la nationale – si brusquement qu'elle faillit heurter la glissière de sécurité.

Elles longèrent l'immense parking qui desservait à la fois la librairie Barnes & Noble et l'épicerie Fresh Fields. Aria regardait droit devant elle, comme fascinée par l'autocollant qui ornait le pare-chocs de la Honda devant elle. « COEXISTEZ », clamait-il en lettres formées de différents symboles religieux. Quand Aria et Mike étaient plus jeunes, ils jouaient souvent aux « gardes du palais de Buckingham » pendant les longs trajets ennuyeux en voiture : Mike essayait de faire rire sa sœur, qui devait demeurer imperturbable.

Courtney prit une grande inspiration.

— Je sais ce que tu penses. Ce que tout le monde pense.

Aria s'arracha à sa transe pour lui jeter un coup d'œil intrigué.

— Pardon ?

— Tous se demandent comment j'ai fait pour vivre si longtemps loin de ma famille, dit Courtney à voix basse. Les gens veulent savoir comment je peux pardonner à mes parents de m'avoir tenue à l'écart pendant toutes ces années.

— Uh-huh, lâcha Aria sans se mouiller – même si elle se posait effectivement la question.

— Mais ce n'est pas mon plus gros problème, poursuivit Courtney. Le pire, c'est que mes parents vivent dans le mensonge, en faisant comme si leurs problèmes n'existaient pas. (Elle se tourna vers Aria.) Tu savais que ma mère avait eu une liaison extraconjugale ?

Réalisant qu'elle était beaucoup trop près de la Honda, Aria freina brusquement.

— Tu étais au courant ? s'étonna-t-elle.

— Oui. Ali et moi le savions toutes les deux depuis des lustres. Et cerise sur le gâteau, mon père n'est même pas mon père.

Courtney eut un rire las. Sa voix était enrouée comme si elle allait se mettre à pleurer.

— Ça craint.

Aria déboîta et appuya sur l'accélérateur. Elle dépassa la moto, puis une BMW blanche et une Jeep Cherokee rouge. Son compteur disait qu'elle roulait à plus de 120 kilomètres/heure, mais elle avait l'impression de faire du surplace. Spencer lui avait parlé de la liaison de son père avec Jessica DiLaurentis, et du fait qu'elle était la demi-sœur d'Ali et de Courtney. Mais elle ignorait qu'Ali était au courant, à l'époque.

Aria sortit à Yarmouth. Plus loin devant elle, un panneau indiquait l'entrée de Darrow Farms. La jeune fille n'oublierait jamais le jour où Ali et elle avaient surpris Byron et Meredith en train de s'embrasser dans le parking de la fac. Après coup, Ali n'avait cessé de la harceler avec ça, comme si c'était le dernier scandale *people* en date. Elle l'avait bombardée de textos. *Il s'est passé quelque chose chez toi ? Tu crois que ta mère s'en doute ? Tu te souviens de la tête qu'a fait ton père quand il nous a vues ? Tu devrais fouiller dans ses affaires pour voir s'il a envoyé des lettres d'amour à sa petite amie !*

Ali avait torturé Aria... alors que pendant tout ce temps, elle vivait la même chose.

Aria jeta un coup d'œil à la fille assise près d'elle. Tête baissée, Courtney tripotait le bracelet en perles qu'elle portait au poignet droit. Avec ses cheveux qui lui tombaient devant la figure et sa lèvre inférieure légèrement avancée, elle semblait beaucoup plus fragile et plus faible qu'Ali ne l'avait jamais été. Beaucoup plus innocente, aussi.

— Des tas de parents font n'importe quoi, dit doucement Aria.

Une rafale emporta quelques feuilles mortes sur le bas-côté. Courtney pinça les lèvres et plissa les yeux. Un moment, Aria craignit d'avoir gaffé. Elle s'arrêta devant la maison des DiLaurentis, et Courtney se hâta d'ouvrir sa portière.

— Merci de m'avoir ramenée.

Aria la regarda traverser le jardin en courant et disparaître dans la maison. Pendant quelques minutes, elle resta garée le long du trottoir, la tête bourdonnant de pensées désordonnées. La confession de Courtney l'avait prise au dépourvu.

Elle allait redémarrer quand ses cheveux se dressèrent sur sa nuque. C'était... comme si quelqu'un l'espionnait. Aria tourna vivement la tête et scruta les arbres massés de l'autre ôté de la rue. De fait, une silhouette se tenait dans leur ombre, observant la Subaru. Elle battit très vite en retraite, mais eut juste le temps d'apercevoir des cheveux blond bébé coupés au carré. Elle hoqueta.

C'était Melissa Hastings.

12

*P*ARFOIS, LES RÊVES DEVIENNENT RÉALITÉ

Le mercredi en début de soirée, Emily se tenait devant le miroir de sa chambre, se tournant de droite et de gauche pour s'observer sous toutes les coutures. Aurait-elle dû utiliser le fer à friser de sa sœur pour boucler ses cheveux blond-roux raides comme des baguettes ? Le gloss rose de Carolyn lui donnait-il l'air vulgaire ?

Elle ôta le T-shirt rayé qu'elle portait, le jeta par terre et enfila un pull en laine rose à la place. Ça n'allait pas non plus. Pour la dixième fois au moins, elle consulta le réveil sur sa table de nuit. Courtney allait arriver d'un instant à l'autre.

Je réfléchis peut-être trop, songea Emily. *Si ça se trouve, Courtney ne flirtait absolument pas avec moi dans le vestiaire. Elle n'a jamais été dans une école normale, elle ne sait peut-être pas comment se comporter vis-à-vis des autres jeunes de son âge.*

On sonna à la porte, et Emily se figea, les yeux écarquillés. L'instant d'après, elle dévalait l'escalier et fonçait vers la porte d'entrée. Il n'y avait personne d'autre chez elle : sa mère avait emmené Carolyn chez le médecin après l'entraînement, et son père n'était pas encore rentré du travail. Courtney et elle auraient la maison pour elles seules.

La jumelle d'Ali se tenait sur le seuil, les joues rosies par le froid et les yeux bleus pétillants.

— Salut!
— Salut!

Emily recula au moment où Courtney s'apprêtait à la serrer dans ses bras. Alors Emily s'avança à son tour, mais c'est Courtney qui s'écarta, l'air embarrassée. Emily gloussa.

— Entre, dit-elle.

Courtney obtempéra timidement. Elle promena un regard à la ronde, remarquant la collection de figurines Hummel de Mme Fields, le piano droit poussiéreux dans le salon et le tas de plantes suspendues que la mère d'Emily avait rentrées pour l'hiver.

— On va dans ta chambre?
— Si tu veux.

Courtney monta les marches quatre à quatre, tourna à droite sur le palier et s'arrêta à la porte de la chambre qu'Emily partageait avec sa sœur. Emily en resta bouche bée.

— C-comment as-tu su où était ma chambre?

Courtney la dévisagea comme s'il lui manquait une case.

— Parce que c'est marqué sur la porte, répondit-elle en désignant la plaque gravée aux noms d'Emily et de Caroline.

Emily poussa un soupir de soulagement. *Idiote*. Cette plaque était là depuis plus de dix ans.

Elle poussa la porte et déplaça une partie des peluches qui encombraient son lit pour que Courtney et elle puissent s'asseoir.

— Wouah, souffla son invitée en désignant le collage au-dessus du bureau.

Emily l'avait réalisé à partir de photos d'Ali prises en 6e et en 5ᵉ. Dans un coin, elle avait mis celle où toute leur petite bande posait devant la maison des DiLaurentis dans les Poconos. Plus loin, un cliché montrait Emily et Ali en Bikini rayés identiques, bras dessus bras dessous sur la terrasse des Hastings. Il y avait plein d'autres photos d'Ali seule, souvent prises à son insu, par Emily. Ali endormie sur un matelas pneumatique dans la chambre d'Aria, le visage détendu et serein. Ali courant sur le terrain de hockey dans son uniforme de l'équipe JV, crosse brandie. Sous le collage, Emily avait posé le porte-monnaie en cuir verni rose que Maya lui avait rendu pendant la conférence de presse. Elle l'avait méticuleusement nettoyé dès qu'elle était rentrée chez elle ce jour-là.

Emily rougit en se demandant si Courtney allait la trouver flippante.

— Ce sont de vieilles photos. Elles sont là depuis une éternité.

Je ne suis pas du tout obsédée par ta sœur, brûlait-elle d'ajouter.

— C'est sympa, la rassura Courtney en rebondissant sur le lit. Vous aviez l'air de bien vous amuser.

— Oui, acquiesça Emily sur un ton plein de regret.

Courtney se débarrassa de ses bottes Frye.

— C'est quoi, ça? demanda-t-elle en désignant un bocal sur la table de chevet d'Emily.

— Des graines de pissenlit, répondit la jeune fille en prenant le récipient et en le faisant rouler entre ses paumes.

— Pour quoi faire? s'enquit Courtney.

Le rouge monta aux joues d'Emily.

— On a toutes essayé d'en fumer une fois, pour voir si on hallucinerait. C'était idiot.

Courtney croisa les bras sur sa poitrine. Elle semblait intriguée.

— Et alors, ça a marché?

— Non, mais on aurait bien voulu. Alors, on a mis de la musique et on a dansé. Aria remuait ses doigts devant elle comme si elle voyait des formes. Hanna fixait ses mains comme si elles les trouvaient fascinantes. Je gloussais bêtement. Spencer était la seule qui ne faisait pas semblant. Elle n'arrêtait pas de répéter : « Je ne sens rien. Je ne sens rien. »

Courtney se pencha en avant.

— Et Ali ?

Emily remua nerveusement ses genoux.

— Ali... Ali a inventé une sorte de danse.

— Tu t'en souviens ?

— C'est vieux.

Courtney enfonça un doigt dans la cuisse d'Emily.

— Tu t'en souviens, pas vrai ?

Bien sûr. Emily avait une mémoire d'éléphant pour tout ce qui concernait Ali.

Avec un gloussement ravi, Courtney prit les mains d'Emily.

— Montre-moi !

— Non.

— S'il te plaît, insista-t-elle en pressant les mains d'Emily, dont le cœur se mit à battre plus fort. Je voudrais savoir comment était Ali. Je ne la voyais presque jamais. Et maintenant qu'elle est morte...

Elle détacha son regard de celui d'Emily et, l'air absent, fixa le poster de Dara Torres accroché au-dessus du lit de Carolyn.

— J'aurais aimé mieux la connaître, souffla-t-elle.

Courtney reporta son attention sur Emily. Ses yeux étaient si bleus, si semblables à ceux d'Ali que la gorge de la jeune fille se noua. Posant les mains sur ses genoux, elle se leva et fit face à Courtney. Elle mit tout son poids sur sa jambe gauche, puis le fit passer sur la droite en levant et en baissant les épaules. Au bout de trois secondes, elle balbutia :

— C'est tout ce que je me rappelle.

Et elle voulut se rasseoir. Mais son pied gauche buta sur ses pantoufles en forme de poisson qui traînaient par terre. Alors qu'elle tentait de reprendre l'équilibre, elle se cogna la hanche au montant du lit.

— Aaah, cria-t-elle en basculant tête la première vers les genoux de Courtney.

La jeune fille la rattrapa par la taille.

— Attention, gloussa-t-elle.

Elle ne la lâcha pas tout de suite, et le sang d'Emily bouillonna.

— Désolée, marmonna-t-elle en reprenant son équilibre.
— Pas de souci, dit Courtney.

Elle rajusta sa chemise à carreaux tandis qu'Emily se rasseyait près d'elle en regardant partout dans la pièce, excepté dans sa direction.

— Oh, il est quatre heures cinquante-six, bredouillat-elle bêtement en désignant son réveil à quartz sur la table de nuit. Quatre-cinq-six. Fais un vœu.

— Je croyais que c'était réservé à onze heures onze, la taquina Courtney.

— J'invente mes propres règles, répliqua Emily.

— C'est ce qu'on dirait, acquiesça Courtney, les yeux brillants.

Soudain, Emily eut du mal à respirer.

— Tu sais quoi ? lança Courtney. Je fais un vœu si tu en fais un aussi.

Emily ferma les yeux et s'allongea sur le lit. Sa hanche lui faisait mal, et l'odeur de la peau de Courtney lui donnait le vertige. Il y avait bien quelque chose qu'elle souhaitait vraiment, mais elle savait que c'était impossible. Alors, elle tenta de penser à d'autres choses qui lui feraient plaisir. Que sa mère la laisse enfin peindre sa moitié de la chambre d'une autre couleur que rose. Que son prof d'anglais lui mette une bonne note pour le devoir sur F. Scott Fitzgerald qu'elle avait rendu le matin. Que le printemps arrive exceptionnellement tôt cette année.

Elle entendit un soupir et ouvrit les yeux. Courtney était penchée sur elle.

— Oh, souffla Emily.

Courtney inclina encore son visage vers le sien, et la chambre se mit à vibrer de possibilités.

— Je..., commença Emily.

À cet instant, la bouche de Courtney se posa sur la sienne. Un million d'explosions se déclenchèrent dans la tête d'Emily. Les lèvres de Courtney étaient douces et fermes à la fois. Elles épousaient parfaitement celles d'Emily.

Les deux filles s'embrassèrent profondément. Emily était certaine que son cœur battait plus vite que pendant un cinquante mètres papillon. Quand Courtney s'écarta d'elle, ses yeux brillaient.

— Voilà, mon souhait est exaucé, gloussa-t-elle. J'ai toujours espéré le refaire un jour.

La bouche d'Emily la picotait. Il lui fallut trois longues secondes pour comprendre ce que Courtney venait de dire.

— Comment ça, le refaire ?

Le sourire de Courtney se flétrit. La jeune fille se mordit la lèvre inférieure et prit la main d'Emily.

— Ne flippe pas, d'accord? Em... C'est moi, Ali.

Emily lâcha sa main et eut un mouvement de recul.

— Quoi? Je ne comprends pas.

Courtney avait le regard vitreux, comme si elle allait se mettre à pleurer. La lumière qui entrait par la fenêtre du coin éclairait son visage, lui donnant l'air à la fois angélique et spectral.

— Je sais que c'est fou, mais c'est la vérité. Je suis Ali, chuchota-t-elle en baissant la tête. Je cherchais un moyen de te le dire.

— De me dire que tu étais Ali ?

Emily avait l'impression que sa langue s'était changée en plomb.

La fille blonde à demi-allongée près d'elle acquiesça.

— Ma jumelle s'appelait Courtney. Mais elle n'avait pas de problèmes de santé : elle était folle à lier. En CE1, elle a commencé à m'imiter – à se faire passer pour moi.

Emily recula jusqu'à ce que son dos heurte le mur. Ça n'avait pas de sens.

— Elle m'a agressée deux ou trois fois, poursuivit l'autre d'une voix tendue. Et puis un jour, elle a essayé de me tuer.

— Comment ? chuchota Emily.

— C'était l'été avant le CE2. J'étais dans la piscine de notre ancienne maison, dans le Connecticut. Courtney m'a enfoncé la tête sous l'eau. Au début, j'ai cru que c'était un jeu, mais elle ne voulait pas me laisser remonter. Elle a dit : « Tu ne mérites pas d'être toi. Mais moi, si. »

— Oh, mon Dieu.

Emily se roula en boule, serrant ses genoux très fort contre sa poitrine. Dehors, des oiseaux s'envolèrent depuis le toit de la maison. Leurs battements d'ailes étaient frénétiques, comme s'ils fuyaient quelque chose de terrifiant.

— Mes parents ont été horrifiés. Ils ont placé ma sœur dans un établissement spécialisé et nous avons déménagé à Rosewood, poursuivit la fille à voix basse. Ils m'ont dit de ne jamais parler d'elle à personne, et j'ai obéi. Mais l'année de notre 6e, Courtney a été transférée du Radley au Sanctuaire. Au début, elle a beaucoup protesté – elle ne voulait pas repartir à zéro dans une autre clinique. Mais une fois là-bas, son état a commencé à s'améliorer. Mes parents ont décidé de la laisser passer l'été suivant à la maison, à l'essai. Elle est revenue quelques jours avant la fin de l'année scolaire.

Emily ouvrit la bouche, mais aucun son n'en sortit. Courtney était là pendant ce mois de juin, quatre ans plus tôt ? Comment avait-elle pu ne jamais la rencontrer ?

Courtney-ou-Ali la dévisagea d'un air entendu, comme si elle savait très bien à quoi pensait Emily.

— Vous l'avez rencontrée toutes les quatre. Tu te souviens la veille de notre soirée pyjama, quand je vous ai trouvées dehors et que vous m'avez dit que vous veniez de me voir en haut, dans ma chambre ?

Emily cligna des yeux. Bien sûr qu'elle s'en souvenait. Spencer, Aria, Hanna et elle avaient surpris Ali dans sa chambre, en train de lire un carnet. Puis Mme DiLaurentis était arrivée et avait sévèrement ordonné aux amies de sa fille de descendre.

Quelques minutes plus tard, quand Ali les avait rejointes dans le jardin, elle s'était comportée comme si l'incident n'avait jamais eu lieu. Elle portait une tenue différente, et elle avait paru étonnée de trouver ses amies là, comme si elle avait tout oublié des dix minutes précédentes.

— C'était Courtney. Elle lisait mon journal. Elle voulait de nouveau se faire passer pour moi. Après ça, je me suis tenue à l'écart d'elle. Le jour de notre soirée pyjama, je me suis disputée avec Spencer, et j'ai quitté la grange en courant. Mais contrairement à ce que tout le monde pense, Billy ne m'a pas attaquée. Moi, j'étais remontée dans ma chambre. Il s'en est pris à la mauvaise sœur.

Emily plaqua une main sur sa bouche.

— Mais... je ne comprends pas...

— Ma sœur était censée rester dans sa chambre toute la nuit, expliqua Courtney – non, Ali. Quand mes parents n'ont vu que moi le lendemain matin, ils ont supposé que j'étais Courtney, puisque Ali était censée se trouver chez les Hastings. J'ai essayé de leur dire que j'étais Ali, mais ils ne m'ont pas crue. C'était la phrase préférée de Courtney. « Je suis Ali, je suis Ali. » Elle répétait ça tout le temps.

— Oh, mon Dieu, souffla Emily.

Les biscuits au beurre de cacahouète qu'elle avait mangés pour le goûter s'agitèrent dans son estomac.

— Alors, quand la jumelle qu'ils prenaient pour Ali n'est pas rentrée, ils ont pété les plombs. Ils ont cru que j'étais Courtney et que j'avais fait quelque chose de terrible. Ils ne pouvaient pas supporter d'avoir une fille folle à la maison pendant que l'autre avait disparu, alors, ils l'ont renvoyée au Sanctuaire dès l'après-midi du lendemain. Sauf que... ce n'était pas Courtney – c'était moi.

La jeune fille posa une main sur son cœur, et ses yeux se remplirent de larmes.

— C'était horrible. Ils ne m'ont pas rendu visite une seule fois. Jason allait tout le temps voir Courtney, mais même lui a refusé de m'écouter quand je lui ai juré que j'étais Ali. On aurait dit... qu'une lumière s'était éteinte dans leur tête, et que j'étais morte pour eux.

La Honda Civic des voisins passa dans la rue en pétaradant. Un chien aboya, un autre lui répondit. Emily dévisagea la fille qui affirmait être Ali.

— Mais... pourquoi ne nous as-tu pas appelées avant qu'ils t'expédient là-bas ? demanda-t-elle. On aurait pu les convaincre.

— Mes parents ne m'ont pas laissée approcher du téléphone. Et ils ont interdit au personnel du Sanctuaire de me laisser l'utiliser pendant mon séjour là-bas. J'étais comme en prison. (Des larmes ruisselaient sur ses joues.) Plus j'affirmais que j'étais Ali, plus tout le monde croyait que j'étais malade. J'ai réalisé que le seul moyen de sortir de là, c'était de me comporter comme si j'étais Courtney. Mes parents ne connaissent toujours pas la vérité. Si je la leur révélais, ils me renverraient probablement là-bas. (Elle hoqueta.) Je veux juste retrouver ma vie d'avant.

Emily lui tendit un Kleenex de la boîte posée sur sa table de nuit, puis en prit un pour elle.

— Donc, à qui appartenait le corps que la police a retrouvé?

— C'était celui de Courtney. Nous sommes jumelles ; nous avons le même ADN et les mêmes empreintes dentaires. (Elle jeta un regard désespéré à Emily.) Je me souviens de tout ce qu'on a fait ensemble, Em. C'est moi qui ai inventé cette danse après qu'on a fumé les graines de pissenlit. Moi qui suis sur toutes les photos de ton collage. Encore moi que tu as embrassée dans la cabane.

Une odeur de savon à la vanille chatouilla les narines d'Emily. Fermant les yeux, elle se remémora l'expression choquée d'Ali après leur baiser. Elles ne l'avaient presque jamais évoqué par la suite. Emily avait eu envie de le faire des tas de fois, mais elle n'avait pas osé. Ali était trop prompte à la taquiner sur ce sujet.

— J'étais en train de parler d'un garçon plus vieux qui me plaisait, sourit la fille blonde. Et tout à coup, tu t'es penchée pour m'embrasser. Je n'ai pas su comment réagir. J'étais un peu effrayée, je crois. Et puis tu m'as écrit cette lettre où tu me disais que tu m'aimais. J'ai adoré ça, Em. Personne ne m'avait jamais envoyé une déclaration pareille.

— C'est vrai? (Emily traça un cœur sur sa housse de couette.) Je croyais que tu me prenais pour une perverse.

L'autre frémit.

— J'avais peur. Alors, je me suis conduite comme une idiote. Mais depuis, j'ai eu quatre longues années pour réfléchir à la clinique. (Elle posa les mains sur ses genoux.) Que dois-je te dire d'autre pour que tu me croies? Que puis-je faire pour te prouver que je suis bien Ali?

Les lèvres d'Emily la picotaient encore; ses mains et ses jambes tremblaient du choc qu'elle venait de recevoir. Mais aussi stupéfiant que ça puisse paraître, elle savait depuis le début que quelque chose clochait chez Courtney. Elle sentait cette étincelle entre elles deux, comme si elles se connaissaient depuis des années. Ce qui était le cas, en fin de compte.

Emily rêvait de ce moment depuis des années. Elle avait désespérément cherché un signe de vie d'Ali dans les tarots, les horoscopes et la numérologie. Elle avait conservé chacun des petits mots de son amie, chaque gribouillage sans queue ni tête, tous les menus cadeaux qu'Ali lui avait faits sans raison particulière – incapable de les jeter parce que, en elle, une puissante force mystique lui soufflait que ça n'était pas fini. Ali se trouvait toujours quelque part là, dehors. Vivante et indemne.

Et pendant tout ce temps, Emily avait eu raison. Son vœu le plus cher s'était réalisé.

Les nuages se dissipèrent de son esprit. À présent, son cœur battait selon un rythme régulier, clair et pur. Elle adressa un sourire tremblant à Ali.

— Tu n'as pas besoin de faire quoi que ce soit. Je te crois, affirma-t-elle en jetant ses bras autour du cou de la jeune fille. Je suis si contente que tu sois revenue!

13

ℐn fantôme du passé

Spencer ajusta le décolleté de sa robe sans manches Milly et présenta une fausse carte d'identité au videur chauve du Paparazzi, une boîte de nuit du vieux Philadelphie. L'homme examina la carte, hocha la tête et la rendit à Spencer. *Génial.*

Courtney fut la suivante. Vêtue d'une sublime minirobe dorée, elle tendit une ancienne fausse carte d'identité de Melissa, et l'homme la laissa passer aussi. Emily fermait la marche, étonnamment sexy dans sa robe rouge au-dessus du genou, accessoirisée avec un collier de grosses perles et des sandales argentées empruntées à Courtney.

Une heure avant qu'elles ne sortent danser, Courtney avait appelé Spencer pour lui dire qu'elle avait vraiment accroché avec Emily et qu'elle voulait l'inviter à les accompagner. Spencer n'avait pas protesté : à présent qu'elle avait tissé un lien avec la jumelle d'Ali, elle voulait que tout le monde l'aime autant qu'elle.

À l'entrée, Emily montra les faux papiers de sa sœur aînée. L'homme les examina distraitement. Dès qu'il les lui eut rendus, les trois filles poussèrent la porte et rentrèrent.

— On va passer une soirée fabuleuse ! s'exclama Courtney en prenant les mains des deux autres. Je suis tout excitée !

— Moi aussi, dit Emily en lui jetant un long regard entendu.

Spencer ne put s'empêcher de ricaner en son for intérieur. Apparemment, Emily avait reporté son béguin pour Ali sur la jumelle.

La boîte était bondée pour un mercredi soir. Elle occupait les locaux d'une ancienne banque ; sa grande salle s'enorgueillissait de piliers en marbre, de boiseries sophistiquées et d'une mezzanine qui surplombait la piste de danse. Les basses d'une chanson des Black Eyed Peas faisaient trembler les murs. Des étudiants se trémoussaient avec enthousiasme, sans se soucier de leur absence totale de rythme – ou du fait qu'ils renversaient sur eux le contenu de leur verre. Une odeur de bière, d'eau de Cologne et de transpiration flottait dans l'air.

À la vue de Spencer et de ses amies, un paquet de types se retournèrent et détaillèrent avidement les cheveux blonds de Courtney, ses hanches minces et la façon dont sa robe frôlait ses cuisses. Ils savaient tous qui elle était. *C'est un miracle que les journalistes n'aient pas encore débarqué*, songea Spencer.

Courtney se pencha au-dessus du bar et commanda trois Martini à la framboise. Elle en tendit un à Spencer et un à Emily.

— Cul sec, mesdemoiselles, ordonna-t-elle.

— Je ne sais pas trop..., hésita Spencer.

— Ouais ! s'exclama Emily en même temps.

Spencer en resta bouche bée. Qui était cette fille, et qu'avait-elle fait de l'ancienne Emily ?

— Tu es en minorité, grimaça Courtney. Attention, prêtes ? Buvez !

Spencer capitula de bonne grâce. Elle porta le verre à ses

lèvres et laissa le liquide rose couler dans sa gorge. Quand elle eut terminé, elle s'essuya la bouche et poussa un petit cri triomphant.

Les trois filles reposèrent leurs verres vides. Courtney héla un barman qui devait bien mesurer deux mètres dix et ressemblait étrangement à une *drag queen*.

— Allons danser ! dit-elle après avoir tendu un nouveau Martini-framboise aux deux autres.

Elles se dirigèrent vers la piste et commencèrent à onduler sur « *Hollaback Girl* ». Courtney leva les bras et ferma les yeux tandis qu'Emily se balançait sur le *beat*. Spencer se pencha vers elle et lui cria à l'oreille :

— Tu te souviens des concours de danse qu'on faisait dans le salon des DiLaurentis ? (Elles poussaient les meubles dans les coins, montaient le volume de la hi-fi et inventaient des chorégraphies compliquées sur les chansons de Justin Timberlake.) C'est pareil, mais en mieux.

Emily eut un sourire en coin.

— Et encore, tu ne sais pas à quel point.

Spencer fronça les sourcils.

— Que veux-tu dire ?

Mais Emily but une longue gorgée de Martini-framboise et se détourna sans répondre.

Autour d'elles, la foule s'épaissit. Spencer sentit qu'on les observait. Quelques garçons se rapprochèrent, saisissant la moindre occasion de se frotter aux hanches de Courtney, aux longues jambes d'Emily ou aux épaules nues de Spencer. Les autres filles les regardaient jalousement et imitaient Courtney dans l'espoir qu'un peu de sa magie déteindrait sur elles. Les empotés et les timides assis dans les box les fixaient comme si elles étaient des starlettes de Hollywood.

L'euphorie gagna Spencer. La dernière fois qu'elle avait plané autant, c'était le jour où Ali les avait approchées pendant la vente de charité de l'Externat, les invitant à boire des smoothies au Steam, puis à dormir chez elle. Spencer ne savait toujours pas pourquoi Ali les avait choisies parmi toutes les 6ᵉ jolies et friquées de leur collège. Elle n'avait même pas essayé de les mettre en compétition avec d'autres. Quand Spencer avait regagné son stand en revenant du Steam, les autres élèves l'avaient regardée d'un air envieux. Ils auraient tous voulu être à sa place – comme aujourd'hui.

La lumière mouchetée projetée par la boule disco glissait le long du corps ondulant de Courtney. Un type brun commença à se serrer contre elle. Il faisait cinq bons centimètres de moins que la jeune fille, avait les bras couverts de tatouages et arborait une moustache façon années 1970 qui se voulait ironique. *Il ressemble à une version emo de Super Mario*, songea Spencer.

Courtney se détourna d'une façon très éloquente, mais le garçon refusa de saisir le message. Sans se décourager, il colla son bassin à la hanche d'Emily, qui eut l'air horrifiée. Spencer s'interposa entre eux, saisit les mains d'Emily et la fit tourner. Super Mario disparut dans la foule mais revint quelques secondes plus tard, le regard désormais rivé sur Spencer.

— Cache-toi derrière moi, cria Courtney pour se faire entendre par-dessus la musique.

Spencer obtempéra en titubant. Pliée de rire, Emily se rapprocha aussi. Super Mario continua à se trémousser à moins d'un mètre d'elles, avec des mouvements saccadés trop bizarres. De temps en temps, il leur jetait un coup d'œil comme s'il espérait qu'elles allaient l'inviter dans leur cercle.

— Je crois que l'une d'entre nous va devoir se sacrifier pour danser avec lui, dit Emily.

Courtney porta un doigt à ses lèvres. Elle coula un regard en biais à Emily et eut un sourire malicieux.

— Pas moi, dit-elle en fixant Spencer.

Les mots mirent du temps à atteindre la conscience de Spencer. Le goût des Martini-framboise lui remonta dans la gorge.

— Qu-quoi?

— Pas moi, répéta Courtney en continuant à bouger en rythme. (Ses yeux bleus pétillaient.) Ne me dis pas que tu as oublié notre jeu préféré d'autrefois.

Notre jeu préféré? Spencer fit un pas en arrière, manquant renverser une grande fille aux cheveux bruns qui lui arrivaient à la taille. Elle eut une illumination. Quelque chose ne tournait pas rond – mais pas rond du tout.

Emily et Courtney échangèrent un autre regard entendu. Puis Courtney prit le bras de Spencer et l'entraîna à l'écart de la piste de danse, vers l'extrémité du bar. Emily les suivit.

Le cœur de Spencer battait la chamade. Toute cette scène paraissait préméditée. Les deux autres filles la firent asseoir dans un box vide.

— Spence, j'ai quelque chose à te dire, commença Courtney en repoussant une mèche qui lui tombait devant la figure. Emily est déjà au courant.

— Au courant? répéta Spencer. (Emily eut un sourire de conspiratrice.) Au courant de quoi? Que se passe-t-il?

Courtney lui prit les mains.

— Spence, je suis Ali.

La jeune fille sursauta violemment.

— Ce n'est pas drôle.

Mais Courtney semblait très sérieuse. Emily aussi, d'ailleurs.

La musique se déforma aux oreilles de Spencer. Les stroboscopes lui donnaient la migraine. Elle se glissa dans le fond du box.

— Arrêtez, geignit-elle. Arrêtez tout de suite.

— C'est vrai, dit Emily, les yeux écarquillés. Je te jure. Elle va tout t'expliquer.

Courtney se lança dans un long récit. Quand elle prononça les mots « échangé nos places », les Martini-framboise que Spencer avait engloutis lui donnèrent la nausée. Comment était-ce possible ? Elle n'y croyait pas. Elle ne pouvait pas y croire.

— Combien de fois vous êtes-vous trouvées toutes les deux à Rosewood ? croassa-t-elle, agrippant les bords de la banquette dans un effort futile pour empêcher sa tête de tourner.

— Une seule fois, répondit Courtney – ou Ali ? –, les yeux baissés. Le week-end où ma sœur est morte.

— Non, attends. (Les sourcils froncés, Emily leva un doigt.) Elle était déjà venue avant, non ?

Plongeant une main dans sa pochette de soirée en cuir noir, elle en sortit son Nokia et montra aux deux autres la photo que « A » lui avait envoyée. On y voyait Ali, Jenna et une mystérieuse blonde, à moitié cachée derrière un arbre, dans le jardin des DiLaurentis par ce qui ressemblait à un après-midi de fin d'été. La troisième fille aurait très bien pu être la jumelle d'Ali.

— Oh. (Courtney repoussa ses cheveux en arrière et claqua des doigts.) C'est vrai, j'avais oublié. Elle est restée à la maison quelques heures durant son transfert d'un hôpital à l'autre.

Spencer compta les carreaux décorés sur le mur au fond du box, essayant de faire jaillir un semblant d'ordre de tout ce chaos.

— Mais si Courtney se faisait toujours passer pour Ali, comment puis-je être certaine que tu n'es pas Courtney ?

— Ce n'est pas elle, affirma Emily, tandis que la fille blonde secouait vigoureusement la tête.

— Mais, et la bague? insista Spencer. La fille dans le trou portait la chevalière avec l'initiale d'Ali. Si tu es Ali, pourquoi ta bague se trouvait-elle au doigt de Courtney?

Courtney grimaça comme si elle venait d'avaler une gorgée de schnaps à la pomme.

— J'ai perdu cette bague le matin de notre soirée pyjama. Je suis sûre que c'est ma sœur qui me l'a prise.

— Je ne me souviens pas t'avoir vue avec dans la grange, dit très vite Emily.

Spencer lui jeta un coup d'œil agacé. Évidemment, Emily voulait croire qu'il s'agissait bel et bien d'Ali – elle ne rêvait que du retour de leur amie depuis presque quatre ans. Mais en fouillant ses souvenirs, Spencer ne pouvait pas jurer qu'Ali portait bien la chevalière ce soir-là.

Un groupe de garçons aux cheveux hérissés à grand renfort de gel passa devant leur box. On aurait dit qu'ils voulaient s'approcher pour les draguer, mais ils durent sentir que ce serait malvenu, car ils s'éloignèrent sans leur avoir parlé.

— Tu te souviens de notre fameuse dispute? lança Courtney. Ça fait trois ans et demi que j'y pense. Je suis vraiment désolée. Pour plein d'autres choses, aussi. Je n'aurais pas dû accrocher mon uniforme de l'équipe de hockey JV à ma fenêtre pour que tu le voies. Je savais que ça t'énerverait. Mais j'étais jalouse, et peu sûre de moi. J'ai toujours pensé que tu méritais cette place dans l'équipe.

Spencer serra la banquette encore plus fort. Elle peinait à respirer. N'importe qui aurait pu être au courant pour leur dispute, puisqu'elle avait dû la raconter à la police. Mais cet épisode-là? Spencer n'en avait parlé à personne, pas même au reste de leur petite bande.

— Et je regrette aussi ce qui s'est passé avec Ian, poursuivit Courtney – ou était-ce Ali? Je n'aurais pas dû te menacer de parler de votre baiser à Melissa alors que c'était moi qui sortais avec lui en cachette. Et je suis désolée d'avoir dit que je l'avais forcé à le faire. C'était faux.

Spencer serra les dents, toute la honte et la colère provoquées par cette discussion remontaient brusquement à la surface.

— Merci beaucoup, grinça-t-elle.
— Je sais, j'étais une garce. Après coup, je me suis sentie si mal que j'ai posé un lapin à Ian. Donc, d'une certaine façon, tu m'as sauvé la vie, Spence. Sans cette dispute, je serais allée dans les bois, et j'aurais été une proie facile pour Billy. (Courtney-Ali s'essuya les yeux avec une serviette en papier.) Et je suis navrée de t'avoir caché que nous étions sœurs alors que je le savais. Je ne l'ai appris que peu de temps avant notre dernière soirée pyjama, et je ne savais pas du tout comment réagir.

— Au fait, comment l'as-tu découvert? articula péniblement Spencer.

Le DJ enchaîna sur un morceau de Lady Gaga, et tous les danseurs poussèrent des exclamations de joie.

— Quelle importance? répliqua la fille blonde. Tout ce qui compte, c'est ce que je t'ai dit hier chez moi. Je veux repartir de zéro. Je veux être la sœur dont tu as toujours rêvé, et réciproquement.

C'était de la folie sur la piste. Une foule assoiffée et hurlante se pressait autour du bar. Spencer fixa la fille blonde assise face à elle dans le box, détaillant ses petites mains roses, ses ongles ronds et son long cou gracile. Se pouvait-il qu'il s'agisse d'Ali? C'était comme examiner une très bonne contrefaçon de sac Fendi pour trouver le détail qui la distinguerait d'un modèle authentique. Il *devait* y avoir une différence.

D'un autre côté... ce n'était pas si insensé. Dès l'instant

où cette fille s'était avancée sur l'estrade pendant la conférence de presse, Spencer avait senti que quelque chose clochait. La jumelle secrète les avait toutes regardées d'un air entendu. Elle avait appelé Emily « Brutus ». Elle avait décoré sa chambre exactement comme Ali. Même une très bonne imitatrice n'aurait pas pu obtenir un résultat si parfait, ADN identique à celui de son modèle ou non. Cette fille était bien celle qui avait offert son amitié à Spencer le jour de la vente de charité. Celle qui, pour la première fois de sa vie, lui avait donné l'impression d'être spéciale et importante.

Puis Spencer repensa aux Polaroïd étranges que Billy avait pris pendant leur soirée pyjama. Si Ali n'avait pas tiré les stores, si elle n'avait pas insisté pour faire les choses à sa façon, les filles auraient vu qui se cachait dehors. Et peut-être que rien de tout cela ne serait arrivé.

— On s'est vues tous les jours pendant deux ans. Comment se fait-il que tu ne nous aies jamais parlé de ta sœur? demanda Spencer en attrapant ses cheveux d'une main pour les soulever de sa nuque.

Une centaine de personnes supplémentaires semblaient avoir envahi la boîte. Spencer se sentait prisonnière et paniquée, comme la fois où l'ascenseur bondé de chez Saks dans lequel elle se trouvait avec Melissa était tombé en panne.

Ali souffla vers le haut pour écarter sa frange blonde de son front.

— Mes parents m'avaient demandé de garder le secret. Et aussi... j'avais honte. Je voulais éviter les questions embarrassantes.

Spencer renifla, frustrée.

— Genre celles dont tu nous bombardais en permanence?

Ali la fixa, l'air chagrinée, et ne répondit rien. Emily se mordilla la lèvre inférieure. La musique continuait à pulser dans le fond.

— Tu connaissais tous nos secrets, enchaîna Spencer d'une voix tremblante. (Sa colère enflait comme une boule de neige qui dévale le flanc d'une colline en grossissant au fur et à mesure.) Tu te servais d'eux pour nous manipuler. Donc, tu craignais que nous fassions la même chose avec le tien. Tu avais peur de perdre le contrôle que tu exerçais sur nous.

— C'est vrai, acquiesça Ali. Tu as sans doute raison. Je suis désolée.

— Et pourquoi n'as-tu jamais essayé de nous contacter depuis l'hôpital ? poursuivit Spencer, les tempes palpitant de fureur. Nous étions tes meilleures amies. Tu aurais dû dire quelque chose. As-tu la moindre idée de ce que nous avons traversé après ta disparition ?

La bouche d'Ali se contorsionna tandis que la jeune fille tentait de trouver une réponse.

— Je...

— Te rends-tu compte à quel point c'était dur ? coupa Spencer, le visage ruisselant de larmes.

Quelques personnes lui jetèrent un coup d'œil ébahi en passant près de leur box, puis s'éloignèrent précipitamment.

— Ça l'était pour moi aussi ! se défendit Ali en secouant la tête. Je voulais vous en parler, je te le jure ! Au début, je ne l'ai pas fait parce que je ne pouvais pas. Plusieurs mois se sont écoulés avant qu'on me laisse accéder au téléphone. À cette époque, vous aviez déjà commencé votre année de 4e. Et j'ai cru... J'ai cru qu'après tout ce que je vous avais fait, vous n'auriez aucune envie que je revienne de toute façon. (Elle fixait obstinément la foule.) Vous deviez être contentes que je ne sois plus là.

— Ali, c'est faux ! protesta immédiatement Emily en lui touchant le bras.

Son amie se dégagea.

— Ose me dire que ce n'est pas un tout petit peu vrai.

Spencer baissa les yeux vers le centimètre de liquide rose qui restait au fond de son verre de Martini. Bien sûr que c'était un tout petit peu vrai. D'un côté, Spencer avait été soulagée qu'Ali ne soit plus là pour se moquer d'elle et la tourmenter. Mais si son amie les avait contactées depuis l'hôpital, elle aurait couru jusque dans le Delaware pour aller la délivrer.

Pendant un long moment, les trois filles ne dirent rien, se contentant d'observer les gens agglutinés autour du bar et le DJ qui sautillait et se déhanchait derrière sa table de mixage. Une rouquine grimpa sur une table pour danser, et une demi-douzaine de garçons convergèrent aussitôt vers elle tels des vautours. Un serveur ramassa une bouteille de bière vide dans le box voisin, et une fille blonde avec les cheveux coupés au carré sortit des toilettes.

Spencer se redressa brusquement. Était-ce... Melissa ? Elle plissa les yeux pour mieux voir, mais la silhouette s'était déjà volatilisée dans la foule. Le pouls de Spencer lui martelait les tempes, et elle se sentait fiévreuse. De toute évidence, ses yeux lui jouaient des tours.

Elle poussa un gros soupir. Ali la regardait, anxieuse et vulnérable. *Elle espère vraiment que je vais lui pardonner*, réalisa Spencer. Au bout d'un moment, Ali se leva, contourna la table et se glissa sur la banquette d'en face. Elle jeta ses bras autour du cou de Spencer, qui lui tapota maladroitement le dos.

— C'est chaud ! s'exclama quelqu'un derrière elles.

Les deux filles s'écartèrent l'une de l'autre et tournèrent la tête. Adossé à une colonne, Super Mario les observait par-dessus le bord de son verre de bière.

— Je peux me joindre à vous ? susurra-t-il.

Emily eut un gloussement embarrassé. Ali pouffa

derrière sa main. Elle jeta un coup d'œil malicieux aux deux autres, et Spencer devina ce qui allait suivre.

— Pas moi! crièrent-elles toutes les trois à l'unisson.

Emily et Ali partirent d'un rire hystérique. D'abord un peu gênée, Spencer ne tarda pas à les imiter. Elle s'esclaffa de plus en plus fort, jusqu'à ce que la tension des derniers jours commence enfin à se dissiper.

Alors, elle pressa la main d'Ali, l'attira dans ses bras et la serra très fort. D'une certaine manière, et contre toute attente, elle avait retrouvé son amie – et sa sœur.

14

*L*A VENGEANCE, C'EST LE DERNIER CRI

À exactement 17h38 le lendemain, Hanna, Courtney, Kate, Naomi et Riley émergèrent du métro devant les marches de la bibliothèque municipale de New York. De jeunes touristes en baskets à semelles épaisses se photographiaient à tour de rôle devant les lions en pierre qui gardaient l'entrée.

— Par ici, dit Hanna avec autorité, prenant à gauche en direction de Bryant Park.

Le sommet de plusieurs pavillons de toile ondulait entre les arbres telles des vagues couronnées d'écume. Hanna avait une robe Diane von Furstenberg en soie, au motif floral abstrait et resserrée à la taille par un lien. Ce modèle n'était même pas encore en vente, mais quand Sasha avait appris qu'Hanna se rendait au défilé, elle avait sorti son exemplaire de démonstration pour le prêter à la jeune fille. Avec sa tenue, Hanna portait des sandales DVF à talons compensés violettes achetées à l'automne, ainsi qu'une besace cloutée de la créatrice pour laquelle elle venait de craquer malgré le risque de découvert bancaire.

Aucune de ses camarades n'était aussi bien habillée qu'elle. Naomi et Kate avaient ressorti des robes DVF de la saison précédente, et la robe portefeuille légèrement boulochée de Riley datait de deux ans auparavant – la honte. Quant à Courtney, elle ne portait pas de DVF du tout : elle avait opté pour une robe en laine Marc Jacobs très simple et des bottines marron. Mais devant l'assurance qu'elle dégageait, Hanna se demanda si ce n'était pas elle la plus chic. Et si ça faisait plouc de porter les fringues d'une créatrice à son défilé – un peu comme les touristes qui arboraient fièrement des T-shirts « I ❤ NYC » ?

Hanna repoussa cette pensée désagréable. Jusqu'ici, la journée avait été fantastique. Au déjeuner, les autres l'avaient invitée à leur table, et elles avaient discuté avec excitation des célébrités qu'elles croiseraient peut-être le soir : Madonna, Taylor Momsen, Natalie Portman ? Puis elles avaient pris l'Amtrak Acela sur la 30ᵉ Rue et passé toute l'heure de trajet à boire au goulot d'une bouteille de champagne volée par Naomi à son père, gloussant chaque fois que la femme d'affaires assise plus loin (une anorexique qui semblait avoir un balai dans le cul) leur jetait un regard scandalisé. D'accord, elles s'étaient installées par mégarde dans le wagon Tranquillité, où le règlement était plus strict qu'à la bibliothèque de l'Externat. Mais la scène n'en avait été que plus cocasse.

Comme elles descendaient la 40ᵉ Rue, Naomi enfonça un doigt dans l'épaule de Courtney.

— On devrait aller dans ce resto dont il parlait sur le site de *Daily Candy*, tu ne crois pas ?

— C'est clair, approuva Courtney en faisant un écart pour éviter le stand odorant d'un vendeur de hot-dogs. Mais seulement si Hanna en a envie.

Et elle adressa un sourire discret à cette dernière. Depuis

que toutes deux avaient partagé un étrange moment de connivence au sujet d'Iris, Courtney soutenait constamment Hanna.

Les cinq filles entrèrent dans le parc. L'endroit grouillait de gens évoluant dans le milieu de la mode, tous plus minces, plus beaux et plus glamour les uns que les autres. Le site people *E! Online* interviewait une femme qui avait été un juge-invité dans *Project Runaway* devant un énorme panneau Mercedes-Benz. À l'entrée du pavillon DVF, une équipe de tournage filmait les invités. Naomi agrippa le bras de Riley.

— Oh, mon Dieu, on va devenir célèbres !

— Peut-être qu'on aura notre photo dans *Teen Vogue*, se réjouit Kate. Ou dans la rubrique *people* du site du *New York Post*.

Le sourire d'Hanna était si large que ses joues lui faisaient mal. D'un pas dansant, elle se dirigea vers l'assistant posté à la porte, un Noir aux traits anguleux qui portait du gloss fuchsia. La caméra pivota pour la suivre et zooma sur son visage. Hanna n'y prêta pas attention. Comme le font les stars face aux paparazzi.

— Bonjour, nous avons une réservation au nom de Marin, dit-elle d'une voix calme et toute professionnelle, en sortant les cinq tickets qu'elle avait soigneusement imprimés sur du bristol la veille au soir.

Par-dessus son épaule, elle adressa un sourire excité à ses camarades, qui le lui rendirent en trépignant d'impatience.

L'assistant étudia les invitations et grimaça.

— Comme c'est mignon ! J'en connais une qui sait se servir de Photoshop !

Hanna cligna des yeux.

— Hein ?

L'homme lui rendit les bristols.

— Chérie, pour entrer dans cette tente, il faut une clé

noire avec le logo DVF dessus. Une centaine de personnes les ont reçues il y a un mois. Tu n'iras nulle part avec ces bouts de papier.

Hanna eut l'impression qu'il venait de lui lancer sa chaussure argentée à semelle compensée dans le ventre.

— C'est ma mère qui m'a envoyé ces invitations! protesta la jeune fille. Ce sont des authentiques!

L'assistant posa une main sur sa hanche.

— Alors, maman adorée va devoir s'expliquer. (Il agita la main pour chasser Hanna et les autres.) Allez, ouste, les filles. Retournez à la garderie.

Les bâtiments qui entouraient Bryant Park se rapprochèrent. De la sueur se mit à perler sur le front d'Hanna. Pendant ce temps, la caméra continuait à filmer.

— Jolie Petite Menteuse, chuchota quelqu'un.

Deux filles maigrichonnes tapaient frénétiquement sur leur Palm. D'ici quelques minutes, la nouvelle serait sur Twitter et dans tous les blogs de mode. Hanna et les autres seraient la risée du monde entier.

Naomi tira Hanna en arrière et la plaqua contre un tronc d'arbre.

— Tu peux m'expliquer ce qui se passe?

— Elle l'a fait exprès, siffla méchamment Riley derrière l'épaule de Naomi. Tu avais raison. Une fille comme elle n'aurait jamais pu obtenir des invitations pour le défilé DVF.

— Je ne savais pas! se défendit Hanna, ses talons s'enfonçant dans la terre molle, au pied de l'arbre. Je vais appeler ma mère; elle va tout arranger.

— Il n'y a rien à arranger, cracha Kate, le visage à quelques centimètres de celui d'Hanna. (Son haleine sentait les bretzels rassis.) Nous t'avons donné une chance, et tu l'as fichue en l'air.

Courtney croisa les bras sur sa poitrine mais ne dit rien.

— Tu ne seras plus jamais populaire à l'Externat de Rosewood, gronda Naomi. (Elle sortit son BlackBerry de sa pochette de soirée et fit un signe du menton à Riley.) Allons au Waverly Inn. (Elle jeta un regard menaçant à Hanna.) Et ne t'avise surtout pas de nous suivre.

Les quatre filles se fondirent dans la foule. Hanna se détourna et fixa une poubelle voisine remplie à ras bord de flûtes en plastique. Deux filles aux longs cheveux brillants passèrent devant elle, tenant chacune une des fameuses clés noires frappées du logo DVF.

— Je suis tellement excitée ! couina l'une d'elles.

Elle portait la même robe qu'Hanna, taille 34 plutôt que 36. *Garce !*

Sortant son iPhone, Hanna composa le numéro de sa mère à Singapour sans se soucier du prix de la communication. La sonnerie résonna six fois avant que Mme Marin ne décroche.

— Tu es vraiment la pire mère du monde ! hurla Hanna. Tu as gâché ma vie !

— Hanna ? appela Mme Marin d'une voix faible, très lointaine. Que se passe-t-il ?

— Pourquoi m'as-tu envoyé de fausses invitations pour un défilé ? (Hanna donna un coup de pied dans un caillou, et plusieurs pigeons se dispersèrent.) Ça ne t'a pas suffi de me planter là avec papa qui me déteste et Kate qui veut ma peau ! En plus de ça, il fallait que tu me colles la honte devant tout le monde !

— Quelles invitations ? demanda Mme Marin, perplexe.

Hanna serra les dents.

— Celles du défilé Diane von Furstenberg à Bryant Park. Tu me les as envoyées par mail l'autre jour. Ne me dis pas que tu es préoccupée par ton boulot au point d'avoir déjà oublié !

— Je ne t'ai rien envoyé, répliqua sa mère avec une pointe d'inquiétude dans la voix. Tu es sûre que le message venait bien de moi ?

De l'autre côté de la rue, les fenêtres d'un gratte-ciel s'éclairèrent. Les passants traversèrent au feu vert tel un troupeau amorphe. Les poils d'Hanna se hérissèrent sur ses avant-bras. Si sa mère n'y était pour rien, alors qui était derrière tout ça ?

— Hanna ? appela Mme Marin au bout d'un moment. Ma chérie, tu vas bien ? Tu veux qu'on parle ?

— Non, ça va, répondit très vite Hanna.

Et elle coupa la communication. Puis, d'un pas chancelant, elle revint vers la bibliothèque et s'assit sous l'un des lions de pierre. Sur l'étalage d'un kiosque à journaux, le visage de Billy Ford se détachait à la une du *New York Post*. Il avait les yeux écarquillés et le regard fou. Ses longs cheveux blonds étaient plaqués sur son front cireux, et son expression glaça Hanna. « Ford innocent », clamait le gros titre.

Une rafale emporta l'exemplaire du dessus et le déposa près d'une paire de bottines marron familière. Levant les yeux, Hanna découvrit un visage en forme de cœur et une chevelure blonde qu'elle connaissait bien.

— Oh, bredouilla-t-elle, surprise.

— Salut, dit Courtney en souriant.

Hanna baissa la tête.

— Qu'est-ce que tu veux ?

Courtney s'assit près d'elle.

— Tu vas bien ?

Hanna ne répondit pas.

— Elles oublieront, lui assura Courtney.

— Sûrement pas. J'ai tout gâché, se lamenta Hanna par-dessus le bruit d'un autobus touristique Big Apple. (Soudain, elle avait une folle envie de Cheez-It.) Je suis officiellement une grosse naze.

— Bien sûr que non.

— Mais si. (Hanna serra les dents. Peut-être devait-elle cesser de lutter et accepter sa condition.) Avant de rencontrer ta sœur, j'étais vraiment nulle. Je ne sais même pas pourquoi elle a voulu être amie avec moi. Je ne suis pas cool; je ne l'ai jamais été. Je ne peux rien y changer.

— Hanna, dit Courtney avec sévérité. C'est la chose la plus stupide que tu aies jamais dite.

Hanna ricana.

— Tu me connais depuis deux jours.

Les phares d'une voiture éclairèrent le visage de Courtney.

— Je te connais depuis beaucoup plus longtemps que ça.

Hanna dévisagea la fille assise près d'elle.

— Hein?

Courtney pencha la tête sur le côté.

— Je croyais que tu avais compris depuis un bail. Depuis l'hôpital.

Un vent glacé se leva, emportant les mégots de cigarette et les papiers gras qui jonchaient le trottoir.

— L... l'hôpital? balbutia Hanna sans comprendre.

— Tu ne te souviens pas? (Courtney eut un sourire plein d'espoir.) Je t'ai rendu visite quand tu étais dans le coma.

Le souvenir flou d'une silhouette blonde se rappela à l'esprit d'Hanna. Une fille s'était penchée vers elle en murmurant : « Ça va aller. » Hanna avait toujours su de qui il s'agissait.

Stupéfaite, elle cligna des yeux.

— Ali?

La fille assise près d'elle acquiesça et écarta les bras comme pour dire : « Ta-daaaaa ! »

— Quoi ? (Le cœur d'Hanna battait à tout rompre.) Comment ?

Ali lui raconta son histoire. Hanna poussa des exclamations à chaque phrase ou presque. Elle avait du mal à en croire ses oreilles.

Son regard balaya le trottoir devant elle. Une femme poussait un landau Silver Cross d'une main tout en parlant dans un Motorola Droid. Un couple gay en blousons de cuir John Varvatos identiques promenait leur bouledogue français. Étonnant que ces gens puissent vaquer à leurs occupations quotidiennes l'air de rien, alors qu'Hanna venait d'entendre une révélation qui chamboulait toute sa vie.

Ali lui prit les mains.

— Hanna, je n'ai jamais pensé que tu étais nulle. Et sérieusement, regarde-toi ! (Du menton, elle désigna les cheveux et la tenue d'Hanna.) Tu es éblouissante.

La peau d'Hanna la picota. En 6e, elle se sentait tel le Bibendum Michelin à côté d'Ali. Elle avait du ventre, et elle portait un appareil dentaire qui lui faisait des joues de castor. Ali était toujours impeccable, que ce soit en uniforme de hockey sur gazon ou dans la robe blanche étrennée le dernier jour de leur année de 5e. Depuis des années, Hanna brûlait de lui montrer combien elle était devenue fabuleuse, elle aussi.

— Merci, chuchota-t-elle.

Elle était dans un état second, comme si elle rêvait.

— Toi et moi, nous méritons d'être populaires, Hanna. (Le regard d'Ali se durcit, mais si brièvement qu'Hanna crut l'avoir imaginé.) Mais pas ta demi-sœur, et encore moins Naomi ou Riley. Alors, tu sais ce qu'on va faire ?

— Qu-quoi ? balbutia Hanna.

Un sourire malicieux releva les coins de la bouche d'Ali. C'était elle tout craché : charmeuse et débordant d'assurance. Elle se leva, s'approcha du bord du trottoir et leva le bras pour héler un taxi. Une berline jaune s'arrêta *illico*. Ali monta à l'arrière et fit signe à Hanna de l'y rejoindre.

— Penn Station, lança-t-elle au conducteur. (Puis elle se tourna vers Hanna.) D'abord, on plaque ces garces. Et ensuite, on les plante pour de bon.

15

ℒE PUITS QUI EXAUCE LES VŒUX

Tard le jeudi soir, dans la chambre qui était la sienne depuis que Byron et Meredith avaient emménagé dans leur nouvelle maison, Aria examinait la robe rouge à franges vintage qu'elle avait achetée pour le bal de la Saint-Valentin. Noel la trouverait-il stylée et originale, ou juste ringarde?

Un mouvement de l'autre côté de la grande fenêtre attira l'attention d'Aria. Une silhouette passait dans la rue en courant, un corps mince éclairé par la lumière ambrée des lampadaires. Aria reconnut aussitôt ce coupe-vent rose, ce collant de jogging noir et ces cheveux blond foncé coiffés d'un bonnet argenté. Melissa Hastings, la sœur aînée de Spencer, arpentait religieusement les rues du quartier chaque après-midi.

Mais jamais le soir. Le cœur d'Aria s'emballa tandis qu'elle revoyait Melissa embusquée devant chez Courtney, quelques jours plus tôt. Saisie d'une drôle d'impression, elle enfila un sweat-shirt et ses Ugg, puis se précipita dehors.

La nuit était glaciale et silencieuse. Une lune bien ronde se découpait dans le ciel. Les maisons paraissaient plus massives et plus imposantes que le jour ; la plupart des gens avaient déjà éteint la lumière de leur porche. Une légère odeur de brûlé planait encore dans l'air, et Aria distinguait le contour des arbres calcinés dans les bois. Apercevant la bande réfléchissante des baskets de Melissa au bout de la rue, elle s'élança sur ses traces. Elle ne voulait pas la rattraper, seulement l'observer ; aussi demeura-t-elle à une distance prudente.

Melissa dépassa la grande demeure de style néerlandais colonial au porche décoré de drapeaux, un différent à chaque saison, l'ancienne ferme en pierre flanquée d'une mare artificielle et le manoir victorien devant lequel un autel trônait. « Tu nous manqueras, Ian », avait écrit quelqu'un avec des boutons d'or. Maintenant que tout le monde présumait Ian innocent – et mort –, les habitants de Rosewood avaient déposé des couronnes mortuaires, des crosses usagées et des maillots de l'équipe de lacrosse de l'Externat sur la pelouse boueuse des Thomas, pour honorer sa mémoire.

Melissa fit le tour de l'impasse et s'engagea dans un sentier à travers bois. Aria la suivit discrètement. Elle se sentait de plus en plus nerveuse. En principe, cette zone était toujours interdite au public : la police continuait à y chercher le corps de Ian.

Prenant une grande inspiration, Aria se fraya un chemin dans la végétation. Des brindilles craquèrent, et l'odeur de brûlé s'intensifia. Les baskets de Melissa disparurent en haut d'une pente abrupte. Aria accéléra son allure pour ne pas la perdre. À présent, elle distinguait à peine les lumières des maisons derrière elle. Mais loin devant, elle apercevait la grange en ruine des Hastings.

Deux yeux ronds la fixaient depuis une branche d'arbre. Quelque chose fila à ras de terre sur sa gauche. Aria sursauta mais continua à avancer. Elle escalada la colline à quatre pattes, haletante. Mais quand elle atteignit le sommet, elle ne vit Melissa nulle part. On aurait dit que la jeune fille s'était volatilisée.

— Aria ?

Aria poussa un hurlement et fit volte-face. Un visage sortit de l'obscurité. Elle vit d'abord sa forme caractéristique, puis ses yeux bleus brillants et son sourire de chat de Cheshire.

— C-Courtney- ? balbutia-t-elle.

— Je pensais être la seule à connaître cet endroit, dit la jeune fille en poussant une mèche blonde sous son bonnet bordeaux.

Aria passa les mains sur ses cheveux attachés à la hâte en queue-de-cheval. Son cœur cognait très fort dans sa poitrine.

— T-tu as vu la sœur de Spencer, Melissa ? J'étais en train de la suivre.

Courtney secoua la tête, perplexe.

— Je n'ai vu personne d'autre que la lune.

Aria frissonna. Le froid lui brûlait les poumons. Elle voulait filer au plus vite, mais ses jambes refusaient de lui obéir.

— Qu-qu'est-ce que tu fais ici ?

— Je rends visite à mes souvenirs, répondit Courtney.

Elle s'adossa à une structure effritée qu'Aria remarquait pour la première fois. On aurait dit le pied d'une colonne de brique ronde, pratiquement recouverte par la mousse. La moitié d'un montant en forme de A subsistait encore, même si son bois était à demi pourri. Non loin de là, un seau métallique rouillé gisait dans l'herbe.

Aria porta une main à sa bouche tandis que les pièces du puzzle s'assemblaient dans son esprit. C'était un puits à vœux, identique à celui qu'Ali avait dessiné sur son morceau du drapeau de la Capsule temporelle. Les jambes d'Aria se mirent à trembler.

— Avant, je venais ici quand j'avais besoin de réfléchir. (Courtney se percha à cheval sur le rebord de pierre, laissant ses pieds pendre dans le vide de chaque côté.) C'était le seul endroit qui n'appartenait qu'à moi. C'est pour ça que je l'ai reproduit sur mon trophée.

Aria en resta bouche bée. *Son* morceau de drapeau ?

— Excuse-moi ?

Un hibou hulula. Un nuage en forme de main passa devant la lune. Courtney jeta un petit tapis de mousse gelée dans le puits. Aria ne l'entendit pas toucher le fond.

— Je sais que Jason te l'a donné, dit-elle sur un ton léger. (Elle tourna la tête vers Aria.) Je suis contente que ce soit toi qui en aies hérité.

Aria clignait furieusement des yeux.

— Qu-que… ? Je ne comprends pas.

Courtney leva les mains.

— Ne panique pas, d'accord ? (Son haleine formait un petit nuage de vapeur blanche.) Je ne suis pas Courtney. Je suis Ali.

Les genoux d'Aria mollirent. Elle recula précipitamment, glissant sur des feuilles mortes.

— Ne pars pas, je t'en prie, implora Courtney. (Le clair de lune rendait ses dents et le blanc de ses yeux presque phosphorescents, comme si elle était une lanterne d'Halloween humaine.) Je vais tout t'expliquer.

Aria ne bougea pas tandis que la fille blonde lui racontait la vérité à propos de sa sœur, du meurtre survenu trois ans et demi auparavant, et de l'échange qui avait suivi.

— Hanna, Spencer et Emily sont déjà au courant, acheva-t-elle. Je savais que c'était à toi que j'aurais le plus de mal à le dire. Toute cette histoire avec ton père…

Elle passa une jambe par-dessus le bord du puits, sauta à

terre et s'approcha d'Aria. Sa main gantée de cachemire se posa sur l'épaule de la jeune fille.

— J'ai été horrible avec toi, admit-elle. Mais j'ai changé. Je veux qu'on redevienne amies, comme en 6ᵉ quand notre petite bande s'est formée. Tu te souviens ? C'était génial.

Aria se sentait paralysée. Était-ce vraiment Ali qui se tenait devant elle ? Possible. Depuis le début, Aria trouvait qu'il y avait quelque chose d'étrange chez Courtney – la nouvelle venue en savait beaucoup plus qu'elle ne l'aurait dû sur Rosewood et sur les anciennes amies de sa sœur.

Ali la regardait, les yeux écarquillés et la mine implorante.

— Penses-y, d'accord ? Essaie de voir les choses de mon point de vue ; c'est tout ce que je te demande.

Le cœur d'Aria se serra. Elle aussi, elle regrettait l'époque où leur petite bande s'était formée. Pendant quelques mois, leur amitié avait été idyllique. En semaine, elles passaient les soirées les unes chez les autres, les week-ends dans les Poconos, et elles faisaient des films idiots avec le Caméscope d'Aria. Pour la première fois de sa vie, celle-ci ne s'était pas sentie excentrique et marginale, mais membre d'un groupe.

Ali tourna les talons et s'éloigna. Aria écouta les feuilles mortes craquer sous ses pieds jusqu'à ce qu'elle disparaisse entre les arbres. Puis, elle reprit le chemin de sa maison. « Je veux qu'on redevienne amies. Réfléchis-y, d'accord ? C'est tout ce que je te demande. »

Une partie d'elle voulait répondre à Ali que le passé était enterré et oublié. Mais quelque chose l'en empêchait. Elle avait du mal à croire qu'Ali déplore son comportement d'autrefois et qu'elle ait vraiment changé. La jeune fille n'était de retour que depuis quelques jours, et elle avait déjà recommencé à mentir, prétendant qu'elle n'avait jamais fréquenté l'Externat ni vu la maison des Kahn. Certes, elle s'était montrée très convaincante quand elle avait raconté combien elle avait été dévastée en apprenant la liaison de sa mère avec le père de Spencer. Mais ce n'était peut-être que pour inciter Aria à s'épancher de nouveau sur ses propres problèmes familiaux...

Aria prit une grande inspiration. Une odeur de rouille et de gadoue emplit ses narines. Elle remarqua alors une petite tache blanche à ses pieds. Elle s'arrêta. Quelque chose était enfoui dans la boue sur le flanc de la colline.

Après une brève hésitation, Aria s'accroupit et tira dessus. Un peu de terre et quelques feuilles mortes se détachèrent de l'objet alors qu'elle le dégageait. C'était une enveloppe déchirée. Les pelleteuses l'avaient-elles exhumée en arrachant les souches calcinées ?

Aria l'ouvrit et plongea sa main à l'intérieur. Ses doigts touchèrent quelque chose de plat et de dur, avec des coins carrés. Prenant une nouvelle inspiration pour se donner du courage, la jeune fille sortit deux Polaroïd flous.

Elle fronça les sourcils. Le premier montrait quatre filles assises en cercle sur un tapis rond, la tête baissée. Elles étaient entourées de bougies allumées. Une cinquième fille aux longs cheveux blonds et au visage en forme de cœur se tenait devant elles, les bras en l'air et les yeux clos.

Le cœur d'Aria se mit à cogner violemment. On aurait dit une des photos que Billy avait prises lors de leur soirée pyjama.

Les doigts marbrés de violet par le froid, elle examina l'autre cliché. Le flash avait dessiné un cercle jaune sur la moitié supérieure de l'image. Aria vacilla et se mit à claquer des dents. D'une façon qu'elle ne s'expliquait pas – peut-être à cause de l'angle de l'appareil ou de la lumière renvoyée par le flash –, cette photo ne montrait pas ce qui se passait à l'intérieur de la grange des Hastings, mais au-dehors.

Un reflet spectral dans la vitre laissait deviner deux mains et un visage indistinct et morbide. La personne avait des cheveux blonds comme ceux de Billy, mais ses traits étaient beaucoup plus doux, plus féminins. Un petit nez droit. Des yeux ronds bordés de cils sombres...

Le souffle d'Aria s'étrangla dans sa gorge. Elle fixa l'image jusqu'à ce que ses yeux la brûlent. Elle voulait désespérément croire que cette personne était Billy, mais elle voyait bien que ce n'était pas le cas.

Autrement dit, quelqu'un d'autre les avait observées ce soir-là.

16

Pas maintenant, Em ? Mais alors, quand ?

Le lendemain matin, Emily et sa sœur Carolyn poussèrent la porte du Diner de Rosewood. Leur entraînement de natation s'était terminé un peu en avance ; elles avaient donc le temps de prendre un vrai petit déjeuner avant le début des cours.

Les propriétaires du restaurant laissaient leurs guirlandes lumineuses accrochées toute l'année, ce qui donnait à la grande salle une atmosphère douillette et festive. Une bonne odeur de pancakes, de sirop d'érable, de saucisses et de café s'échappait des cuisines. Quelques journaux abandonnés gisaient sur le comptoir. « La photo à la fenêtre ne montre pas Ford », clamait un gros titre. En dessous, il y avait un scan du Polaroïd flou dont Aria avait parlé à Emily. Elle l'avait appelée la veille pour lui dire qu'elle avait trouvé deux photos dans les bois. Voulant rester discrète, elle les avait déposées anonymement au commissariat.

Emily détailla l'image de mauvaise qualité. À cause du flash, le visage était surexposé, si bien que l'intrus ressemblait à une apparition. Il avait des cheveux blonds comme ceux de Billy, mais la forme de sa mâchoire, de ses yeux et de son nez était complètement différente. Emily sentit poindre un début de migraine derrière ses yeux. Pourquoi Billy détenait-il ces photos si elles n'étaient pas de lui ? Avait-il un complice la nuit du meurtre ? Ou bien quelqu'un avait-il déposé les Polaroïd dans sa voiture pour lui faire porter le chapeau ?

Emily suivit Carolyn vers l'un des box décorés en rouge. Son portable bipa dans son sac de sport. Elle avait reçu un texto de Courtney DiLaurentis. *Ali*, rectifia-t-elle.

Hâte 2 te voir à la gym tout à l'heure. Biz.

Le cœur d'Emily manqua un battement.

Moi aussi, tapa-t-elle très vite. Elle regarda la petite icône en forme d'enveloppe tourner sur elle-même jusqu'à l'envoi de son message.

Emily sentait encore l'odeur de menthe qui se dégageait de l'haleine d'Ali et la douceur de ses lèvres quand son amie l'avait embrassée. Elle la voyait encore se déhancher lascivement sur la piste de danse le mercredi soir, la lumière des spots formant un halo doré autour de sa tête.

Carolyn se pencha pour regarder l'écran du Nokia de sa sœur. Elle écarquilla les yeux.

— Tu es amie avec Courtney DiLaurentis ?

— Elle a l'air gentille, répondit Emily sans se mouiller.

Carolyn replia le menu et le posa sur le bord de la table.

— C'est tellement bizarre qu'Ali ait eu une jumelle. Tu t'en doutais, à l'époque ?

Emily haussa les épaules. Rétrospectivement, elle aurait dû deviner qu'il se passait quelque chose de bizarre la veille de leur soirée pyjama. Quand Ali avait rejoint ses amies sous le porche, elle ne se souvenait pas leur avoir parlé dans sa chambre quelques minutes auparavant. Plus tard cet après-midi-là, en allant aux toilettes, Emily avait entendu Jason chuchoter avec quelqu'un dans l'escalier.

— Tu ferais mieux d'arrêter, avait-il dit sur un ton menaçant. Tu sais que ça les met en rogne.

— Je ne fais de mal à personne, avait protesté une autre voix qui ressemblait beaucoup à celle d'Ali – et qui devait appartenir à Courtney.

Jason avait dû la réprimander parce qu'elle s'était fait passer pour sa sœur, une fois de plus. Ali avait bien dit qu'elle avait tenté de la noyer pour prendre sa place... Emily frissonna.

Mais... et l'autre fois où Courtney s'était trouvée à Rosewood, pendant son transfert entre le Radley et le Sanctuaire? Ali avait dit que ça s'était passé pendant leur 6e. Se pouvait-il que Courtney ait été là précisément le samedi où Emily et les autres s'étaient introduites dans le jardin des DiLaurentis pour essayer de voler le morceau de drapeau d'Ali? Emily se souvenait avoir entendu une dispute à l'intérieur de la maison. Ali avait crié : « Arrête! », et quelqu'un d'autre lui avait répondu avec la même voix aiguë. Emily avait pensé que Jason imitait sa sœur pour la taquiner, mais ça aurait aussi bien pu être Courtney.

Ce même jour, Ali leur avait adressé la parole pour la première fois, et pendant un moment, elle avait paru presque amicale. Elle n'avait même pas interrompu leur conversation quand Mme DiLaurentis était sortie sous le porche pour annoncer que son mari et elle s'en allaient. D'ailleurs, Emily se demandait si les parents d'Ali n'allaient pas emmener Courtney au Sanctuaire. Si elle avait regardé leur Mercedes sortir du garage et s'éloigner, aurait-elle aperçu un sosie d'Ali sur la banquette arrière?

La serveuse s'approcha de leur table et leur demanda si elles avaient choisi. Carolyn commanda une omelette et

Emily une gaufre belge. Dès que la fille se fut éloignée, Carolyn vida une dosette de crème dans sa chope de café.

— Courtney semble vraiment différente d'Ali.

Emily touilla son chocolat chaud en s'efforçant de garder une expression neutre.

— Pourquoi dis-tu ça?

— Je ne sais pas. Je n'arrive pas à mettre le doigt dessus, mais les différences sont là.

La cloche du comptoir sonna. La serveuse sortit de la cuisine, vacillant sous le poids de deux énormes plateaux de nourriture. Emily aurait bien voulu révéler la vérité à sa sœur, mais Ali lui avait fait jurer de garder le secret. Elle se demanda combien de temps son amie devrait se faire passer pour Courtney. Jusqu'à ses dix-huit ans? Jusqu'à la fin de ses jours?

Par-dessus l'épaule d'Emily, Carolyn regardait quelque chose de l'autre côté de la vitrine du restaurant. Elle haussa un sourcil.

— Ce n'est pas l'agent Wilden?

Emily se retourna. Deux personnes discutaient sur le parking : une fille blonde en manteau à carreaux et un homme en tenue de policier. Melissa Hastings et Darren Wilden. Emily ne pouvait pas entendre ce qu'ils se disaient, mais ça avait l'air de barder. Melissa agita son index sous le nez de Wilden, qui répliqua quelque chose avec un geste désinvolte. Melissa leva les mains d'un air frustré. Wilden se détourna et s'éloigna. Elle l'appela, mais il l'ignora.

— Wouah, souffla Carolyn. C'était quoi, ça?

— Aucune idée, répondit Emily.

La porte du restaurant s'ouvrit, laissant passer deux types portant un blouson de l'équipe de natation de l'école préparatoire Tate. Carolyn reporta son attention sur Emily et but une nouvelle gorgée de café.

— Tu vas au bal de la Saint-Valentin avec Isaac? On ne l'a pas vu à la maison ces derniers temps.

Isaac. Un instant, Emily ne parvint même pas à se remémorer le visage de son ex-petit ami. Peu de temps auparavant, elle croyait qu'il était l'homme de sa vie – au point qu'elle avait perdu sa virginité avec lui. Mais quand elle lui avait dit que sa mère la torturait, le jeune homme avait refusé de la croire, et ils avaient rompu. Emily avait l'impression que ça s'était passé mille ans plus tôt.

— Euh... j'en doute.
— Pourquoi? s'enquit Carolyn, curieuse.

Emily feignit d'être fascinée par son set de table plastifié, qui représentait une carte humoristique des États-Unis. Sa famille pensait qu'elle était allée à Boston avec Isaac et d'autres jeunes de la paroisse quelques semaines plus tôt. En réalité, elle s'était rendue dans une communauté amish où elle avait découvert des informations sur le passé de Wilden.

Quand les flics l'avaient ramenée chez elle, la nuit où elle avait failli entrer par effraction dans la salle des pièces à conviction – la nuit où Jenna était morte –, Emily avait dit à sa mère qu'elle s'était habillée en amish pour participer à un jeu de rôle durant son voyage à Boston. Elle était à peu près certaine que sa mère ne l'avait pas crue, mais Mme Fields n'avait pas insisté.

Voyant que sa sœur ne répondait pas, Carolyn changea de position sur la banquette, et un sourire s'épanouit sur son visage.

— Tu n'es plus avec Isaac, pas vrai?
— Non, admit Emily en choisissant soigneusement ses mots. Je m'intéresse à quelqu'un d'autre.

Carolyn écarquilla les yeux. Il était plutôt facile de deviner de qui il s'agissait : Mona-*alias*-« A » avait divulgué le béguin d'Emily pour Ali à tout l'Externat de Rosewood.

— Courtney est… comme ça ? chuchota-t-elle.

— Je n'en sais rien.

Emily pressa son pouce sur les dents de sa fourchette. « J'ai toujours espéré le refaire un jour », avait dit Ali. Était-elle attirée par les filles en général, et par Emily en particulier ? Sinon, pourquoi dire ça ?

La serveuse déposa leurs assiettes devant elles. Emily fixa sa gaufre couverte de beurre et de sirop. Soudain, elle se sentait trop nerveuse pour avaler quoi que ce soit.

Carolyn posa ses mains à plat sur la table.

— Tu devrais l'inviter au bal, décida-t-elle.

— Je ne peux pas ! s'exclama Emily, surprise que sa sœur fasse preuve d'une telle ouverture d'esprit.

— Pourquoi ? Qu'est-ce que tu as à perdre ? (Carolyn piqua un morceau d'omelette et le porta à sa bouche.) Vous pourriez y aller avec Topher et moi. On a loué une limousine.

Topher était le petit ami de Carolyn ; ils sortaient ensemble depuis des lustres.

Emily ouvrit la bouche et la referma sans avoir émis un seul son. Carolyn ne comprenait pas. Ce n'était pas un béguin ordinaire comme celui qu'elle avait eu pour Maya ou Isaac. Depuis des années, elle rêvait de retrouver Ali. Elles s'inscriraient à Stanford ensemble et, avec un peu de chance, partageraient une jolie petite maison avec une girouette sur le toit.

L'idée de lui déclarer sa flamme et, peut-être, de gâcher toutes ses chances paralysait Emily. Ali était tout pour elle. Si son amie la rejetait, Emily ne savait pas comment elle réagirait. Mieux valait tenir ses sentiments secrets ; ainsi, elle ne risquerait pas d'être blessée.

Son Nokia bourdonna de nouveau. Emily l'ouvrit vivement. Ali lui avait répondu par une ligne de X, dont chacun symbolisait un baiser.

... D'un autre côté, si elle voulait la même chose qu'Emily ?

17

Qui a peur
de la grande méchante sœur ?

À peu près au même moment ce matin-là, Spencer grimpa dans le SUV de Melissa et attendit que sa sœur aille chercher ses lunettes de soleil dans la maison. Exceptionnellement, Melissa avait proposé de déposer sa cadette à l'Externat.

Spencer se retourna pour placer son sac Kate Spade sur la banquette arrière. La voiture sentait le chewing-gum à la cannelle, et la radio hurlait :

— Après un message de nos annonceurs, nous discuterons des photos qui ont éclairé sous un nouveau jour l'affaire du tueur en série de Rosewood, annonça un journaliste.

Alors que débutait une publicité pour Les Trésors du Grenier, une boutique d'antiquités locale, Spencer éteignit le poste d'un geste brusque. Le matin, elle avait reçu un texto d'Aria l'informant que son amie avait trouvé des Polaroïd dans les bois, mais elle n'avait pas encore eu l'occasion de les voir. Tout ce qu'elle savait, c'est que la personne qui les avait photographiées pendant leur soirée pyjama était peut-être de sexe féminin. Jusque-là, Spencer s'était efforcée d'ignorer les incohérences quant à l'implication de Billy, mais à présent...

Une main glacée se posa sur celle de la jeune fille, qui sursauta.

— Allô, Spencer, ici la Terre, chantonna Melissa en claquant sa portière. Il y a quelqu'un ?

— Désolée, bredouilla Spencer tandis que sa sœur descendait l'allée en marche arrière et manquait renverser l'autel dédié à la mémoire de Jenna.

Situé sur le trottoir d'en face, celui-ci avait triplé de volume, et ce n'était peut-être pas fini. Plus bas dans l'impasse, le mémorial d'Ali prenait de l'ampleur avec ses dizaines de bougies, de bouquets de fleurs, d'ours en peluche et de photos d'Ali petite fille.

Si seulement les gens savaient, songea Spencer. Elle-même avait toujours du mal à croire que l'adolescente déclarée morte était toujours en vie.

Melissa jeta un coup d'œil au trottoir devant l'ancienne maison des DiLaurentis.

— Courtney a vu ça ? demanda-t-elle.

L'estomac de Spencer se noua. C'était bizarre de l'entendre appeler « Courtney », maintenant qu'elle savait.

— Je ne sais pas.

Au bout de la voie, Mme Sullivan, qui habitait à l'angle de la rue, promenait ses deux chiens de berger des Shetland. Melissa sortit de l'impasse, et les deux filles roulèrent en silence pendant quelques minutes. Elles dépassèrent la ferme Johnson qui vendait du beurre et des légumes bios, puis le grand parc municipal dans lequel une poignée de courageux faisaient leur jogging, tête baissée pour se protéger de la morsure du vent.

Melissa repoussa ses lunettes aviateur sur le haut de sa tête et jeta un regard en coin à Spencer.

— Tu fréquentes Courtney en dehors de l'Externat? demanda-t-elle.

— On s'est vues une ou deux fois, répondit Spencer en tirant les manches de son manteau sur ses mains nues.

Les mains de Melissa se crispèrent sur le volant.

— Tu es sûre que c'est une bonne idée?

Elles s'arrêtèrent à un stop. Un écureuil traversa la chaussée, sa queue en panache levée bien haut.

— Pourquoi? répliqua Spencer.

Melissa tapa du pied gauche.

— Tu ne sais pas grand-chose d'elle. Jason m'a dit qu'elle était très instable.

Puis elle appuya sur l'accélérateur, et la voiture bondit vers l'autre côté du carrefour.

Spencer aurait voulu pouvoir dire à Melissa ce qu'*elle* ignorait : que la sœur instable était morte.

— Tu ne lui as jamais parlé, se contenta-t-elle se répondre.

La voix de Melissa se durcit.

— Je pense juste que tu devrais être prudente. Ne deviens pas son amie trop vite.

Elles remontèrent l'allée de l'Externat et s'arrêtèrent derrière une file de bus scolaires jaunes. Des élèves descendaient des gros véhicules et s'élançaient vers les doubles portes du bâtiment principal, impatients d'échapper au froid glacial.

Spencer pointa un doigt accusateur vers sa sœur.

— Tu dis ça uniquement parce que tu détestes Ali, et Courtney par association.

Melissa leva les yeux au ciel.

— Ne sois pas si théâtrale. Je n'ai pas envie que tu sois blessée, c'est tout.

— Ben voyons, gronda Spencer. Parce que toi, tu n'as jamais essayé de me faire du mal.

Elle ouvrit la portière d'un geste rageur, descendit et la claqua violemment derrière elle.

Une odeur de viennoiseries tout juste sorties du four flottait dans le hall de l'Externat depuis le Steam. Alors que Spencer se dirigeait vers son casier, Ali sortit des toilettes des filles. Ses yeux bleus pétillaient. Ils avaient la même couleur que son blazer d'uniforme.

— Hé! s'écria-t-elle en passant un bras autour des épaules de Spencer. Justement, je voulais te voir. On se prépare ensemble pour le bal de demain?

— Si tu veux, répondit Spencer en faisant tourner trop vite les mollettes de son cadenas et en se trompant sur l'un des chiffres de son code.

Frustrée, elle donna un coup de pied dans la porte métallique.

Ali fronça les sourcils.

— Qu'est-ce qui ne va pas?

Spencer fit rouler sa tête de son épaule droite vers son épaule gauche, essayant de se calmer.

— Melissa me rend folle.

Ali posa les mains sur ses hanches. Deux types de l'équipe de football passèrent près d'elle en la sifflant. Elle ne leur prêta aucune attention.

— Vous vous êtes encore disputées à propos de votre mère?

— Non. (Spencer réussit enfin à ouvrir son casier. Elle enleva son manteau et le suspendit à un crochet.) Cette fois, c'était à propos de toi.

— Moi? s'étonna Ali.

— Oui. (Spencer eut un rire dur.) Je lui ai dit qu'on se fréquentait, et elle m'a conseillé de garder mes distances.

Ali enleva une peluche invisible de son blazer.

— Elle cherche peut-être juste à te protéger.

Spencer renifla.

— Tu connais Melissa. Elle se fiche comme d'une guigne de ce qui peut bien m'arriver.

Les tendons du cou d'Ali saillirent.

— Alors, pourquoi a-t-elle dit ça?

Spencer se mordilla la lèvre inférieure. Melissa et Ali ne s'étaient jamais entendues. À l'époque, Ali était la seule qui ne léchait pas les bottes de l'aînée des sœurs Hastings. Juste avant sa disparition, elle avait même osé la taquiner en lui disant que Ian se trouverait peut-être une nouvelle copine pendant le séjour de Melissa à Prague. Et Melissa soupçonnait fortement Ali de fricoter en cachette avec son petit ami. Deux mois plus tôt, alors que les deux sœurs se prélassaient dans le Jacuzzi extérieur des Hastings, Melissa avait dit à Spencer qu'elle savait que Ian l'avait trompée quand ils étaient au lycée.

— Il le regrettera jusqu'à la fin de sa vie, avait-elle déclaré.

Spencer lui avait demandé ce qu'elle comptait faire à sa rivale, et avec un sourire grimaçant, Melissa avait répliqué :

— Qui te dit que je ne lui ai pas déjà fait quelque chose?

Un casier claqua non loin des deux filles. Le téléphone portable de quelqu'un sonna. La musique qui ponctuait les interclasses s'interrompit, il était temps de rejoindre leur salle. Spencer leva les yeux vers Ali qui la fixait, se demandant sans doute à quoi elle pensait.

— Est-il possible que Melissa sache que tu n'es pas Courtney?

Ali eut un mouvement de recul, et des plis soucieux barrèrent son front.

— C'est impossible.

— Tu en es sûre ? insista Spencer.

— Certaine.

Ali repoussa ses longs cheveux blonds derrière ses épaules. Un garçon de seconde qui passait par là faillit en trébucher. Il se rattrapa à temps, mais laissa tomber son manuel de biologie.

— Honnêtement, Spence... À mon avis, Melissa est juste jalouse. Vous avez une autre sœur maintenant... et de vous deux, c'est toi que je préfère.

Une chaleur bienfaisante se répandit dans le corps de Spencer alors qu'Ali lui souhaitait une bonne journée et se dirigeait vers l'aile consacrée aux arts plastiques.

Spencer traversa le hall pour gagner sa propre salle de classe, mais en passant devant le Steam, elle s'arrêta net à la vue du présentoir contenant le *Philadelphia Sentinel*.

— C'est pas vrai, chuchota-t-elle.

Le Polaroïd qu'Aria avait trouvé la veille s'étalait en première page. Deux yeux effrayants semblaient fixer Spencer. La jeune fille reconnut immédiatement ce visage flou.

C'était celui de Melissa.

18

Deux *fashionistas* et un plan diabolique

Il était à peine quatre heures ce vendredi, mais le Rive Gauche grouillait déjà de jeunes filles impeccablement coiffées, maquillées et habillées. Des besaces en cuir hors de prix occupaient les chaises libres ; des sacs de shopping ornés de logos de marques de luxe se massaient sous les tables. Des serveurs en chemise blanche amidonnée et pantalon noir à pinces effectuaient leur chorégraphie habituelle entre les tables et déposaient bouteilles de vin et crèmes brûlées avant de repartir en cuisine. Une odeur d'escargots au beurre aillé et de frites belges merveilleusement grasses flottait dans l'air.

Hanna poussa un soupir de bonheur. Elle n'était pas venue au bistro français du centre commercial King James depuis un moment, et ça lui avait manqué. Le simple fait de se tenir dans l'entrée du restaurant lui faisait du bien. C'était comme une thérapie à effet instantané.

L'hôtesse guida Hanna et Ali à travers la grande salle. Les deux filles croulaient sous le poids de leurs sacs Otter.

Elles venaient de passer une heure et demie à essayer presque tous les vêtements de la boutique. Pour une fois, Ali ne s'était pas pavanée devant les grands miroirs en robe taille 34 et jean skinny taille 25 pendant que son amie restait vautrée sur le canapé comme une baleine échouée. Ce jour-là, Hanna était aussi fabuleuse que son amie en pantalon taille haute, en robe portefeuille ou en nuisette de soie. Ali lui avait même demandé conseil : le denim délavé était-il toujours à la mode ? Après tout, elle venait de passer plus de trois ans enfermée, sans contact avec le monde extérieur.

La seule chose qui avait un peu agacé Hanna, c'était la fois où elle était venue accompagnée de Mike chez Otter. Il l'avait emmenée là pour leur premier rencard, et il lui avait fait essayer plein de fringues provocantes, voire bien vulgaires. Hanna avait brièvement parlé de Mike à Ali. Elle lui avait demandé si Naomi et Riley étaient derrière l'affaire « Traces de Pneus ». Ali avait répondu qu'elle n'en était pas certaine, mais que ça leur ressemblerait bien.

Les deux filles se laissèrent tomber dans un box. Ali sortit un foulard en soie de son sac Otter et l'enroula autour de son cou.

— Je voudrais que vous veniez toutes dans la maison des Poconos demain après le bal de la Saint-Valentin. On pourra se soûler, se baigner dans le Jacuzzi, rattraper le temps perdu...

Hanna battit des mains.

— Ce serait génial !

Ali hésita.

— Tu crois que les autres accepteront ?

— Spencer et Emily, sûrement.

Aria, en revanche, passerait son temps à parler d'un certain puits à vœux.

— Ali a dit qu'elle s'en était inspirée pour décorer son

morceau de drapeau, avait-elle chuchoté à Hanna sur un ton pressant, la veille au téléphone. Elle t'en a déjà parlé ?

— Non, mais qu'est-ce que ça peut faire ? avait répondu Hanna, se demandant où Aria voulait en venir.

Ali avait gardé ce puits à vœux pour elle seule, et alors ?

— Il va falloir acheter de l'alcool et des trucs à grignoter, déclara Ali.

Hanna imagina leur week-end dans les Poconos. Elles joueraient à des jeux à boire et se raconteraient des secrets. Elles se prélasseraient dans le Jacuzzi en Bikini – et cette fois, Hanna n'aurait pas besoin de rentrer son ventre. À l'époque, elle craignait les moqueries et redoutait d'être évincée du groupe à tout moment. Mais aujourd'hui, elle était une tout autre Hanna : mince, jolie et pleine d'assurance.

Une serveuse aux pommettes saillantes et aux cheveux relevés en chignon de danseuse s'approcha de leur table. Hanna lui rendit le menu sans l'avoir consulté.

— On prendra les moules-frites.

La fille acquiesça et partit s'assurer que tout allait à la table des filles du lycée quaker, près de la fenêtre.

Ali sortit son iPhone d'un étui en cuir craquelé.

— D'accord. Maintenant, on peut attaquer l'opération FTCG – Faisons Tomber Ces Garces.

— Génial, se réjouit Hanna.

Elle était plus que prête. Toute la journée, Kate, Naomi et Riley s'étaient pavanées dans les couloirs en racontant à tout le monde que les fringues de luxe d'Hanna étaient aussi fausses que ses invitations pour le défilé Diane von Furstenberg. Et le matin au petit déjeuner, Kate s'était plainte à Tom Marin que sa fille l'avait traînée à New York pour lui jouer un sale tour, lui faisant manquer sa répétition de *Hamlet*. Comme d'habitude, le père d'Hanna avait cru sa belle-fille. Hanna n'avait même pas tenté de se défendre : à quoi bon?

— J'ai trouvé la vengeance idéale. (Ali tapota l'écran de son iPhone.) Tu sais, l'autre soir, quand on était chez toi...

— Oui?

Hanna poussa leurs sacs Otter sous la table.

Ali se mit à pianoter sur son téléphone.

— Avant que tu arrives, on était à moitié pintées au rhum, et elles ont toutes écrit une lettre d'amour au type qui les fait craquer.

— Une lettre d'amour, vraiment? (Hanna fronça le nez.) Ça fait très...

— « J'ai douze ans et demi »? (Ali leva les yeux au ciel.) Je sais. Et tu aurais dû voir ce qu'elles ont écrit. Ça valait le détour. (Elle se pencha par-dessus la table, sa bouche si près du visage d'Hanna que celle-ci put sentir le parfum de son gloss à la fraise.) Évidemment, je suis restée en retrait parce que, en tant que Courtney, je suis à Rosewood depuis trop peu de temps pour avoir flashé sur quelqu'un. Mais juste avant de partir, j'ai piqué leurs lettres pour les scanner dans l'ancien bureau de ta mère. Elles sont toutes là, dit-elle en agitant son iPhone. On peut les imprimer et les distribuer pendant le bal. Après tout, la Saint-Valentin, c'est la fête des amoureux, non?

Ali ouvrit les fichiers et colla son téléphone sous le nez de sa complice. La lettre de Kate était destinée à Sean Ackard, un des ex d'Hanna, elle y promettait de s'inscrire au même club de chasteté que lui. Apparemment, Naomi en pinçait pour Seth Cardiff, un nageur musclé qui la faisait craquer chaque fois qu'elle le voyait avec son maillot moulant. Riley avait écrit à Christophe Briggs, le flamboyant élève de terminale qui dirigeait le club de théâtre de l'Externat, pour lui dire qu'elle le ferait bien devenir hétéro. Chaque missive était signée d'un baiser au rouge à lèvres. *Elles devaient être vraiment bourrées quand elles ont fait ça*, songea Hanna.

Ça va être super humiliant!

— Grandiose, dit-elle en tapant dans la main d'Ali.

— Mais jusqu'à demain soir, je dois faire semblant d'être toujours leur amie, grimaça Ali. Si elles découvrent que je suis avec toi, ça risque de tout faire capoter.

— Évidemment, acquiesça Hanna.

Ce serait une si belle occasion – quelle jubilation! – de rejouer la première fois où Ali avait lâché Naomi et Riley, juste avant la vente de charité de l'Externat en 6ᵉ. Hanna n'oublierait jamais l'expression mortifiée de ces deux garces quand elles avaient constaté qu'Ali les avait déjà remplacées. Oui, ce serait jubilatoire.

— Au fait, pourquoi as-tu plaqué Naomi et Riley à l'époque? demanda Hanna.

Ali et elle n'avaient jamais parlé de ça. Hanna avait toujours eu peur d'aborder le sujet, craignant que cela ne brise l'enchantement de son amitié avec Ali. Mais le temps avait passé. Désormais, les deux filles étaient des égales.

La double porte de la cuisine s'ouvrit devant une serveuse chargée d'un lourd plateau. Un tic nerveux agita le coin de la bouche d'Ali.

— J'ai réalisé qu'elles n'étaient pas mes amies, en fin de compte.

— Elles t'ont fait quelque chose? demanda Hanna, curieuse.

— On peut dire ça comme ça, marmonna vaguement Ali.

Quelques tables plus loin, un groupe de filles feuilletait le dernier *US Weekly* en commentant l'opération de chirurgie esthétique ratée d'une starlette. Un couple de personnes âgées partageait un fondant au chocolat. Un plat de moules-frites fumant apparut devant Ali et Hanna. Ali se jeta dessus, mais Hanna était trop occupée à se demander quelle abominable offense Naomi et Riley avaient bien pu commettre.

— Ton idée de distribuer leurs lettres est géniale, finit-elle par dire en saisissant une frite sur le dessus de la pile. Ça rappellera le fameux mot de Will Butterfield!

Ali se figea, une coquille de moule luisante entre le pouce et l'index. Un pli vertical apparut entre ses sourcils.

— Hein?

— Tu sais bien, la pressa Hanna. La fois où tu as trouvé la déclaration que Will avait écrite à sa prof de maths, et que tu l'as fait lire par Spencer avec les annonces du matin? Un grand classique.

Lentement, le brouillard se dissipa des yeux d'Ali, et un sourire retroussa ses lèvres.

— Ah, oui. C'est vrai. (Elle fronça les sourcils.) Désolée, tout ça me semble si loin!

Hanna mâcha une moule en se demandant si elle aurait dû s'abstenir d'en parler.

— Ça va, dit-elle en tapotant le bras d'Ali.

Mais celle-ci avait déjà dirigé son attention ailleurs. Hanna suivit son regard jusqu'à l'atrium du centre commercial, de l'autre côté de la vitrine du Rive Gauche. Quelqu'un était accroupi derrière la fontaine et les épiait.

L'estomac d'Hanna se noua. Il y eut un éclair de cheveux blonds, et la jeune fille pensa aux Polaroïd découverts par Aria. Ce visage à la fenêtre de la grange des Hastings... Maintenant, les médias disaient que Billy n'avait probablement commis aucun des trois meurtres dont il était accusé. C'était un cauchemar devenu réalité.

Hanna jeta un coup d'œil à Ali.

— Qui est-ce?

— Je n'en ai pas la moindre idée, chuchota son amie. Ses mains tremblaient.

Hanna retint son souffle et attendit. Puis une bande de jeunes passa devant le Rive Gauche, lui bouchant la vue. Le temps qu'ils s'engouffrent dans la boutique Banana Republic, l'espion avait disparu.

19

$\mathcal{L}$A DEMANDE LA PLUS IMPORTANTE DE LA VIE D'EMILY

Des rideaux de pluie glacée tombaient sur le toit de la Volvo familiale des Fields lorsque Emily pénétra dans le lotissement où Ali habitait désormais. La mare aux canards, avec son pavillon à l'ancienne et son petit pont de bois, était immobile et silencieuse dans l'obscurité hivernale. Emily s'imaginait déjà assise au bord de l'eau avec Ali au printemps, tenant la main de son amie et soufflant des graines de pissenlit dans les airs.

Elle s'imaginait aussi faire du vélo dans les rues sinueuses de Darrow Farms, camper dans son immense jardin et se réveiller au milieu de la nuit pour recommencer à s'embrasser. Et elle se voyait très bien passer chez Ali le lendemain soir pour l'emmener au bal. Son amie descendrait l'escalier de sa nouvelle maison, vêtue d'une sublime robe de soie rouge et chaussée d'escarpins assortis...

Elle espérait ne pas être cruellement déçue.

Après sa conversation du matin avec Carolyn, Emily avait décidé d'inviter Ali à l'accompagner à la fête de la

Saint-Valentin. Elle voulait le faire au lycée, mais curieusement, elle n'avait pas vu son amie de toute la journée. Ali n'avait pas déjeuné au Steam avec Naomi, Riley et la demi-sœur d'Hanna. Emily ne l'avait pas croisée à l'interclasse, et Ali n'était pas venue en cours de gym. Durant son dernier cours de la journée, Emily avait fini par demander une permission de sortie à son professeur de poterie. Elle avait arpenté les couloirs de l'Externat, jetant un coup d'œil dans toutes les salles en espérant y voir Ali. Le bal aurait lieu le lendemain soir; le temps pressait.

La lumière du porche des DiLaurentis était allumée, et la BMW familiale se trouvait dans l'allée du garage. Emily prit plusieurs grandes inspirations en fixant le feu tricolore au bout de la rue. *S'il passe au vert dans les cinq secondes, Ali acceptera,* se dit-elle. Elle compta lentement jusqu'à cinq. Le feu resta au rouge. *Deux sur trois,* décida Emily.

Elle attendit cinq secondes de plus sans que le feu change de couleur. Avec un soupir, elle descendit de sa voiture, remonta l'allée et appuya sur la sonnette.

Elle entendit un bruit de pas, et la porte s'ouvrit. Jason DiLaurentis se tenait devant elle, ses cheveux blonds plaqués en arrière et le menton mal rasé. Il portait un jean usé et un T-shirt de l'université de Pennsylvanie.

À la vue d'Emily, il fronça les sourcils. La dernière fois que les deux jeunes gens s'étaient rencontrés, Jason avait engueulé Emily pour avoir soi-disant abîmé la carrosserie de sa voiture. À en juger par son expression furieuse, il n'avait pas oublié l'incident.

— Salut, dit Emily en tremblant légèrement. Je suis venue voir... Courtney.

Elle s'était reprise juste avant de dire « Ali ».

— Pas de problème.

Jason se tourna vers l'escalier et cria le nom de sa sœur,

puis reporta son attention sur Emily et la fixa durement. La jeune fille rougit. Anxieuse, elle tripota une figurine de chien en bois posée sur la console de l'entrée, histoire de s'occuper les mains.

— Si je comprends bien, tu es amie avec Courtney maintenant, lâcha enfin Jason. Ça a été rapide.

— Oui.

« Et alors ? » voulait ajouter Emily.

— Hé ! (Ali descendit l'escalier en bondissant. Ses cheveux étaient attachés en queue-de-cheval, et elle portait un T-shirt bleu ciel – sa couleur préférée en 5e, parce qu'elle faisait ressortir ses yeux.) Quelle bonne surprise !

Emily voulut se tourner vers Jason, mais le jeune homme avait disparu.

— Salut, répondit-elle, prise de vertige.

— Allons dans le salon, suggéra Ali en faisant volte-face et en se dirigeant vers le fond du couloir.

Le salon était une grande pièce carrée et sombre, qui sentait le poêle à bois. Un écran plat se dressait dans un coin ; de lourds rideaux de velours masquaient les fenêtres, et une coupelle rayée pleine de M&M's roses reposait sur la table basse. Une pile de photos encadrées était appuyée contre un fauteuil.

Emily se pencha pour regarder le cliché du dessus. Il montrait les DiLaurentis et leurs enfants – enfin, deux de leurs enfants sur trois. Il avait dû être pris peu de temps avant la disparition d'Ali. L'adolescente avait le visage un peu plus rond et les cheveux un peu plus clairs que maintenant. Jason se tenait près d'elle ; sa bouche souriait, mais son regard restait grave. M. et Mme DiLaurentis avaient posé les mains sur les épaules de leurs enfants et grimaçaient fièrement comme s'ils n'avaient rien à cacher.

Encore ébranlée par leur rencontre dans l'entrée, Emily détailla l'image de Jason.

— Tu es sûre que ton frère ne se doute pas de ta véritable identité ? chuchota-t-elle.

Ali se laissa tomber sur le canapé et secoua vigoureusement la tête.

— Non. (Elle adressa un regard d'avertissement à Emily.) Et merci de ne rien lui dire. Ma famille doit croire que je suis Courtney. Sinon, je serai bonne pour retourner au Sanctuaire.

Emily s'assit à son tour, et le cuir craqua sous ses cuisses.

— Promis. (Puis elle tendit la main et toucha celle d'Ali – qui était froide et légèrement poisseuse.) Tu m'as manqué aujourd'hui. J'avais quelque chose à te demander.

Ali fixa la main posée sur la sienne, et ses lèvres s'entrouvrirent.

— Quoi ?

Le cœur d'Emily battait fort.

— Demain soir, le lycée organise un bal pour la Saint-Valentin.

Ali avança légèrement la mâchoire inférieure.

— Et je me demandais si tu… (Les mots s'étranglèrent dans la gorge d'Emily.)… si tu voudrais m'y accompagner. En tant que cavalière. On pourrait y aller en limousine avec ma sœur et son petit ami. Ce serait sympa.

Ali dégagea sa main.

— Em…, commença-t-elle.

Les coins de sa bouche frémirent comme si elle se retenait d'éclater de rire.

L'estomac d'Emily se contracta. Soudain, elle se retrouva transportée dans la cabane d'Ali, juste après s'être penchée pour embrasser son amie, qui lui avait rendu son baiser quelques secondes avant de s'écarter.

— Maintenant, je comprends pourquoi tu me mates avec des yeux grands comme des soucoupes quand on se change avant le cours de gym, lança Ali sur un ton taquin.

Emily se leva d'un bond, heurtant le coin d'un énorme échiquier de marbre posé sur la table basse. La reine blanche vacilla et bascula sur le plateau.

— Il faut que j'y aille.

Ali se décomposa.

— Déjà ? Pourquoi ?

Emily saisit le manteau qu'elle avait posé sur le dossier du canapé.

— Je viens juste de me souvenir que j'ai des devoirs à faire.

Ali écarquilla les yeux.

— Je ne veux pas que tu partes.

Le menton d'Emily se mit à trembler. *Ne pleure pas*, s'exhorta-t-elle.

— Je pensais ce que j'ai dit l'autre jour, à propos de mes sentiments pour toi. (Ali prit la main d'Emily. Dehors, la lumière du porche des voisins s'alluma.) Mais avant toute autre chose, je dois mettre de l'ordre dans ma vie, d'accord ?

Emily chercha ses clés de voiture dans sa poche. C'était sans doute une excuse bidon. Dès le lendemain, Ali se moquerait d'elle devant tout le lycée. Emily n'aurait pas dû lui faire confiance si vite. À l'évidence, Ali n'avait pas tant changé que ça.

— Je ne vais pas te laisser tomber, promit la jeune fille comme si elle pouvait lire dans les pensées d'Emily. Le plus important, c'est que nous soyons de nouveau amies. Ça ne nous empêche pas de passer du temps ensemble pendant le bal. Et je tiens à ce qu'on se prépare toutes ensemble.

Emily cligna des yeux.

— Toutes ensemble ? répéta-t-elle sans comprendre.

— Toi, moi, Spencer, Hanna... Et peut-être même Aria, répondit Ali, pleine d'espoir. Je pensais qu'on pourrait monter dans ma maison des Poconos après la fête. (Elle pressa les mains d'Emily.) Je veux que les choses redeviennent comme avant.

Emily renifla mais laissa retomber ses clés de voiture dans sa poche. Ali tapota le coussin près d'elle.

— Reste, s'il te plaît. Il faut qu'on parle de cette soirée, maintenant que je sais que tu y vas. Je parie que tu n'as pas encore choisi ta robe.

— Ben, non. Je pensais en emprunter une à ma sœur.

Ali lui donna un petit coup de poing dans le bras.

— Comme au bon vieux temps.

Emily se rassit. Il lui semblait que ses émotions venaient juste de passer à l'essoreuse. Mais Ali ouvrit le dernier numéro de *Teen Vogue* et lui montra des robes qui siéraient merveilleusement à son teint de pêche, alors Emily se détendit peu à peu. Elle était sans doute trop impatiente. Ali venait juste de réapparaître. Tout le reste se mettrait en place au fur et à mesure.

Ali tendait la main pour attraper son *Seventeen* quand Emily entendit des pas dans le hall. Debout au pied de l'escalier, Jason regardait les deux filles dans le salon. Le reproche se lisait sur son visage ; les coins de sa bouche tombaient, et il agrippait la rampe si fort que ses articulations avaient blanchi.

Emily en resta bouche bée. Mais à l'instant où elle allait pousser Ali du coude pour lui désigner son frère, Jason sortit de la maison en trombe, claquant la porte derrière lui.

20

Une question de lâcher-prise

Le samedi en début d'après-midi, Aria descendit de sa Subaru, verrouilla les portières et traversa le parking du centre commercial King James. Mike marchait près d'elle, la capuche de son blouson tirée très bas sur son front.

Aria s'était portée volontaire pour emmener son frère chez l'opticien, où il devait récupérer une nouvelle paire de lentilles de contact. Il passait son temps à les déchirer, mais refusait catégoriquement de porter ses lunettes à la place. Depuis quelques jours, Meredith chantait des airs de *Cendrillon* en décorant la chambre du bébé – dans des tons jaunes neutres, puisque les parents voulaient découvrir le sexe de leur enfant à la naissance –, et Aria sautait sur toutes les excuses pour fuir la maison.

Le Treo de la jeune fille sonna. Elle le sortit de sa poche et consulta l'écran. *Wilden*. Elle tressaillit. Pourquoi l'appelait-il? Avait-il deviné que c'était elle qui avait déposé au commissariat les Polaroïd découverts dans les bois? Aria appuya sur la touche « Silence » et laissa retomber son téléphone dans la poche de son manteau, le cœur battant la chamade.

Elle savait qu'elle avait bien fait de transmettre les photos à la police de Rosewood de manière anonyme. Elle devait se protéger : elle ne voulait plus être au centre de cette affaire. Elle avait envisagé de dire aux flics qu'elle avait vu Melissa courir dans les bois, mais ce n'était probablement qu'une coïncidence. Et elle n'avait aucune intention de mentionner qu'elle avait rencontré Courtney – Ali – près du puits à vœux. Encore moins de leur rapporter leur conversation.

— Tu comptes aller au bal ce soir ? demanda-t-elle à Mike tandis qu'ils se dirigeaient vers l'entrée du centre commercial donnant à l'intérieur du grand magasin Saks.

Son cadet lui jeta un regard en coin.

— À ton avis ?

Aria fit un écart pour éviter l'arrière d'un énorme SUV dont le coffre dépassait largement de sa place de parking.

— Euh... oui ?

Depuis leur retour d'Islande, Mike ne manquait aucun événement organisé par l'Externat.

Mais son frère s'arrêta net et posa les mains sur ses hanches. Un nuage de vapeur sortit de ses narines.

— Tu veux dire que tu n'es pas au courant ? s'exclama-t-il, incrédule.

Aria cligna des yeux.

Mike soupira.

— Traces de Pneus ? (Il se désigna de l'index.) Traces de Pneus ?

Aria passa sa langue sur ses dents. À bien y réfléchir, elle avait entendu dire que son frère avait un nouveau surnom, mais elle avait pensé que c'était encore un des rituels bizarres de son équipe de lacrosse.

— Quelqu'un a déposé un boxer crado dans mon casier, gémit Mike en fourrant ses mains dans les poches de son blouson et en se dirigeant d'un pas traînant vers la double porte vitrée du centre commercial. Il a pris une photo et l'a envoyée à tout le monde. C'est tellement naze! Je ne porte même pas de boxers Dolce & Gabbana.

— Tu sais qui a fait ça? s'enquit Aria.

— Une personne qui me déteste, j'imagine.

Les cheveux de la jeune fille se dressèrent sur sa tête. Ça ressemblait beaucoup à un des mauvais tours de « A ». Elle regarda autour d'elle, mais ne vit que des mères de famille qui tiraient leurs enfants par la main d'un air harassé. Personne ne les observait.

— Et maintenant, tout le monde se fout de moi. On m'a même demandé de rendre mon bracelet de lacrosse.

— Tu l'as fait?

— Non. Noel a pris ma défense, avoua Mike d'un air penaud.

Aria ne put s'empêcher de sourire.

— C'est gentil de sa part.

— Mais avec la réputation que je me trimballe, je ferais aussi bien de retourner en Islande et de m'inscrire dans une association d'amis des elfes, se lamenta Mike.

Aria ricana et lui tint la porte. Un souffle d'air chaud balaya ses cheveux en arrière.

— Ce n'est qu'un surnom idiot. Ça passera.

Mike renifla.

— J'en doute.

Tandis qu'ils entraient chez Saks, Aria remarqua une table sur la gauche et deux petits autels posés dessus – l'un dédié à Ali et l'autre à Jenna. On en trouvait dans toutes sortes d'endroits à Rosewood : au Wawa local, chez le fromager de Lancaster Avenue, et même à La Plume Redoutable, une minuscule librairie située près de la fac de Hollis où Aria et Ali allaient en cachette lire des livres cochons autrefois.

Aria s'arrêta, le regard attiré par une photo. C'était celle que « A » avait envoyée à Emily, celle qui montrait Jenna en train de jouer avec Ali et une autre adolescente blonde dont Aria savait désormais que c'était Courtney. Elle saisit le cadre argenté et le retourna. Depuis combien de temps était-il ici? Était-ce ainsi que Billy – ou le nouveau « A », qui qu'il soit – s'était procuré cette photo?

— Merde, chuchota Mike sur un ton pressant. (Il prit le bras de sa sœur.) Par ici.

Pivotant vers la droite, il entraîna Aria vers le rayon cuisine.

— M-mais pourquoi? s'étonna la jeune fille.

Mike lui jeta un regard peu amène.

— Parce que je veux éviter Hanna. On a rompu.

— Elle est ici? couina Aria en se tordant le cou.

Par-dessus son épaule, elle aperçut Hanna, Spencer, Emily et Ali devant le stand Dior. Emily envoyait des baisers au miroir; elle avait les joues d'un rose lumineux. Penchée par-dessus le comptoir, Spencer désignait un fond de teint à la vendeuse. Hanna et Ali semblaient en grande conversation sur les fards à paupières. Elles se tenaient très près l'une de l'autre, comme seules des amies intimes. En plissant les yeux, Aria se serait crue en 5e. Un seul élément manquait à cette scène : Aria.

— Emily, cette couleur te va trop bien! s'exclama Ali.

— On devrait acheter des produits en plus et les emmener dans les Poconos ce week-end, suggéra Spencer en ouvrant un poudrier et en se regardant dans le petit miroir à l'intérieur du couvercle. On pourrait se maquiller les unes les autres.

Le cœur d'Aria se serra. Ça lui faisait mal de voir ses amies s'amuser sans elle, un peu comme si elle n'existait pas. Et avait-elle bien entendu? Comptaient-elles vraiment aller dans les Poconos après le bal?

« Réfléchis-y, d'accord ? Essaie de voir les choses de mon point de vue ; c'est tout ce que je te demande », avait dit Ali à Aria dans les bois. Apparemment, le reste de leur bande s'était montré plus coopératif.

Aria plongea derrière une pile de pulls torsadés Ralph Lauren et suivi Mike loin des stands de maquillage. Mais tandis qu'elle contournait un présentoir de vases en cristal, elle ne put s'empêcher de repenser à la fois où, ensemble, elles avaient pillé le rayon cosmétiques de Saks. C'était deux jours après la vente de charité de l'Externat, durant laquelle Ali avait composé sa nouvelle cour. Elle s'était approchée du stand d'Aria et l'avait complimentée sur les boucles d'oreilles en plumes de paon que son père lui avait ramenées d'Espagne.

Ç'avait été une grande première (et un sacré choc !) pour l'adolescente. Jamais encore quelqu'un du collège n'avait été aussi aimable avec elle – à plus forte raison, une élève aussi populaire qu'Ali. À partir de ce jour, elle s'était sentie à la fois spéciale et privilégiée. C'était génial d'avoir une bande de copines qui lui donnaient des conseils, qui venaient lui parler dans le couloir à l'interclasse, qui l'invitaient à des fêtes, à des virées shopping et dans les Poconos le week-end.

Aria n'oublierait jamais l'épisode où elles s'étaient tapies en embuscade dans l'escalier secret qui donnait sur l'une des chambres d'amis pour faire peur à Jason DiLaurentis quand il rentrerait d'une soirée entre amis. Elles avaient cru entendre sa voiture dans l'allée, et quand un bruit de vaisselle avait retenti dans la cuisine, Ali avait jailli de leur cachette en criant :

— Booga booga booga !

Mais ce n'était qu'un chat errant qui s'était faufilé par une porte-fenêtre entrouverte. Ali avait poussé un glapissement de surprise ; les cinq filles avaient remonté l'escalier en courant et s'étaient jetées en tas sur le lit de la chambre d'amis, riant à en perdre haleine. Aria pensait que, depuis ce soir-là, elle n'avait plus ri aussi fort.

Mike s'arrêta et se pencha par-dessus un comptoir vitré qui contenait des montres-chronomètres en acier inoxydable. À l'autre bout du magasin, Aria vit le sourire félin d'Ali. La revenante portait les mêmes bottes noires à talons aiguilles que le jour où elle avait flirté avec Noel pendant l'étude – du temps où elle se faisait passer pour Courtney.

Soudain, Aria n'eut plus qu'une chose en tête : Ali était sortie avec Noel, alors qu'elle savait très bien que son amie en pinçait pour lui. Et elle s'était toujours moquée de Pétunia, le cochon en peluche que Byron Montgomery avait offert à sa fille. Sans oublier qu'elle avait cessé de la tourmenter à propos de la liaison entre son père et Meredith.

Dans l'esprit d'Aria, une porte claqua. La situation lui parut brusquement limpide. Tout en elle la poussait à dire non. Contrairement à ses amies, elle ne pouvait pas oublier le passé et pardonner à Ali. Quelque chose dans cette histoire clochait. Elle avait comme le pressentiment que ça se terminerait mal.

— Viens, dit-elle.

Et cette fois, ce fut Aria qui saisit le bras de son frère pour l'entraîner hors du magasin. Elle n'avait pas confiance en Ali ; elle ne voulait pas redevenir son amie – un point c'est tout.

21

Maquillage, copinage et « craquage »

Une heure plus tard, Ali, Emily et Hanna se trouvaient avec Spencer dans sa chambre. Des flacons de fond de teint, des palettes de blush et toutes sortes de pinceaux étaient étalés devant elles. Grâce à leur descente au rayon parfumerie de Saks, la pièce embaumait plus qu'une boutique Sephora. Dans le fond, la télé fonctionnait en sourdine.

— Ce n'est pas comme si je m'étais jetée à la tête de Wren, expliquait Spencer à ses amies tout en appliquant une nouvelle couche de mascara Bobbi Brown sur ses cils du haut. Lui et moi, on avait une sorte de... connexion. Comme si on se connaissait depuis toujours. Il n'allait pas du tout avec Melissa, mais bien entendu, elle m'a rendue responsable de leur rupture.

Ali avait demandé à ses anciennes amies de leur raconter tout ce qu'elle avait manqué pendant son absence. Elles avaient beaucoup à rattraper.

Ali écarta les doigts et admira sa manucure.

— Tu étais amoureuse de lui?

Spencer fit tourner le tube de rimmel entre ses doigts. Il lui semblait qu'un million d'années s'était écoulé depuis son histoire avec Wren.

— Pas vraiment, non.
— Et Andrew ? demanda Ali.

Spencer en laissa échapper son tube de mascara. Elle sentait qu'Emily et Hanna l'observaient, attendant sa réponse. Une partie d'elle était encore certaine qu'Ali allait se moquer d'Andrew, comme autrefois.

— Je ne sais pas, répondit-elle sur un ton hésitant. Peut-être.

Elle se raidit en prévision du rire d'Ali, mais à son grand soulagement, son amie lui prit les mains et poussa un petit cri ravi.

Hanna pressa un oreiller contre sa poitrine.

— Et toi, Ali ? Ian ne t'a pas manqué ?

Ali se tourna de nouveau vers la coiffeuse.

— Pas du tout.
— Comment êtes-vous sortis ensemble à l'origine ? s'enquit Spencer, curieuse.
— C'est une longue histoire. (Ali testa un rouge à lèvres Chanel sur le dos de sa main.) Et je suis passée à autre chose depuis belle lurette.
— Bien entendu, acquiesça Hanna en étalant du fard blanc sur ses paupières.
— C'est de l'histoire ancienne, renchérit Emily.

Ali reposa le rouge à lèvres.

— Alors, vous êtes prêtes à partir dans les Poconos ce soir ?
— *Absolument*, roucoula Spencer en français.
— Je regrette qu'Aria ne veuille pas venir, dit tristement Ali, pressant un doigt dans un peu de poudre renversée.
— Elle en a pas mal bavé ces derniers temps, fit remarquer

Emily en ouvrant un flacon de vernis à ongles. Je crois qu'elle a encore du mal à faire confiance aux gens.

L'émission *Les Maçons du cœur* s'interrompit soudain, et les mots « Dernières nouvelles » clignotèrent sur l'écran. Spencer tourna la tête vers la télé, l'estomac noué. Depuis quelques mois, il lui semblait que tous les flashes d'information parlaient de sa vie.

— Les derniers développements dans l'affaire du tueur en série de Rosewood remettent en cause la culpabilité de William Ford, déclara un journaliste sur un ton autoritaire. (Le Polaroïd montrant un reflet spectral dans la vitre de la grange des Hastings emplit l'écran.) Ce visage est-il celui de l'assassin d'Alison DiLaurentis ?

L'image bascula vers un gros plan de l'agent Wilden. Il avait des cernes violets et le teint cireux.

— Nos experts ont analysé la photo découverte avant-hier. D'après leurs critères morphologiques, il y a de fortes chances pour que la personne sur le cliché ne soit pas M. Ford.

Le journaliste revint à l'écran et prit une mine grave.

— Ce qui soulève une question préoccupante : comment les photos découvertes dans la voiture de M. Ford et le disque dur de son ordinateur sont-elles arrivées là ? Si vous êtes en mesure de fournir des indications à ce sujet, merci de contacter la police immédiatement.

Le flash se termina, et l'émission *Les Maçons du Cœur* reprit.

Spencer et les autres gardèrent le silence. Leur inquiétude planait dans la pièce tel un brouillard à couper au couteau. Une tronçonneuse gronda au fond de la propriété, et une branche s'écrasa sur le sol avec fracas. Dans la mare voisine, les canards protestèrent vigoureusement.

Ali saisit la télécommande et baissa le son de la télé.

— C'est n'importe quoi, souffla-t-elle tout bas. Billy a tué ma sœur, je le sais.

— Je suis d'accord, dit Hanna en tordant ses cheveux pour se confectionner un chignon. Mais le visage sur la photo ne lui ressemble pas.

Ali plissa les yeux.

— Tu as déjà entendu parler de Photoshop ?

— On ne peut pas photoshoper un Polaroïd, répliqua Spencer.

Les filles échangèrent des regards angoissés. Puis Spencer prit une grande inspiration. L'image des yeux bleus flous et presque fluorescents dansait encore devant elle. Une théorie s'était lentement développée dans son esprit depuis la première fois qu'elle l'avait vue.

— Et si ce n'était pas Billy qui avait pris les photos ?

— Alors, qui ? demanda Emily en se frottant les bras.

Spencer mordilla l'ongle de son petit doigt.

— Melissa.

Hanna en laissa tomber le pinceau à blush qu'elle tenait, et un petit nuage de poudre rose se répandit dans les airs. Ali pencha la tête sur le côté ; une mèche blonde lui tomba devant la figure. La bouche d'Emily forma un « O » de stupéfaction. Personne ne dit rien.

— E-elle te détestait, Ali, bredouilla Spencer. Elle savait que tu sortais avec Ian, et elle voulait se venger.

Ali écarquilla les yeux.

— Où veux-tu en venir ?

— Il est possible que ce soit Melissa qui nous ait photographiées ce soir-là – et qui ait tué Courtney. Il y a deux semaines, avant l'incendie, je l'ai vue chercher quelque chose dans les bois, probablement ces derniers Polaroïd. Elle devait craindre que les flics ne tombent dessus en cherchant le corps de Ian. Comme elle ne les trouvait pas, elle a mis le feu pour être certaine de les détruire. Sauf qu'elle a manqué son coup.

Ali fixait Spencer, les yeux ronds comme des soucoupes.

— Ça collerait assez bien, reprit Emily. Ce serait plus plausible que Ian... ou Jason et Wilden... et définitivement plus logique que Billy.

Hanna acquiesça et agrippa la main d'Emily.

— Tu crois que Melissa aurait aussi pu tuer Ian ? chuchota Ali, le visage blême. Et... Jenna ?

— Je n'en sais rien.

Spencer se rappela que Ian avait enfreint son assignation à résidence pour venir la voir chez elle. « Et si je t'apprenais quelque chose que tu ignores ? Un truc énorme. Ça mettra toute ton existence sens dessus dessous. » Il avait dit à Spencer que la nuit de la disparition d'Ali, il avait vu deux personnes blondes dans les bois. Et les souvenirs fragmentés de la jeune fille lui montraient la même chose. Avant l'arrestation de Billy, elle pensait que la deuxième personne était justement Ian. Mais peut-être était-ce Melissa.

— Ian et Jenna avaient peut-être découvert la vérité, suggéra Spencer en serrant un oreiller contre sa poitrine.

Hanna se racla la gorge.

— J'ai vu Melissa traîner dans les parages ces derniers temps. Je suis à peu près sûre qu'elle nous espionnait, hier au centre commercial.

Ali en resta bouche bée.

— La personne près de la fontaine ?

Hanna acquiesça.

Le cœur de Spencer battait de plus en plus vite.

— Ali, tu te souviens du regard mauvais qu'elle t'a lancé pendant la conférence de presse ? Et si elle savait que tu n'es pas Courtney ? Si elle avait compris qu'elle s'en était prise à la mauvaise fille il y a quatre ans ?

Ali se mordit la lèvre. Elle fit tourner un crayon khôl Stila noir entre ses mains.

— J'ai des doutes. C'est de ta sœur qu'on parle. Tu la crois vraiment dingue à ce point ?

— Je ne sais plus ce que je dois croire, avoua Spencer.

— Et si on l'interrogeait, tout bêtement ? Il y a peut-être une bonne raison à son comportement.

Ali se leva.

— Ali, non !

Spencer voulut la saisir par le bras pour la retenir. Était-elle folle ? Et si Melissa était bien l'assassin ? Et si elle essayait de leur faire du mal ?

Ali avait déjà atteint la porte.

— L'union fait la force, déclara-t-elle. Venez. Il faut mettre un terme à toute cette folie maintenant.

Elle tourna à gauche dans le couloir et frappa à la porte de la chambre de Melissa. Pas de réponse. Elle posa sa main sur le battant, et la porte s'ouvrit avec un long grincement. Dans la pièce, le désordre était innommable : lit défait, sol jonché de vêtements épars... Spencer ramassa le panier dans lequel Melissa rangeait son maquillage. La plupart des pinceaux étaient sales ; il y avait des fragments d'ombres à paupières partout, et un flacon de crème hydratante avec protection solaire intégrée avait fui dans le fond.

Ali se tourna vers Spencer.

— Tu sais où elle est ?

— Je ne l'ai pas vue de la journée.

Ce qui, à bien y réfléchir, était un peu bizarre. Depuis le départ de leur père, Melissa passait le plus clair de son temps à la maison pour s'occuper de Mme Hastings.

— Venez voir ça, les filles, chuchota Emily.

Elle se tenait devant le bureau de Melissa, fixant quelque chose sur l'écran de son ordinateur. Spencer et Ali la rejoignirent précipitamment. La seule fenêtre ouverte était une image jpg : une vieille photo de Ian et Ali ensemble. Ian avait le bras passé autour des épaules d'Ali. Derrière eux, on voyait un bâtiment de pierre rond, sur la façade duquel une bannière annonçait une représentation de *Roméo et Juliette*. Quatre mots glaçants, que Spencer avait déjà lus, étaient gribouillés sur la photo. « Tu es morte, salope. »

Hanna plaqua une main sur sa bouche. Spencer recula d'un pas. Ali se laissa tomber comme une masse sur le lit de Melissa.

— Je ne comprends pas, dit-elle d'une voix tremblante. C'est ma photo. Que fait-elle là ?

— Spencer et moi l'avons déjà vue, répondit Emily en frissonnant. Mona nous l'avait envoyée.

— Elle l'avait mise dans mon sac, expliqua Spencer. (Prise de nausée, elle tituba jusqu'à la chaise de bureau de Melissa et s'assit.) J'ai pensé qu'elle l'avait trouvée dans ton journal, et qu'elle avait imité l'écriture de Melissa.

Ali secoua la tête. Elle respirait trop vite.

— Ce n'est pas Mona qui a fait ça. Cette image est arrivée dans ma boîte mail il y a des années – et quelqu'un avait déjà écrit dessus.

Hanna pressa ses mains sur sa poitrine.

— Pourquoi ne nous en as-tu pas parlé ?

Ali leva les bras au ciel.

— J'ai pensé que c'était juste une blague idiote !

Emily reporta son attention sur l'ordinateur. Elle zooma sur le sourire éclatant d'Ali.

— Mais si Mona n'y est pour rien... et vu que ça se trouve sur le disque dur de Melissa...

Elle n'acheva pas sa phrase.

Personne ne le fit. Spencer arpentait la chambre tel un

tigre en cage, son esprit tournant à un million de kilomètres par minute.

— Il faut le dire à Wilden. Il faut qu'il trouve Melissa et qu'il l'interroge.

— En fait... (Ali fixait quelque chose sur le bureau de Melissa.) Je crois que je sais où elle est.

La jeune fille brandit un dépliant publicitaire, sur lequel se détachait le logo du Sanctuaire d'Addison-Stevens. Hanna blêmit.

Elles le posèrent sur le lit pour l'examiner. À l'intérieur, il y avait un plan de l'établissement et une liste des tarifs. Une carte de rendez-vous avec un certain Dr Louise Foster était attachée à l'aide d'un trombone sur le devant. La date était celle du jour.

— C'est une psychiatre, murmura Ali.

— Spencer, tu as essayé d'appeler ta sœur sur son portable? suggéra Emily.

Spencer sortit son Sidekick et s'empressa d'appuyer sur une touche de raccourci.

— Je tombe directement sur sa boîte vocale, rapporta-t-elle.

— Et si Melissa avait décidé de se faire interner, dit Ali en posant l'index sur le plan de l'établissement. Elle a peut-être réalisé qu'elle devenait folle et qu'elle avait besoin d'aide.

Spencer fixa les carrés qui représentaient les différents bâtiments de la clinique. C'était une pensée réconfortante : si Melissa devait de nouveau péter les plombs, autant que ce soit dans une cellule capitonnée. Un séjour à l'asile lui serait sans doute très profitable.

Un looong séjour à l'asile. Disons, une vingtaine d'années, songea Spencer.

22

Prenez ça, garces

Hanna gara sa Prius devant chez les DiLaurentis. Elle descendit de voiture, rajusta sa robe et monta dans la BMW d'Ali.

— Prête ? demanda son amie avec un large sourire, en posant ses mains sur le volant.

Wilden l'avait aidée à se procurer discrètement un permis de conduire quand ses parents l'avaient fait sortir du Sanctuaire.

— Absolument, répondit Hanna.

Ali détailla sa robe cintrée Lela Rose couleur groseille à col à volants, qui s'arrêtait juste au-dessus du genou. Le modèle s'appelait « Angel », un nom parfait pour la Saint-Valentin.

— Argh. Tu es plus canon que moi ce soir, commenta-t-elle. Je te déteste.

Hanna rougit.

— Tu plaisantes ? Tu es à tomber.

Moulée dans un fourreau rouge ajusté, Ali aurait pu faire la couverture de *Vogue*.

Elle démarra. De toute leur petite bande, Hanna et elle étaient les seules à aller au bal ensemble. Spencer se faisait escorter par Andrew Campbell, et Emily avait promis d'accompagner sa sœur Carolyn. Pour se débarrasser de Naomi, de Riley et de Kate, Ali avait prétexté une interview exclusive à CNN ce jour-là, et avait promis de les retrouver sur la piste de danse.

La BMW déboîta et s'éloigna, laissant derrière elle la maison plongée dans l'obscurité. Un instant, Hanna crut voir quelqu'un se faufiler derrière un pin, de l'autre côté de la rue. Elle repensa à la discussion qu'Ali, Spencer, Emily et elle avaient eue chez les Hastings l'après-midi même. Se pouvait-il que Melissa soit le photographe de la grange... et l'assassin de Courtney ?

Alors qu'elles passaient devant l'enseigne en pierre de l'Externat et remontaient l'allée sinueuse qui menait au lycée, Hanna vit des filles en robe de soirée se pavaner sur un tapis rose étendu le long du chemin verglacé. Deux d'entre elles prenaient des poses de starlette comme si elles étaient invitées à la première d'un film hollywoodien.

Ali se gara dans le parking, sortit son portable et appuya sur une touche de raccourci. Hanna entendit une voix masculine à l'autre bout du fil.

— Vous êtes en place ? chuchota Ali. Vous en distribuez bien à tout le monde ? Cool. (Elle referma son téléphone et adressa un sourire triomphant à Hanna.) Brad et Hayden sont à l'entrée avec les lettres.

Il s'agissait des deux garçons de seconde qu'elle avait convaincus de les aider.

Les deux filles descendirent de voiture et se dirigèrent vers le pavillon sous lequel avait lieu le bal. En chemin, Hanna remarqua un profil bien découpé et très familier. Darren

Wilden. Que diable faisait-il là ? Il s'assurait qu'aucun élève mineur ne consomme d'alcool ?

— Salut, Hanna, lança Wilden, qui l'avait lui aussi aperçue. Ça fait un bail. Tout va bien ?

Il la dévisageait avec tant de curiosité qu'Hanna se hérissa, se demandant si son haleine sentait le champagne. Parce qu'il était sorti avec Mme Marin pendant une demi-seconde, Wilden se comportait parfois de façon très paternelle avec la jeune fille.

— Je ne conduis pas ce soir, aboya Hanna.

Mais Wilden avait déjà reporté son attention sur Ali, qui s'éloignait le long du tapis rose.

— Tu es amie avec Courtney ? demanda-t-il, l'air étonné.

Courtney. C'était dingue, il n'avait toujours pas compris.

— Uh-huh, répondit Hanna sans se mouiller.

Wilden se gratta la tête.

— On voudrait l'interroger au sujet du message que Billy lui a envoyé la nuit de l'incendie. Tu pourrais peut-être la convaincre que c'est important ?

Hanna resserra son étole en soie autour de ses épaules.

— C'est vous qui l'avez sauvée ce soir-là. Pourquoi ne pas le lui avoir demandé sur le moment ?

Par-delà l'allée, Wilden détailla le bâtiment principal de l'Externat, une structure de brique massive qui ressemblait davantage à un vieux manoir qu'à un lycée.

— J'avais autre chose en tête.

Son expression s'était durcie. L'estomac d'Hanna se noua tandis qu'elle revoyait Wilden, tétanisé devant une voiture qui arrivait en sens inverse, alors qu'il la ramenait chez elle quelques semaines plus tôt. *Taré, va.*

— Il faut que j'y aille, bredouilla Hanna en s'éloignant précipitamment.

L'intérieur du pavillon était décoré en rouge, rose et blanc, avec des bouquets partout. De petites tables pour deux personnes étaient dressées tout autour de la pièce. Des bougies chauffe-plats, des biscuits « spécial Saint-Valentin » et des flûtes pleines d'un liquide pétillant, peut-être du cidre sans alcool, étaient posés dessus. Dans un coin, Mme Betts, l'un des professeurs d'arts plastiques, faisait des tatouages éphémères aux élèves qui le réclamaient. Mme Reed, la prof d'anglais des premières, était adossée à la console du DJ. Elle portait une robe rouge moulante et des lunettes en forme de cœur.

Un tunnel de l'Amour éclairé à la bougie avait été installé du côté du gymnase. Les couples le traversaient à bord de cygnes mécaniques. Hanna ne put s'empêcher de se demander ce que faisait Mike ce soir-là. Quelque chose lui disait qu'il n'était pas ici.

Ali lui saisit le bras.

— Regarde !

Hanna scruta la foule. Des garçons en cravate rouge et des filles en robes roses ou blanches lisaient les photocopies qu'Ali et elle avaient faites le matin.

Les murmures commencèrent immédiatement. Jade Smythe et Jenny Kestler se donnèrent des coups de coude. Deux mecs de l'équipe de foot hurlèrent de rire parce que Naomi avait employé l'expression « membre viril ». Même M. Shay, le vieux prof de biologie qui avait chaperonné toutes les soirées de l'Externat, gloussait sans pouvoir se retenir.

— Kate veut s'inscrire au club de chasteté, ricana Kirsten Cullen.

— J'ai toujours su que Naomi était bizarre ! s'exclama Gemma Curran.

— « Quand tu me touches le bras pour me placer, je sens une étincelle entre nous », s'esclaffa Lanie Iler, déclamant un extrait de la lettre de Riley à Christophe.

Ali donna un léger coup de coude à Hanna.

— Encore un problème résolu par Ali D! chuchota-t-elle, les yeux pétillants.

Hanna aperçut Kate, Naomi et Riley dans l'entrée. Les trois filles portaient des robes en satin identiques : rouge sang pour Kate, blanc virginal pour Naomi et rose poudré pour Riley. Elles marchaient le menton levé comme des princesses.

— Alors, on craque pour les pédés, hein? lança quelqu'un.

Riley sursauta et pencha la tête sur le côté comme un chien.

— Hé, Naomi, tu veux voir mon Speedo? appela un garçon sur un ton moqueur.

Naomi se rembrunit.

Brad – ou était-ce Hayden? – tendit à Kate une feuille de papier rose pâle. La jeune fille y jeta d'abord un coup d'œil distrait. Puis sa mâchoire inférieure lui tomba sur la poitrine. Elle montra la feuille à Naomi et à Riley. La première se couvrit la bouche de la main; la seconde promena un regard furieux à la ronde, cherchant l'auteur de cette mauvaise plaisanterie.

Les murmures et les gloussements s'intensifièrent. Hanna carra les épaules et, saisissant cette opportunité, marcha droit sur Kate.

— Je voulais te donner ça. (Elle fourra une bague en argent dans sa main inerte.) C'est un anneau de chasteté. Tu en auras besoin si tu t'inscris au club de Sean.

La foule ricana. Hanna fit signe à Scott Chin, un vieil

ami à elle et le photographe du Livre de l'année. Scott bondit en avant et immortalisa l'expression horrifiée de Kate. Pour une fois, Hanna était du bon côté de la barrière. Les gens riaient avec elle, et non à ses dépens.

Kate eut un haut-le-cœur, comme si elle était sur le point de vomir.

— C'est toi qui as fait ça, n'est-ce pas? Avec Courtney.

Hanna haussa nonchalamment les épaules. Inutile de nier. Elle se tourna vers Ali pour partager les lauriers avec elle, mais son amie avait disparu.

Kate, qui dans sa rage avait froissé la copie de sa lettre, déplia celle-ci et la lissa soigneusement avant de la fourrer dans sa pochette surpiquée Chanel.

— Je vais le dire à Tom.

— Ne te gêne surtout pas, répliqua Hanna. Je m'en fiche.

Et elle réalisa que c'était vrai. Qu'est-ce que ça pouvait bien faire si son père se mettait en colère et la punissait de nouveau? Même si elle se conduisait comme une sainte jusqu'à la fin de ses jours, leur relation s'était irrémédiablement dégradée.

Riley agitait ses bras maigres tel un poulet décharné.

— Je comprends que tu puisses descendre aussi bas, Hanna. Mais Courtney! C'était notre amie!

Hanna s'adossa à une colonne factice décorée de guirlandes rouges et blanches.

— Je t'en prie. Ça vous pendait au nez depuis des années.

— Pardon? marmonna Naomi, dont les seins débordaient de son décolleté.

La foule s'épaississait autour d'elles. De plus en plus d'élèves arrivaient et se dirigeaient vers la piste de danse.

— De toute évidence, Courtney voulait vous rendre

la monnaie de votre pièce, répondit Hanna sur un ton hautain. À cause de ce que vous avez fait à Ali.

Naomi et Riley échangèrent un regard perplexe.

— Hein ? grogna Riley.

Son haleine sentait la liqueur de banane.

Hanna toisa les deux filles.

— Vous avez fait quelque chose à Ali. C'est pour ça qu'elle vous a laissé tomber, en 6ᵉ. Considérez ça comme sa revanche.

Soudain, une pluie de confettis en forme de cœur s'abattit depuis le plafond de la tente, recouvrant les cheveux blonds de Naomi. Celle-ci ne se donna pas la peine de les chasser.

— Nous n'avons rien fait, protesta-t-elle. (Elle secoua la tête.) C'était notre meilleure amie, et du jour au lendemain, elle nous a ignorées. Je ne sais vraiment pas pourquoi elle a agi de la sorte, et encore moins pourquoi elle vous a choisies pour nous remplacer. Tout le monde a cru à une blague. Surtout dans ton cas. Tu étais tellement nulle !

Hanna se hérissa.

— Ce n'était pas une blague.

Naomi haussa les épaules.

— Si tu le dis. Ali était menteuse, manipulatrice et folle. Visiblement, c'est aussi le cas de Courtney. Ce sont de vraies jumelles : normal qu'elles soient identiques en tout point.

Des boules à facettes tournoyaient au-dessus de la tête d'Hanna. La jeune fille eut un haut-le-cœur et sentit le goût du champagne lui envahir la bouche. Soudain, elle eut très chaud... non, très froid. Ce que disait Naomi ne pouvait pas être vrai.

Naomi et Riley se tenaient très raides devant elle, attendant sa réponse. Hanna secoua la tête.

— N'importe quoi. Vous savez aussi bien que moi que

vous avez fait quelque chose de terrible, même si vous refusez de l'admettre.

Rejetant ses cheveux auburn en arrière, elle tourna les talons.

— Tu viens de signer ton arrêt de mort! cria Naomi derrière elle comme elle s'éloignait.

Mais Hanna ne l'écouta pas.

23

ÇA FAIT DU BIEN LÀ OÙ ÇA FAIT MAL

L'énorme pavillon à l'intérieur duquel avait lieu le bal de la Saint-Valentin débordait déjà d'élèves quand Emily arriva à l'Externat. Des lampes chauffantes disposées le long des murs donnaient à la pièce une atmosphère douillette sans être étouffante. Sur scène, un DJ en veste de velours rouge se tortillait en mixant une chanson de Fergie avec un morceau de Lil Wayne. Mason Byers faisait tournoyer Lanie Iler façon Big Band. Nicole Hudson et Kelly Hamilton, les filles de seconde qui servaient parfois de larbins à Naomi et Riley, se foudroyaient du regard parce qu'elles portaient la même robe rouge froufroutante. Quelques feuilles de papier couvertes d'empreintes gisaient sur le sol. Emily en ramassa une. On aurait dit une lettre d'amour adressée à Sean Ackard. Elle était signée Kate Randall.

Emily rajusta la robe rose pâle qu'Ali lui avait suggéré d'acheter chez BCBG. Elle s'était mise en frais pour cette soirée : elle avait lissé ses cheveux blond-roux au fer et emprunté du fond de teint, du blush et de la poudre bronzante à Carolyn pour se faire une mine radieuse. Ses pieds plats de nageuse avaient été introduits de force dans une paire de babies Mary Jane rouges qu'elle n'avait portées qu'une seule fois auparavant, pour le banquet qui avait suivi une remise de prix. Ce soir, Emily voulait éblouir Ali.

Une petite foule d'élèves virevoltait sur la piste. Andrew Campbell avait entremêlé ses doigts avec ceux de Spencer, qu'il faisait tournoyer comme un pro. Les bras en l'air, Hanna ondulait d'une façon sexy et suggestive qu'Emily n'aurait jamais pu reproduire. La fille qui dansait près d'elle portait un sublime fourreau en dentelle rouge moulante et avait les cheveux artistiquement tortillés en chignon-banane.

Ali !

Puis Emily aperçut James Freed debout derrière son amie. Les mains du jeune homme remontaient le long des hanches d'Ali, caressaient sa taille et s'aventuraient dangereusement près de ses seins.

Emily mit quelques secondes à réaliser ce qui se passait. Elle eut la nausée. Le temps qu'elle se dirige vers Ali, James s'était écarté de cette dernière pour effectuer un mouvement à la Justin Timberlake qui impliquait de tourner sur un seul talon.

— Salut, Ali, lança Emily d'une voix forte.

La jeune fille ouvrit les yeux.

— Salut, Em, répondit-elle en continuant à danser.

Emily attendit. Ali allait forcément sursauter et s'écrier : « Oh, mon Dieu, que tu es belle ! » Mais non. Son amie se pencha pour chuchoter quelque chose à Hanna. Celle-ci renversa la tête en arrière et éclata de rire.

— Je dédie cette chanson à tous les Valentins et à toutes les Valentines, roucoula le DJ en lançant un slow de John Mayer.

Spencer se rapprocha d'Andrew. Hanna prit la main que

lui tendait Mason Byers. Emily fixa Ali d'un air entendu, mais celle-ci lui tourna le dos et tomba dans les bras de James comme s'ils sortaient ensemble depuis des années. Ils se mirent à se balancer au rythme de la musique.

Un couple bouscula Emily par-derrière. La jeune fille regagna le bord de la piste en titubant. Ali avait pourtant affirmé que... L'autre jour, chez elle... « Je pensais ce que j'ai dit, à propos de mes sentiments pour toi. » Un filet de sueur glacée coula le long de l'échine d'Emily. Ali était-elle sincère?

Un par un, les couples disparaissaient dans une tente plus petite marquée TUNNEL DE L'AMOUR. L'Externat de Rosewood ressortait cette attraction louée à une fête foraine locale chaque année depuis qu'Emily était en CM2. Les dix cygnes en plastique conçus pour accueillir deux personnes étaient si vieux que leur bec jaune à l'origine avait viré au brun sale, et que presque toute la peinture s'était écaillée sur leur corps.

Le slow se poursuivit pendant trois longues minutes d'agonie. Lorsqu'il se termina, Ali et James se séparèrent en riant tout bas. D'un bond, Emily s'interposa entre eux et saisit le bras d'Ali.

— Il faut qu'on parle.

Son amie lui sourit. La lumière des boules disco faisait scintiller son ombre à paupières.

— Pas de problème. Qu'y a-t-il?

— En privé, siffla Emily.

Elle l'entraîna vers la sortie du pavillon qui donnait sur l'intérieur du lycée, et tourna à gauche en direction des toilettes des filles. Les portes de tous les box étaient grandes ouvertes ; le coin des lavabos sentait le parfum et les produits de maquillage. Ali se pencha vers un miroir pour inspecter son mascara.

— Pourquoi tu fais ça? lâcha Emily avant d'avoir décidé ce qu'elle voulait dire.

Ali pencha la tête sur le côté et croisa le regard de son amie dans le miroir.

— Pourquoi je fais quoi?
— Tu m'ignores.
— Mais non.

Emily se gifla les cuisses.

— Bien sûr que si, Ali!

Son amie grimaça et posa un index sur ses lèvres.

— Appelle-moi Courtney.
— Si ça peut te faire plaisir. Courtney.

Emily pivota vers le sèche-mains automatique et observa son reflet déformé dans le métal. C'était comme si elles venaient de reculer de dix pas. Les jambes d'Emily se mirent à trembler. Son estomac se souleva. Elle avait l'impression que sa peau brûlait.

Elle fit de nouveau face à Ali.

— Je vais te dire. Les véritables amies ne se manipulent pas entre elles. Elles ne s'envoient pas de messages contradictoires. Et... je ne crois pas vouloir être ton amie si les choses doivent redevenir comme avant entre nous.

Ali parut choquée.

— Je ne veux pas que ça redevienne comme avant. Je veux que ce soit encore mieux.

— Ce n'est pas mieux du tout! (Des taches de sueur fleurirent sous les aisselles de la robe rose pâle toute neuve d'Emily.) C'est encore pire!

Ali s'appuya sur sa jambe droite, ce qui fit ressortir sa hanche. Soudain, le découragement se lut sur son visage.

— Rien n'est jamais assez bon pour toi, Em, dit-elle sur un ton las.

Ses épaules s'affaissèrent.

— Ali, souffla Emily. Je suis désolée.

Elle tendit une main vers son amie, mais celle-ci se déroba avec colère. Puis ses bras retombèrent mollement le long de son corps. Elle s'avança d'un pas lent vers Emily. Ses lèvres tremblaient, et le coin de ses yeux était humide.

Un instant, les deux filles se fixèrent en silence. Emily retint son souffle. Puis Ali l'attira dans un box vide et la plaqua contre le mur. Elles s'embrassèrent à perdre haleine, et le monde s'évapora autour d'elles tandis que la musique ne devenait plus qu'un lointain murmure.

Au bout d'un moment, elles s'écartèrent l'une de l'autre, le souffle court. Emily scruta les yeux brillants d'Ali.

— C'était pourquoi, ça ? demanda-t-elle.

Ali tendit un doigt et lui toucha le bout du nez.

— Moi aussi, je suis désolée, chuchota-t-elle.

24

Portées disparues

Une heure plus tard, alors que le bal touchait à sa fin, Andrew et Spencer montèrent dans un cygne ivoirin qui oscillait et s'engagèrent dans le tunnel de l'Amour. Sous eux, l'eau sentait la lavande. Des guirlandes lumineuses entouraient l'entrée du tunnel. À mesure que les jeunes gens s'enfonçaient dans l'obscurité, la douce musique d'une harpe couvrait presque le *beat* techno qui résonnait sous le pavillon.

— Je n'arrive pas à croire que cette attraction fonctionne toujours, soupira Spencer en posant sa tête sur l'épaule d'Andrew.

Le jeune homme entrelaça ses doigts avec ceux de sa petite amie.

— Je ne me plaindrais pas si elle tombait en panne et qu'on restait coincés ici pendant deux ou trois heures.

— Ah oui? le taquina Spencer en lui donnant un petit coup de poing dans le bras.

— Absolument.

Andrew posa sa bouche sur celle de Spencer, qui lui rendit son baiser. Une douce sensation de bien-être se répandit dans ses veines. Sa vie était enfin telle qu'elle la désirait : elle avait un petit ami génial, une sœur fantastique et une chouette bande de copines. C'était presque trop beau pour être vrai.

Le tunnel de l'Amour se termina bien trop rapidement à son goût, et Andrew l'aida à descendre du cygne. Spencer consulta sa montre. Elle avait rendez-vous près de la voiture d'Ali dans cinq minutes. Elle se pencha pour dire au revoir à son petit ami.

— On se voit demain soir, chuchota-t-elle.

Elle mourait d'envie de lui dire la vérité au sujet d'Ali, mais elle avait promis de se taire.

— Amuse-toi bien, dit Andrew en lui rendant doucement son baiser.

Spencer se détourna et se dirigea vers la sortie, puis tituba jusqu'au parking où Ali avait garé sa BMW. Comme elle était la première, elle s'appuya contre l'arrière de la voiture pour attendre. Il faisait très froid, et ses yeux ne tardèrent pas à larmoyer.

Emily fut la suivante. Elle était toute décoiffée, et son maquillage avait coulé, mais elle semblait aux anges.

— Salut, pépia-t-elle. Où est Ali ?

— Elle n'est pas encore arrivée, répondit Spencer.

Elle croisa les bras sur sa poitrine, espérant que leur amie ne tarderait plus. Ses pieds étaient en train de se changer en bloc de glace.

Hanna les rejoignit. Quelques minutes s'écoulèrent. Spencer sortit son Sidekick et regarda l'heure. 21 h 40. Ali leur avait demandé d'être là à 9 h 30 tapantes.

— Je vais lui envoyer un texto, proposa Emily en se mettant à taper sur le clavier de son Nokia.

Un instant plus tard, le téléphone de Spencer sonna bruyamment, faisant sursauter les trois filles. Spencer s'empressa de prendre l'appel, mais le numéro affiché à l'écran était celui du fixe de chez elle.

— Tu sais où est Melissa ? demanda Mme Hastings lorsque sa cadette décrocha. Je ne l'ai pas vue de toute la journée. J'ai essayé de l'appeler sur son portable plusieurs fois, mais ça bascule directement sur répondeur. D'habitude, elle décroche toujours.

Spencer jeta un coup d'œil au pavillon. Un flot d'élèves se dirigeait vers le parking, mais Ali ne se trouvait pas parmi eux.

— Tu n'as pas reçu d'appel d'un hôpital, par hasard ? suggéra Spencer.

Si une personne demandait à se faire interner, l'établissement auquel elle s'adressait devait forcément prévenir sa famille pour lui éviter de s'inquiéter, pas vrai ?

— Un hôpital ? s'affola Mme Hastings. Pourquoi, elle est blessée ?

Spencer ferma les yeux.

— Je n'en sais rien.

Sa mère lui demanda de l'appeler tout de suite si elle recevait des nouvelles de Melissa, puis elle lui raccrocha au nez. Spencer sentit que ses amies l'observaient.

— Qui était-ce ? demanda Emily à voix basse.

Spencer ne répondit pas. Les mots « Tu es morte, garce » flottaient encore dans son esprit. La dernière fois qu'elle avait vu Melissa, c'était quand sa sœur l'avait mise en garde contre Courtney en la conduisant à l'Externat. Depuis... mystère. Melissa se trouvait-elle au Sanctuaire, ou ailleurs ? Et si elle était à l'Externat, en train d'espionner Ali ?

— Tout va bien ? s'inquiéta Hanna.

Spencer avait une grosse boule dans la gorge. Elle jeta un nouveau coup d'œil vers le pavillon, souhaitant désespérément apercevoir la tête blonde d'Ali au milieu de la foule.

— Oui, oui, murmura-t-elle, le cœur battant de plus en plus vite.

Inutile d'affoler les autres pour le moment. *Allez, Ali, dépêche-toi ! Qu'est-ce que tu fiches ?* songea-t-elle.

Mais elle ne reçut aucune réponse.

25

Quand la vérité se fait jour en pleine nuit

Après avoir fait la queue un quart d'heure devant les toilettes des filles, Aria rebroussa chemin vers la piste et chercha Noel du regard. Toute la soirée, son petit ami s'était comporté en parfait gentleman : il n'avait dansé qu'avec elle, était allé lui chercher du punch rose chaque fois qu'elle avait eu soif, lui avait parlé de ses projets pour le bal de fin d'année, suggérant qu'ils pourraient peut-être y aller dans l'hélicoptère de son père... Bref, tout avait été génial.

Elle se fraya un chemin vers le bar, pensant que Noel s'y trouvait peut-être. Des tas de filles circulaient à l'intérieur du pavillon, leur robe se balançant autour de leurs jambes. Avec tout ce rouge, ce rose et ce blanc, Aria avait l'impression d'être au cœur d'un système circulatoire géant.

Quelques-uns de ses camarades la regardèrent passer en grimaçant. Un petit groupe de secondes se poussèrent du coude en chuchotant. Mason Byers croisa son regard, écarquilla les yeux et se détourna. Le cœur d'Aria se mit à battre douloureusement. Que diable se passait-il ?

Soudain, comme obéissant à un signal, la foule s'écarta. Dans un coin de la tente, près de la fontaine à chocolat, un couple s'embrassait. Le garçon avait des cheveux noirs lissés en arrière et portait un sublime costume italien. La fille était mince comme une sylphide, avec des cheveux couleur de miel relevés en chignon-banane. Sa robe de cocktail rouge moulait ses hanches, et sa peau scintillait comme si elle était couverte de poussière de diamant.

Impuissante, Aria assista à la scène tandis qu'une musique romantique enflait autour d'elle. Quelqu'un poussa un « Wouhou ! » enthousiaste.

Puis le temps s'accéléra, et à l'instant où une flamme dévastatrice s'allumait dans le ventre d'Aria, Ali s'écarta de Noel, le visage tordu par une grimace de colère. Elle le gifla de toutes ses forces, avec un bruit qui résonna à travers toute la pièce.

— Qu'est-ce que tu fais ? s'écria-t-elle au moment où Aria se précipitait vers eux.

— Que… ? balbutia Noel tandis qu'une trace de main rouge apparaissait sur sa joue. Je ne…

— Aria est mon amie ! s'égosilla Ali. Pour qui me prends-tu ?

Puis elle se détourna, aperçut Aria et se figea. Ses lèvres s'entrouvrirent. Noel pivota et vit Aria lui aussi. Il blêmit puis secoua la tête comme pour dire qu'il ne comprenait pas ce qu'il faisait là.

Tremblant de rage, Aria fixa les deux traîtres tour à tour. L'odeur douceâtre du chocolat fondu parvint à ses narines. Les lumières stroboscopiques faisaient passer Ali et Noel du bleu au rouge, puis au jaune. Aria était si furieuse qu'elle se mit à claquer des dents.

La pomme d'Adam de Noel jouait au yo-yo. Ali se tenait

à bonne distance de lui, prenant une expression à la fois indignée et pleine de compassion.

— Aria, commença Noel, ce n'est pas ce que tu...

— Tu disais qu'elle ne te plaisait pas, coupa la jeune fille. (Son menton tremblait, mais elle se força à retenir ses larmes.) Que tu n'en avais rien à foutre d'elle. Tu voulais que je lui laisse une chance.

— Aria, attends !

La voix de Noel se brisa. Mais la jeune fille l'ignora. Tournant les talons, elle se fraya un chemin parmi les autres élèves qui avaient assisté à la scène, bouche bée.

Lucas Beattie poussa un hoquet de surprise. Zelda Millings, qui allait au lycée quaker mais se débrouillait toujours pour se faire inviter aux soirées de l'Externat, eut un sourire grimaçant. *Qu'ils se moquent de moi si ça leur fait plaisir*, songea Aria. *Ça m'est égal.*

Elle avait presque atteint la sortie quand une main lui saisit le bras. C'était celle d'Ali.

— Je suis vraiment désolée, haleta la jeune fille. Il s'est juste... jeté sur moi. Je n'ai rien pu faire pour l'en empêcher.

Trop furieuse pour répondre, Aria se dégagea et continua à marcher. Son instinct avait vu juste au sujet de Noel. C'était bien un ado mâle typique de Rosewood – joueur de lacrosse, crétin et infidèle. Il avait prétendu être différent, et elle l'avait cru. *Je suis vraiment trop bête.*

Ali la suivait, les bras croisés sur la poitrine et la tête baissée. « J'ai changé », avait-elle dit près du puits à vœux. Peut-être était-ce vrai.

Les deux filles sortirent dans la nuit glaciale. Non loin de là, un groupe de jeunes gens adossés à leurs voitures fumaient des cigarettes. Un feu d'artifice éclata à l'aplomb du lycée, signalant la fin du bal. De l'autre côté du parking, Aria aperçut Spencer, Emily et Hanna appuyées contre une BMW. À la vue d'Ali, leur visage s'éclaira. Ali leur fit coucou de la main.

Aria savait ce que ses anciennes amies attendaient et où elles prévoyaient de se rendre ensuite. Soudain, elle réalisa qu'elle avait très envie de les accompagner. Très envie que les choses redeviennent comme avant – avant tous ces secrets et ces mensonges. Du temps où leur amitié était toute neuve et le monde plein de possibilités.

— Euh, à propos de votre virée dans les Poconos..., commença-t-elle sur un ton hésitant, sans oser regarder Ali dans les yeux. Vous avez de la place pour une personne de plus ?

Un immense sourire fleurit sur le visage d'Ali. La jeune fille sautilla sur place et jeta ses bras autour du cou d'Aria.

— Je pensais que tu ne demanderais jamais. (Elle entraîna Aria vers la BMW en faisant un écart pour éviter une plaque de verglas.) Ça va être génial, je te promets. D'ici demain, tu auras oublié Noel. Et on te trouvera un mec encore plus canon.

Bras dessus bras dessous, elles rejoignirent les autres.

— Regardez qui je ramène ! s'écria Ali en appuyant sur le bouton de son porte-clés pour déverrouiller les portières. Elle vient avec nous !

Les autres filles poussèrent des cris de joie.

Soudain, Aria entendit un drôle de bruit étouffé. Elle se figea, une main sur la poignée de la BMW. On aurait dit un choc sourd, suivi d'un couinement étranglé.

— Vous avez entendu ? chuchota-t-elle en promenant un regard à la ronde.

Des couples se dirigeaient vers leur voiture en titubant. Des limousines démarraient. Des mères attendaient leur progéniture dans des SUV. Aria songea aux Polaroïd qu'elle avait trouvés dans les bois. Au visage spectral reflété dans la vitre de la grange. Elle chercha Wilden des yeux. N'importe quel flic aurait fait l'affaire, mais ils étaient tous partis.

— Entendu quoi ? demanda Ali.

Aria tendit l'oreille. Mais entre les basses qui s'échappaient encore du pavillon et la pétarade des feux d'artifice, il était difficile de capter quoi que ce soit.

— Ce n'est probablement rien, décida Aria. Juste des jeunes qui se pelotent derrière une haie.

— Petits coquins, gloussa Ali.

Elle ouvrit la portière et se glissa avec grâce derrière le volant. Spencer prit place à côté, tandis qu'Hanna, Emily et Aria montaient à l'arrière. Dès qu'elle eut mis le contact, Ali poussa la musique à fond.

— C'est parti, les filles ! hurla-t-elle joyeusement.

Et elles s'éloignèrent en trombe dans la nuit.

26

𝒫ASSÉ RECOMPOSÉ

La résidence secondaire des DiLaurentis était conforme au souvenir qu'en avait Hanna : grande et massive, avec des bardeaux de tek peints en rouge et des fenêtres blanches aux volets assortis. Quand les filles arrivèrent, toutes les lumières étaient éteintes, mais la lune brillait si fort qu'Hanna put distinguer cinq fauteuils à bascule sous le porche. Autrefois, Ali, elle et les autres s'asseyaient là pour lire *US Weekly* et regarder le soleil se coucher sur le lac.

Dans un crissement de gravier, la BMW remonta l'allée et s'arrêta. Les filles empoignèrent leurs sacs et bondirent dehors. La nuit était froide ; une brume aussi fine et vaporeuse qu'un souffle planait sur la vallée.

Quelque chose bruissa dans les fourrés. Hanna se figea. Une longue queue s'agita, et deux yeux jaunes fixèrent la jeune fille. Un chat noir traversa l'allée avec souplesse et disparut dans les bois. Hanna poussa un soupir de soulagement.

Ali déverrouilla la porte de la maison et fit entrer ses amies. L'endroit sentait la colle à tapisserie, le renfermé et les planchers en bois poussiéreux, ainsi qu'une odeur très légère qui rappela à Hanna celle d'un vieux hamburger.

— Vous voulez boire quelque chose ? proposa Ali en laissant tomber ses clés sur la vieille table de ferme.

— Et comment ! répliqua Spencer.

Elle déchargea un énorme sac d'épicerie qui contenait des Cheez-It, des tortillas de maïs bleu, des M&Ms, du Coca light, du Red Bull et une bouteille de vodka. Hanna se dirigea vers le placard où les DiLaurentis rangeaient les verres et en sortit cinq en cristal.

Après s'être servies en vodka et en Red Bull, les filles passèrent au salon. Les murs disparaissaient sous des bibliothèques sur mesure. Une porte de placard entrouverte révélait des piles de vieux jeux de société. Le poste qui ne captait que quatre chaînes de télévision était toujours posé sur le bahut.

Par la fenêtre, Hanna regarda le jardin de derrière et retrouva instantanément l'endroit où elles avaient dressé une tente pour dormir à la belle étoile. C'était là qu'Ali leur avait offert des bracelets tissés en leur faisant promettre de ne rien dire de l'affaire Jenna à personne, et de rester amies pour toujours.

Hanna s'approcha de la cheminée, sur laquelle un cadre en argent familier avait attiré son attention. La photo les montrait toutes les cinq debout près d'un gros canoë, dégoulinant de la tête aux pieds. Un autre exemplaire de ce cliché était accroché dans l'ancienne maison des DiLaurentis à Rosewood. Il datait de la première fois qu'Ali avait invité ses nouvelles amies dans les Poconos, peu de temps après la fameuse vente de charité de l'Externat. Hanna, Spencer, Emily et Aria avaient pris l'habitude de toucher l'un des coins du bas toutes en même temps – en cachette d'Ali.

Les autres filles se rassemblèrent devant la cheminée. Les glaçons tintèrent dans leurs verres.

— Vous vous souvenez de ce jour ? murmura Emily, dont l'haleine sentait déjà l'alcool. Cette cascade de folie ?

Hanna ricana.

— Je me souviens surtout de ton pétage de plombs !

Elles étaient sorties pour étrenner le canoë que M. DiLaurentis venait d'acheter au magasin d'articles de sport local. Au début, elles avaient toutes pagayé vigoureusement. Puis la fatigue et l'ennui les avaient gagnées, et elles s'étaient laissé porter par le courant. Quand celui-ci était devenu plus fort, Spencer avait voulu reprendre le contrôle de l'embarcation pour chevaucher les rapides. Mais Emily avait aperçu une minuscule cascade droit devant et exigé qu'elles abandonnent le navire.

Spencer donna un coup de coude dans les côtes d'Emily.

— Tu criais : « On peut se tuer en descendant une cascade en canoë ! Il faut sauter ! »

— Et puis tu as renversé le canoë sans nous prévenir, poursuivit Aria en gloussant. L'eau était glaciale !

— J'ai frissonné pendant des jours, acquiesça Emily, penaude.

— On a l'air si jeunes là-dessus, murmura Hanna en scrutant son visage bouffi. Vous vous rendez compte qu'à peine deux semaines avant, on se faufilait dans ton jardin pour voler ton morceau de drapeau, Ali ?

— Mmmh, acquiesça distraitement la jeune fille.

Hanna la dévisagea, s'attendant à ce qu'elle ajoute un souvenir aux leurs. Au lieu de ça, Ali se mit à ôter les épingles de son chignon banane, les posant l'une après l'autre sur la table en verre. Hanna songea qu'elle n'aurait peut-être pas dû évoquer cet épisode. Apparemment, Courtney se trouvait à Rosewood ce week-end-là, en transfert entre le Radley et le Sanctuaire. Cela faisait sans doute resurgir un tas de mauvais souvenirs dans la mémoire d'Ali.

Hanna reporta son attention sur la photo. Tout était si différent à l'époque! Quand Emily avait renversé le canoë, le T-shirt trempé d'Hanna s'était impitoyablement plaqué sur ses bourrelets, soulignant chaque gramme de sa cellulite. Peu de temps après, Ali avait commencé à lui faire des remarques : Hanna mangeait toujours plus que les autres, elle se resservait toujours à table, elle ne pratiquait aucun sport... Une fois, au centre commercial, elle avait même suggéré d'aller faire un tour au magasin Faith 21 spécialisé dans les grandes tailles, « juste pour voir ».

Soudain, Hanna repensa à ce qu'avait dit Naomi. « Je ne sais vraiment pas pourquoi elle vous a choisies pour nous remplacer. Tout le monde a cru que c'était une blague. Surtout dans ton cas. Tu étais tellement nulle! »

Hanna s'affaissa contre la cheminée, manquant renverser une assiette décorative de l'Independence Mall. Elle avait la bouche pâteuse à cause de la vodka ; ses bras et ses jambes lui paraissaient tout mous et désarticulés.

Pivotant, Ali lança quelque chose de blanc et de duveteux à chacune de ses amies.

— Toutes dans le Jacuzzi! (Elle frappa dans ses mains.) Remplissez vos verres et changez-vous pendant que je vais le mettre en marche.

Emportant son cocktail, elle traversa le salon d'un pas sautillant et sortit sous le porche de derrière, sa queue-de-cheval blonde se balançant dans son dos. Hanna regarda ce qu'elle tenait dans ses mains : une serviette Frette blanche toute douce et un Bikini Marc Jacobs à pois. Elle leva ce dernier dans la lumière pour admirer son tissu brillant et ses liens argentés.

Soudain ragaillardie, Hanna se redressa. *Bien tenté, garce*, songea-t-elle. L'étiquette du bas de maillot indiquait « taille 34 ». Stupéfaite et ravie, Hanna sourit intérieurement. C'était le meilleur compliment qu'on pouvait lui faire.

27

Meilleures amies pour la vie

L'alcool était définitivement monté à la tête d'Emily. Debout dans la minuscule salle de bains du rez-de-chaussée (celle qui était décorée dans le style hollandais de Pennsylvanie), la jeune fille se tournait et se retournait devant la glace, examinant ses jolis biceps musclés, sa taille fine et ses épaules rondes valorisées par le haut triangle du Bikini.

— Tu es canon, chuchota-t-elle à son reflet. Ali a super envie de toi.

Emily se mit à glousser. Elle était à la fois soûle à cause de la vodka et enivrée par la présence d'Ali. C'était si bon de se trouver de nouveau dans la maison des Poconos ! Et leur baiser pendant le bal... Emily n'avait jamais été aussi heureuse de toute sa vie.

Elle sortit de la salle de bains, une serviette blanche toute douce enroulée autour de la taille. En passant près de la table qu'Ali avait transformée en buffet, elle saisit un cocktail à moitié bu. Puis elle sortit sous la véranda.

Tout était exactement comme dans son souvenir : l'odeur

de terre humide des plantes en pot, les nains de jardin en pierre dans le coin, et les tables en mosaïque colorée que Mme DiLaurentis avait dégotées à une vente aux enchères. Emily s'attendait à trouver Ali là – elle voulait l'embrasser en douce avant que les autres ne les rejoignent – mais il n'y avait personne.

— Aglagla! cria Emily tandis que ses orteils nus touchaient le carrelage froid.

Une lampe chauffante avait été disposée près de la porte, et la grosse bâche en plastique vert du Jacuzzi gisait en tas sur le côté. Le moteur grondait bruyamment, projetant des bulles bleuâtres vers la surface. Emily plongea sa main dans l'eau et poussa un nouveau cri. Elle était glaciale, comme si personne n'avait utilisé le Jacuzzi depuis des années.

Hanna, Spencer et Aria sortirent à leur tour. En attendant qu'Ali finisse de se changer, Hanna apporta les enceintes iPod depuis le salon et mit Britney Spears, qu'elles adoraient toutes écouter en 5e. Les quatre filles se mirent à chanter en chœur comme au bon vieux temps. Emily déroula sa serviette et la fit glisser lascivement le long de son corps. Hanna déambula sous la véranda tel un mannequin qui défile, s'arrêtant pour prendre la pose avant de faire demi-tour et de repartir en sens inverse. Spencer lança des coups de pied en l'air façon french cancan. Aria tenta de l'imiter et faillit renverser une fougère morte. Les filles se plièrent en deux de rire et s'adossèrent au Jacuzzi pour reprendre leur souffle.

— Je n'arrive pas à croire qu'on se soit ignorées pendant toutes ces années, balbutia Spencer. Qu'est-ce qui nous a pris?

Aria eut un geste désinvolte.

— On était connes. On aurait dû rester amies.

Emily rougit.

— C'est clair, chuchota-t-elle.

Jamais elle n'aurait cru que les autres pensaient comme elle.

Hanna épousseta les feuilles mortes amassées sur l'un des fauteuils de jardin et se laissa tomber sur celui-ci.

— Vous m'avez manqué, les filles.

— Non, répliqua Spencer en tendant vers elle un doigt accusateur que l'alcool faisait trembler légèrement. Tu avais Mona.

Elles se turent, ruminant ce que Mona Vanderwaal leur avait fait quelques mois plus tôt. Hanna frémit et se détourna. Emily sentit l'angoisse monter. Être harcelées par le premier « A » avait été très difficile, mais Hanna croyait que Mona était son amie ! La chute avait dû être d'autant plus rude pour elle. Alors, Emily s'avança et lui passa ses bras autour du cou.

— Je suis désolée, chuchota-t-elle.

Spencer les rejoignit, puis Aria.

— Elle était folle, murmura Spencer.

— Ça va aller, promit Emily en caressant la longue chevelure soyeuse d'Hanna. Nous sommes là, maintenant.

Elles restèrent enlacées toutes les quatre jusqu'à ce que la chanson s'achève et que le grondement du Jacuzzi emplisse de nouveau le silence. Un choc sourd résonna à l'intérieur de la maison. Spencer s'écarta légèrement de ses amies, les sourcils froncés.

— Ali met beaucoup de temps à se changer, non ?

Les quatre filles drapèrent leur serviette autour de leurs épaules et rentrèrent dans le salon, qu'elles traversèrent avant de pénétrer dans la cuisine.

— Ali ? appela Hanna. Pas de réponse.

Emily passa la tête dans la petite salle de bains. De l'eau

gouttait du robinet. L'air chaud du ventilateur agitait le bout du rouleau de papier toilette.

— Ali ? appela Aria en jetant un coup d'œil dans la salle à manger.

Les chaises étaient recouvertes de draps blancs qui leur donnaient une allure fantomatique. Les filles s'immobilisèrent et tendirent l'oreille.

— Je ne devrais peut-être pas vous en parler maintenant, commença Spencer sur un ton hésitant, mais tout à l'heure, quand on était sur le parking de l'Externat... C'est ma mère qui m'a appelée. Ma sœur n'était toujours pas réapparue.

— Quoi ? s'exclama Emily, debout près du poêle.

— Et si elle nous avait suivies ? lança Spencer d'une voix tremblante. Si elle était là en ce moment ?

— Impossible, contra Hanna en buvant une gorgée de cocktail pour se donner du courage. Tu délires.

Spencer remit son pull et, pieds nus, se dirigea vers la porte qui donnait sur le côté de la maison. Emily attrapa son sweat-shirt et son jean, les enfila précipitamment et suivit son amie dehors.

La vieille porte aux gonds rouillés s'ouvrit en grinçant. La BMW noire était toujours garée dans l'allée. Emily promena un regard nerveux à la ronde, guettant un mouvement dans l'obscurité. Elle sortit son Nokia en se demandant si ses amies et elle ne devraient pas appeler quelqu'un. Mais un message à l'écran l'informa de l'absence de réseau. Les autres filles consultèrent leurs propres portables et secouèrent la tête. Impossible de téléphoner.

Emily frissonna. *Je n'arrive pas à croire que ça recommence*, geignit-elle en son for intérieur. Et s'il était arrivé quelque chose à Ali pendant qu'Emily et les autres s'éclataient sous la véranda ? C'était comme si la scène de leur soirée pyjama se répétait...

— Ali! s'époumona Emily. (Le nom de la jeune fille résonna dans la nuit.) Ali!
— Quoi?
Les filles firent volte-face. Ali se tenait sur le seuil de la cuisine, encore vêtue de son jean et de son sweat à capuche en cachemire. Elle les dévisageait comme si elles étaient folles.
— Où étiez-vous passées? (Elle éclata de rire.) Je viens d'aller vérifier la température du Jacuzzi, et vous n'étiez pas là! Je ne vous trouvais nulle part. (Elle fit mine d'essuyer de la sueur de son front.) Vous m'avez fait peur!

Emily revint dans la maison en poussant un gros soupir de soulagement. Ali lui tenait la porte et lui adressait un immense sourire, et à cet instant, Emily entendit une branche craquer derrière elle. Elle se figea et jeta un coup d'œil par-dessus son épaule, certaine de voir une paire d'yeux l'observer depuis le couvert de la forêt.

Mais tout était calme et silencieux. Dehors, il n'y avait personne.

28

Qu'entrent les rêves

Elles regagnèrent toutes la maison à la suite d'Ali.

— L'eau du Jacuzzi est trop froide, décida la jeune fille. Mais il y a des tas d'autres trucs à faire.

Spencer abandonna sa serviette de bain inutilisée sur la table de la cuisine, passa au salon et se laissa tomber sur le canapé en cuir. Sa peau était engourdie par le froid mais aussi par la peur qu'il soit arrivé malheur à Ali. Un malaise diffus la tourmentait – quelque chose lui échappait. Ali ne les avait-elle pas entendues quand elles l'avaient appelée ? Comment avaient-elles pu ne pas la voir sortir sous la véranda pour vérifier la température de l'eau ? Quel était ce bruit sourd qui avait résonné dans la maison ? Et où diable était passée Melissa ?

Les filles se rassemblèrent au salon. Ali s'installa dans le fauteuil à oreilles en osier qu'elles avaient baptisé « le Trône de la duchesse ». Celle qui était nommée duchesse pouvait s'y asseoir, et les autres devaient faire ses quatre volontés pendant le reste de la journée. Hanna s'affala sur le pouf jaune près de la télé. Emily prit place sur l'ottomane en cuir; les jambes croisées, elle introduisit distraitement son doigt dans un trou minuscule de la housse. Aria s'assit sur le canapé près de Spencer et serra contre sa poitrine un coussin en soie imprimé de fleurs de cerisier.

Ali agrippa les accoudoirs du Trône de la duchesse et prit une grande inspiration.

— Bon. Puisque le Jacuzzi ne fonctionne pas, j'ai une proposition à vous faire.

— Laquelle? demanda Spencer.

Ali s'agita dans son fauteuil, faisant craquer l'osier sous elle.

— Notre précédente soirée pyjama s'est très mal terminée, et je pense qu'il faut en exorciser le souvenir une fois pour toutes. J'aimerais procéder à une reconstitution – à quelques détails près.

— Ta disparition, par exemple? suggéra Emily.

— Évidemment. (Ali entortilla une mèche blonde autour de son index.) Et pour que ce soit valable, il faudrait que je vous hypnotise de nouveau.

Le sang de Spencer se glaça dans ses veines. Emily posa son verre sur la table basse. Hanna se figea, une poignée de Cheez-It à mi-chemin de sa bouche.

— Euh..., commença Aria.

Ali haussa un sourcil.

— Quand j'étais à l'hôpital, on m'a forcée à voir des thérapeutes. L'un d'eux m'a dit que le meilleur moyen de surmonter un souvenir horrible, c'est de le revivre. Je crois vraiment que ça m'aiderait beaucoup. (Elle soupira.) Et vous aussi.

Spencer frotta ses pieds l'un contre l'autre pour tenter de les réchauffer. Une rafale de vent siffla à l'extérieur. Spencer détailla la vieille photo de la bande près du canoë. Elle n'avait aucune envie de revivre cette scène, mais Ali avait peut-être raison. Après tout ce qu'elles avaient traversé, un déclic était sans doute nécessaire pour leur permettre de tourner la page et de passer à autre chose.

— Je suis partante, décida Spencer.
— Moi aussi, dit très vite Emily.
— Pas de problème, grogna Hanna.

Ali jeta un coup d'œil à Aria, qui acquiesça à contrecœur.

— Merci. (Ali se leva d'un bond.) Montons dans l'une des chambres. Ce sera plus intime, et ça ressemblera davantage à la grange.

Les autres la suivirent dans l'escalier couvert de moquette rose qui conduisait à l'étage. Une énorme lune pâle brillait de l'autre côté de la fenêtre du palier. Le jardin était vide, et les pins formaient une barrière épaisse entre la maison et la route. Sur la gauche, la mare artificielle avait été vidée pour l'hiver ; il n'en restait qu'une cuvette profonde et asséchée.

Ali entraîna ses amies vers la chambre du fond. La porte était déjà entrouverte, comme si quelqu'un s'était trouvé dans la pièce récemment. Spencer se souvenait très bien de l'ouvrage au point de croix accroché au mur, des lourds rideaux en dentelle et des deux lits jumeaux en cuivre. Ses narines frémirent. Elle s'attendait à ce que la pièce embaume le désodorisant au lilas, ou à la limite, qu'elle sente le renfermé. Au lieu de ça, la jeune fille captait une désagréable odeur de pourriture.

— C'est quoi, cette infection ? s'écria-t-elle.

Ali fronça le nez.

— Il doit y avoir une bestiole morte dans les murs. C'est déjà arrivé l'été après la 6e, vous vous souvenez ? Je crois que c'était un raton laveur.

Spencer eut beau fouiller les moindres recoins de sa mémoire, elle ne se rappelait pas avoir déjà senti une odeur pareille.

Soudain, Aria se figea.
— Vous avez entendu?
Les autres se raidirent et tendirent l'oreille.
— Non, chuchota Spencer.
Aria avait les yeux grands comme des soucoupes.
— On aurait dit une quinte de toux. Il y a quelqu'un dehors?
Ali souleva une lamelle des stores en bois. L'allée était déserte. On n'y voyait que les traces laissées par les pneus de la BMW.
— Personne, chuchota Ali.
Les filles poussèrent en chœur un soupir de soulagement.
— On est en train de se monter la tête, déclara Spencer. Il faut qu'on se calme.
Elles se laissèrent tomber sur le tapis rond qui recouvrait une bonne partie du plancher. D'un sac en plastique, Ali sortit six bougies parfumées à la vanille qu'elle déposa sur les tables de chevet et sur le bureau. L'allumette crépita en s'enflammant. La pièce était déjà bien assez sombre, mais Ali ferma les stores et tira les rideaux. Des ombres étranges se projetaient sur le mur.
— D'accord, les filles, lança Ali. Tout le monde se détend.
Emily gloussa nerveusement. Hanna souffla très fort. Spencer tenta de relâcher ses épaules crispées, mais son sang bourdonnait encore à ses tempes. Elle s'était si souvent repassé cette scène dans sa tête! Chaque fois qu'elle y pensait, son corps lui envoyait des signaux de panique. *Ça va aller*, se raisonna-t-elle.
— Les battements de votre cœur ralentissent, dit Ali d'une voix chantante. Pensez à des choses apaisantes. Je vais compter de cent à zéro, et quand je vous toucherai, vous serez en mon pouvoir.
Personne ne dit rien. Les bougies crépitaient, et leurs

flammes dansaient contre le mur. Spencer ferma les yeux tandis qu'Ali entamait le compte à rebours.

— Cent... Quatre-vingt-dix-neuf... Quatre-vingt-dix-huit...

La jambe gauche de Spencer tressaillit, puis la droite. La jeune fille tenta de se concentrer sur des choses apaisantes, mais elle ne cessait de penser au soir où ses amies et elle avaient fait ça pour la première fois. Elle se revoyait assise par terre, agacée qu'Ali les ait encore convaincues de faire quelque chose contre leur gré. Et si l'hypnose lui avait fait avouer tout haut qu'elle avait embrassé Ian? Et si Melissa l'avait entendue? Spencer avait chassé sa sœur de la grange quelques minutes plus tôt, mais elle pouvait très bien rôder dans les parages... Tapie derrière la fenêtre avec un Polaroïd...

— Quatre-vingt-quatre, quatre-vingt-trois..., égrenait Ali.

Sa voix continua à s'estomper jusqu'à ce qu'elle semble provenir de l'autre bout d'un très long tunnel. Une lumière floue apparut devant les yeux de Spencer. Les sons se voilèrent et se déformèrent. Une odeur de plancher ciré et de pop-corn soufflé au micro-ondes lui chatouilla les narines. Elle prit quelques grandes inspirations, tentant de visualiser l'air qui entrait et sortait de ses poumons.

Quand elle ouvrit les yeux, Spencer réalisa qu'elle se trouvait dans la grange de sa famille, assise sur le vieux tapis que ses parents avaient acheté à New York. Un parfum de fleurs estivales et une odeur de sève de pin flottaient depuis l'extérieur. Spencer examina ses amies. Hanna avait des bourrelets; Emily était toute maigrichonne avec le visage couvert de taches de rousseur; Aria avait des mèches roses. Ali passait entre elles sur la pointe des pieds, leur touchant le front avec son pouce. Quand elle arriva à Spencer, celle-ci se leva d'un bond.

— Il fait beaucoup trop noir là-dedans, s'entendit-elle dire.

Les mots se déversaient de sa bouche sans qu'elle puisse les contrôler.

— Non, protesta Ali. Il faut que ce soit sombre. C'est comme ça que ça fonctionne.

— Ça ne peut pas toujours se passer comme tu l'as décidé, lança Spencer.

— Referme ces rideaux, ordonna Ali avec une grimace qui découvrit ses dents.

Spencer lutta pour laisser entrer de la lumière dans la pièce. Ali poussa un grognement frustré. Mais lorsque Spencer lui jeta un coup d'œil par-dessus son épaule, elle vit que son amie n'était pas juste en colère. Elle s'était figée, les traits tirés, les yeux écarquillés et le teint blême, comme si elle venait de voir quelque chose d'horrible.

Une ombre remua à la lisière de son champ de vision. Spencer reporta son attention sur la fenêtre. C'était un minuscule fragment de souvenir, presque rien. Mais la jeune fille s'y accrocha de toutes ses forces. Elle voulait désespérément découvrir ce qui s'était passé ce soir-là.

Ce fut alors qu'elle vit. Le reflet était celui d'Ali, à ceci près que l'adolescente portait un sweat à capuche et tenait un gros appareil photo. Ses yeux ne cillaient pas, et elle avait un regard démoniaque – meurtrier.

Spencer connaissait bien cette fille. Elle voulut dire son nom, mais ses lèvres refusèrent de lui obéir. Il lui sembla qu'elle suffoquait.

Pendant ce temps, son souvenir continuait à se dérouler malgré elle.

— Casse-toi, s'entendit-elle dire à Ali.

— D'accord, répondit l'adolescente.

— Non! cria Spencer à l'*alter ego* plus jeune. Rappelle-la! Garde-la à l'intérieur! C'est sa sœur qui est dehors, et elle veut lui faire du mal!

Mais la scène se dévidait à toute allure, sans qu'elle puisse l'arrêter ni même la freiner. Ali avait atteint la porte. Elle se retourna et fixa longuement Spencer. Celle-ci hoqueta. Tout à coup, Ali ne ressemblait plus tout à fait à la fille avec laquelle ses amies avaient passé la journée.

Alors, le regard de Spencer se posa sur la bague en argent de l'adolescente. Ali avait dit qu'elle ne portait pas de chevalière ce soir-là, et pourtant... La bague était à son doigt. À ceci près qu'au lieu d'un A, elle s'ornait d'un C.

Pourquoi Ali avait-elle mis la chevalière de sa sœur?

Quelqu'un toqua à la fenêtre, et Spencer fit volte-face. La fille qui se tenait dehors lui adressa un sourire sinistre. Elle leva sa main droite à hauteur de son visage, mettant son annulaire bien en évidence. Elle aussi portait une chevalière – gravée de l'initiale A.

Spencer avait l'impression que sa tête était sur le point d'exploser. Était-ce Ali qui se tenait dehors et Courtney qui se trouvait dedans? Comment l'inversion avait-elle pu se produire?

Ma mémoire me joue des tours, raisonna Spencer. *Ça ne s'est pas passé ainsi. Je suis en train de rêver.*

La fille blonde debout près de la porte se retourna, une main sur la poignée. Soudain, elle blêmit, son teint devint cireux.

— Ali? appela prudemment Spencer. Ça va?

La peau de la jeune fille commença à partir en lambeaux.

— Est-ce que ça a l'air d'aller? aboya-t-elle. (Elle secoua la tête.) Depuis le temps que j'essaie de te dire...

— Quoi ?
— Toutes les fois où tu as rêvé de moi... Tu as oublié ?
— Je..., bredouilla Spencer.
Ali leva les yeux au ciel. Sa peau pelait de plus en plus vite, révélant des muscles noueux et des os blanchis. Ses dents tombèrent sur le sol une à une. Ses cheveux blond doré virèrent au gris pâle et se détachèrent par mèches.
— Tu es encore plus idiote que je ne le pensais, Spence, siffla-t-elle. Tu mérites ce qui va t'arriver.
— Qu'est-ce que je mérite ? glapit Spencer, désespérée.
Mais Ali ne répondit pas. Quand elle tourna la poignée, son avant-bras se détacha de son coude ainsi qu'une fleur séchée de sa tige. Il atterrit sur le plancher, où il tomba d'un coup en poussière. Puis la porte claqua avec une violence qui se propagea à travers le corps de Spencer. Un bruit qui semblait si proche, si réel... Le souvenir et la réalité se rejoignaient.

Spencer ouvrit brusquement les yeux. Il faisait une chaleur oppressante dans la chambre ; le visage de la jeune fille ruisselait de sueur. Ses amies étaient assises en tailleur sur le tapis, les traits détendus, les yeux clos et l'expression docile. Elles avaient l'air... mortes.
— Les filles ? appela Spencer.
Pas de réponse. Spencer voulait tendre la main et secouer l'épaule d'Hanna, mais elle avait peur.
Son rêve lui revint à l'esprit. « Depuis le temps que j'essaie de te dire... », avait lancé la fille dans sa vision. Celle qui ressemblait à l'Ali dont Spencer se souvenait... mais qui portait la chevalière de Courtney. « Toutes les fois où tu as rêvé de moi... Tu as oublié ? »
Elle n'avait pas oublié. Elle rêvait très souvent d'Ali... et même, parfois, de deux Ali différentes.
— Non, chuchota-t-elle, le cœur serré.

Elle ne comprenait pas. Elle cligna des yeux dans la pénombre et regarda autour d'elle, cherchant sa quatrième amie.

— Ali? couina-t-elle.

Mais elle ne reçut pas de réponse. Parce que Ali avait disparu.

29

La lettre sous la porte

Aria entendit une porte claquer. Elle revint à elle en sursaut. La moitié des bougies s'étaient éteintes. Une odeur putride flottait dans la pièce. Assises sur le tapis, trois de ses amies la dévisageaient.

— Que se passe-t-il ? demanda Aria. Où est Ali ?
— Nous l'ignorons. (Emily semblait terrifiée.) Elle a... disparu.
— Ça fait peut-être partie de la reconstitution ? suggéra Hanna, l'air à demi-assommée.
— Je ne crois pas, répliqua Spencer d'une voix tremblante. À mon avis, il y a quelque chose qui cloche.
— Ben, évidemment ! s'écria Emily. Ali s'est volatilisée !
— Non, rectifia Spencer. Je pense... qu'il y a un problème avec Ali.

Aria en resta bouche bée.

— Un problème avec Ali ? Comment ça ? bredouilla Emily.
— Que veux-tu dire ? renchérit Hanna.
— Je crois que la fille à la fenêtre de la grange était la

jumelle d'Ali, chuchota Spencer d'une voix enrouée par les larmes. Je crois que c'est elle qui l'a tuée.

Hanna fronça les sourcils.

— Tout à l'heure, tu as dit que c'était Melissa.

— Et personne n'a tué Ali, ajouta Emily en plissant les yeux, puisqu'elle est là.

Mais Aria dévisageait Spencer, et une idée prenait forme dans sa tête. Elle repensa aux Polaroïd. Le reflet dans la vitre aurait très bien pu être celui d'une des jumelles DiLaurentis.

— Oh, mon Dieu, chuchota Aria en se souvenant de la médium qui, quelques semaines plus tôt, lui avait affirmé près du trou renfermant le corps de l'adolescente morte : « Ali a tué Ali. »

Un grand fracas s'éleva depuis le rez-de-chaussée. Les filles sursautèrent et se pelotonnèrent dans un coin de la pièce.

— C'était quoi, ça? souffla Hanna.

Il y eut une série de craquements, de grincements et de portes qui claquent. Puis le silence revint.

Aria osa jeter un regard à la ronde. Elle conclut que quelqu'un avait dû ouvrir les rideaux, parce que le clair de lune entrait à flots et inondait le plancher. Elle aperçut alors une enveloppe blanche gisant par terre tout près de la porte, comme si quelqu'un venait juste de la pousser dessous.

— Euh, les filles? dit Aria en la désignant d'un index tremblant.

Ses amies s'entre-regardèrent, trop effrayées pour réagir. Puis Spencer traversa la pièce et se pencha pour ramasser l'enveloppe. Elle la tendit à bout de bras pour montrer aux autres ce qui était écrit dessus.

À : quatre garces. De la part de : A.

Emily tomba à genoux.

— Oh, mon Dieu. C'est Billy. Il est là.
— Ce n'est pas lui, aboya Spencer.
— Alors, c'est Melissa, bredouilla Emily, au bord de la panique.

Spencer déchira l'enveloppe et en sortit plusieurs feuilles couvertes d'une écriture serrée. À mesure qu'elle lisait en silence, une grimace tordit sa bouche.

— Non, non.

Hanna l'avait rejointe et regardait par-dessus son épaule.
— C'est impossible, protesta-t-elle faiblement.

Un nœud dur et froid se forma dans le ventre d'Aria. Quelque chose clochait. Gravement. La jeune fille prit une grande inspiration et s'approcha pour lire aussi.

Il était une fois deux ravissantes blondinettes appelées Alison et Courtney. Mais l'une d'elles était folle. Et comme vous le savez, par quelques coups de baguette magique du destin, Alison est devenue Courtney un moment. Ce que vous ignorez, c'est que Courtney était devenue Alison de son côté.

Vous avez bien lu, Jolies Petites Menteuses. Et tout ça, c'est votre faute. Vous vous souvenez quand vous vous êtes introduites dans mon jardin pour me voler mon morceau de drapeau? Vous vous souvenez de la fille qui est sortie de la maison pour vous parler? Ce n'était pas moi. Comme vous l'avez si astucieusement deviné, Courtney se trouvait à Rosewood ce week-end-là, en transfert entre le Radley et le Sanctuaire. Et la pauvrette n'avait pas du tout envie de repartir. Elle s'était organisé une chouette vie de tarée au Radley, et elle ne voulait pas recommencer à zéro dans un autre hôpital.

Si tout était à refaire quelque part, ce serait à Rosewood, décida-t-elle. Aussitôt dit, aussitôt fait. Elle était censée partir au Sanctuaire le jour où elle vous a vues vous faufiler dans mon jardin – et elle a sauté sur l'occasion. On était en train de se disputer ; je me réjouissais d'avance à l'idée d'être bientôt débarrassée d'elle. Tout à coup, elle a filé dans le jardin et s'est mise à vous parler comme si vous étiez les meilleures amies du monde. À vous parler de mon morceau de drapeau comme si ce n'était pas elle qui l'avait volé et massacré en y dessinant ce stupide puits à vœux.

Comment pouvais-je supposer que tout le monde – ma mère, mon père et même mon frère – croirait que c'était moi dehors et Courtney dedans ? Comment pouvais-je deviner que ma mère me prendrait par la main dans le couloir et me dirait : « C'est l'heure d'y aller, Courtney » ? Je lui ai dit et répété que j'étais Ali, mais elle ne m'a pas crue – tout ça parce que Courtney m'avait piqué ma chevalière pendant que j'avais le dos tourné. Ma mère a crié à la fille qui se trouvait dehors que nous partions, et la fille qui n'était pas Ali s'est tournée vers elle pour lui dire au revoir en souriant.

Et juste comme ça, Courtney a hérité de ma vie parfaite tandis que je récupérais son existence pourrie.

Elle a tout gâché. Elle s'est jetée au cou de Ian Thomas. Elle s'est presque fait arrêter pour avoir aveuglé cette snob de Jenna Cavanaugh. Elle a plaqué Naomi et Riley, les deux filles les plus cool du bahut. Mais ce qu'elle a fait de pire en mon nom, c'est d'avoir choisi quatre nouvelles meilleures amies pour les remplacer. Des filles dont elle savait que je ne leur aurais jamais accordé le moindre regard, qui n'avaient vraiment rien de spécial. Des filles qui seraient bien trop contentes qu'elle les fasse entrer dans sa bande, et qui l'aideraient à obtenir tout ce qu'elle désirait.

Mon histoire vous dit quelque chose, mesdemoiselles ?

Mais ne vous en faites pas. Ce conte de fées qui a mal tourné peut encore bien se terminer pour moi. J'ai veillé à ce que ma sœur paye pour ce qu'elle m'avait fait. Et aujourd'hui, c'est votre tour.

J'ai essayé de vous brûler vives, de vous rendre folles, de vous envoyer en prison. Je vous ai même pourri la vie cette semaine. Je me suis jeté au cou du petit ami d'Aria. J'ai envoyé à la pauvre Hanna de fausses invitations pour un défilé de mode. J'ai fait croire à Emily qu'elle pourrait sortir avec moi, finalement. Quant à Spencer... J'ai une surprise pour toi. Regarde bien, elle est juste sous ton nez.

Je suppose que je devrais remercier Courtney d'avoir si méticuleusement tenu son journal. Ça nous a beaucoup aidées, Mona et moi. Ça m'a permis de tout mettre au point. Et aujourd'hui, c'est le grand soir! Le rideau est sur le point de se lever, les filles. Le spectacle va commencer. Tenez-vous prêtes à rencontrer votre créateur d'une minute à l'autre.

Bisous!

— A (la vraie)

Pendant un long moment, personne ne dit rien. Aria relut la lettre plusieurs fois avant d'assimiler son contenu. Elle tituba en arrière et heurta le bureau.

— C'est Ali qui a écrit ça? *Notre* Ali?

— Non, pas notre Ali, rectifia Spencer d'une voix atone. La vraie Ali. Notre Ali était... Courtney. La fille que nous connaissions est morte depuis presque quatre ans.

— Non, s'étrangla Emily. Ce n'est pas possible. Je n'y crois pas.

Un ricanement se fit entendre de l'autre côté de la porte. Les filles se redressèrent en sursaut. La peau d'Aria la picota.

— Ali? appela Spencer.

Pas de réponse.

Aria sortit son Treo de sa poche, mais celui-ci ne captait toujours rien. Et il n'y avait pas de téléphone fixe dans cette pièce. Même si elles ouvraient la fenêtre pour appeler au secours, la maison était tellement isolée que personne ne les entendrait.

La puanteur était devenue si forte qu'elle faisait larmoyer Aria. Soudain, une autre odeur se mêla à elle. Aria leva brusquement la tête, les narines frémissantes. Emily, Hanna et Spencer écarquillèrent les yeux. Elles comprirent toutes en même temps – à l'instant où les bouches d'aération se mettaient à cracher une fumée blanche.

— Oh, mon Dieu, chuchota Aria en tendant un doigt. La maison brûle.

Elle se précipita vers la porte, secoua la poignée et se retourna vers les autres, le visage blême. Elle n'eut pas besoin de dire quoi que ce soit : ses amies avaient déjà compris. La porte était verrouillée. Elles étaient prisonnières.

30

SORTIE DE SCÈNE EXPLOSIVE

La pièce se remplit d'une épaisse fumée, tandis que la température augmentait lentement mais sûrement. Emily voulut ouvrir la fenêtre à guillotine, mais celle-ci résista. La jeune fille songea à briser la vitre, mais cette chambre donnait sur l'arrière de la maison, à l'aplomb d'une pente abrupte. Si elles sautaient, ses amies et elle se casseraient les deux jambes, ou pire.

De l'autre côté de la pièce, Spencer, Aria et Hanna donnaient des coups d'épaule dans la porte pour essayer de l'enfoncer. Comme le battant ne cédait pas, elles s'écroulèrent sur un des lits, haletantes.

— On va mourir, chuchota Hanna. Ali essaie de nous tuer.

— Non, elle...

Emily n'acheva pas sa phrase. Elle voulait dire qu'Ali était incapable de faire une chose pareille. Que c'était Billy qui avait écrit cette lettre en se faisant passer pour elle. Ou alors, Melissa. Oui, c'était elle qu'elles avaient entendu ricaner quelques instants plus tôt. Elle encore qui avait tué la jumelle d'Ali. Melissa qui avait allumé cet incendie. Melissa, ou Billy, ou quelqu'un d'autre. Mais pas Ali.

Pas Ali.

Le nuage était si dense qu'il devenait difficile de distinguer quoi que ce soit. Hanna se plia en deux et se mit à tousser. Aria gémit. Spencer arracha le drap du lit et le fourra sous la porte comme on le leur avait appris en 5e, pendant le cours de prévention anti-incendie.

— Il ne nous reste probablement que quelques minutes avant que le feu n'atteigne la porte, dit-elle aux autres. On doit trouver un moyen de s'échapper, et vite !

Emily se réfugia dans un coin de la pièce, contre la porte du placard. Soudain, elle entendit un cri étouffé. Elle se figea. Ses amies tournèrent la tête. Elles aussi, elles avaient entendu. *Ali ?* songea Emily.

Mais comme le cri se répétait, la jeune fille réalisa qu'il venait de très près. Puis un martèlement résonna dans son dos. Emily fit volte-face.

— Il y a quelqu'un là-dedans !

Spencer la rejoignit d'un bond et tourna la poignée. Une puanteur abominable s'échappa du placard. Prise de nausée, Emily se couvrit la bouche avec le bas de son sweat-shirt.

— Oh, mon Dieu, lâcha Spencer, horrifiée.

Alors, Emily baissa les yeux et cria plus fort qu'elle ne l'avait jamais fait de sa vie. Un cadavre décomposé gisait dans le bas du placard presque vide. Ses jambes étaient repliées contre le mur selon un angle peu naturel, et sa tête penchée à gauche reposait sur une boîte de chaussures Adidas. Sa peau était d'un jaune malsain. Une substance cireuse maculait ce qui restait de ses joues. Les muscles avaient pourri autour de sa bouche, ne laissant derrière eux qu'un trou béant. Ses beaux cheveux dorés ressemblaient à une perruque, et des vers grouillaient sur son front.

C'était Ian Thomas.

Emily continua à hurler et ferma les yeux, mais l'image semblait gravée à l'intérieur de ses paupières. Puis quelque chose jaillit du placard et lui toucha le pied. Elle fit un bond en arrière et tenta de claquer la porte.

— Arrête! s'égosilla Spencer. Emily, arrête!

Emily obtempéra en gémissant. Spencer l'écarta et tira un autre corps du placard – celui d'une personne presque ensevelie sous le cadavre de Ian. Emily hoqueta. C'était une jeune femme bâillonnée. Melissa. Ses yeux bleus les fixaient d'un air implorant.

Les quatre filles unirent leurs efforts pour défaire les cordes épaisses qui entravaient ses poignets et ses chevilles. Quand elles arrachèrent le Chatterton de sa bouche, Melissa se plia en deux et se mit à tousser, le visage baigné de larmes. Elle s'affaissa contre Spencer, la poitrine soulevée par des sanglots déchirants.

— Tu vas bien? s'affola Spencer.

— Elle m'a enlevée et jetée dans le coffre de sa voiture, balbutia Melissa. Je me suis réveillée une ou deux fois, mais elle m'a droguée pour me rendormir. Quand j'ai fini par revenir à moi, j'étais...

Elle jeta un coup d'œil au placard et ne put achever sa phrase. Une grimace de douleur tordit son visage.

Puis elle renifla. La fumée emplissait la pièce si vite qu'une fine brume grise commençait à tourbillonner. Melissa se mit à trembler.

— On va toutes mourir.

Les filles se précipitèrent au centre de la pièce et s'accrochèrent les unes aux autres. Emily tremblait violemment.

Elle sentait le cœur d'une de ses amies battre contre sa poitrine.

— Ça va aller, répétait Spencer en boucle à l'oreille de sa sœur. On va trouver un moyen de sortir d'ici.

— Il n'y en a pas! répliqua Melissa, les yeux pleins de larmes.

— Attendez une minute. (Aria s'écarta des autres et promena un regard autour d'elle, les sourcils froncés.) Je crois que c'est la chambre d'où part le passage secret qui descend jusqu'à la cuisine.

— De quoi parles-tu? geignit Hanna.

— Vous ne vous souvenez pas? On s'était cachées dedans pour faire peur à Jason.

Aria se dirigea vers la commode et la poussa brutalement sur le côté. Sous les yeux ébahis d'Emily apparut une porte pas plus haute qu'un labrador. Aria tira le loquet et, d'un coup de pied, ouvrit le battant. Un tunnel obscur s'étendait au-delà. Melissa hoqueta de surprise.

— Venez, dit Spencer sur un ton pressant.

Elle se laissa tomber à quatre pattes pour franchir l'ouverture minuscule, se tordant le cou pour s'assurer que sa sœur la suivait. Aria disparut à son tour dans le passage. Puis Hanna. Mais la nausée d'Emily la clouait sur place. Une odeur de décomposition pareille à celle du cadavre de Ian s'échappait du passage.

— Emily! (La voix de Spencer résonnait comme si la jeune fille se trouvait dans un puits très profond.) Dépêche-toi!

Emily prit une grande inspiration, rentra la tête dans les épaules et rampa à l'intérieur. Le passage ne faisait guère que trois mètres de long. Il débouchait dans un réduit qui semblait n'avoir pas été ouvert depuis des années. Une épaisse couche de poussière recouvrait le sol; il y avait des dizaines d'insectes morts dans les coins et une grosse tache d'eau au plafond. Aria saisit la poignée de la porte d'en face, mais celle-ci refusa de bouger.

— Elle est coincée, chuchota la jeune fille.
— Non, non ! Il faut qu'elle s'ouvre !

Désespérée, Spencer se jeta de tout son poids contre le battant. Emily, Aria et Hanna joignirent ses efforts aux siens. Enfin, le bois craqua et céda. Un son à mi-chemin entre sanglot et soupir de soulagement s'échappa de la gorge d'Emily.

Les filles dévalèrent un escalier de bois branlant et ouvrirent une troisième porte. Une bouffée de chaleur les assaillit, leur piquant les yeux et la peau. Ici, la fumée était encore plus épaisse. Emily contourna le plan de travail central à tâtons. Essayant de s'orienter, elle tituba en direction de la porte d'entrée.

Une ombre remua sur sa gauche, parmi les volutes grises suffocantes. Quelqu'un clouait les fenêtres pour que personne ne puisse sortir par là. À la vue de ces cheveux blonds, de ce visage en forme de cœur et de cette bouche qui appelait les baisers, Emily se figea.

Ali.

La jeune fille fit volte-face et la fixa comme si elle avait vu un fantôme. Son marteau lui échappa des mains et heurta le sol avec un bruit mat. Ses yeux étaient gris ardoise et glaciaux. Une grimace tordit sa bouche.

Un sanglot monta dans la poitrine d'Emily. Soudain, elle eut la certitude que cette fille avait écrit l'horrible lettre découverte quelques minutes plus tôt, et que tout ce qu'elle y racontait était vrai. Son cœur se brisa en mille morceaux.

Ali se détourna et voulut s'élancer vers la porte. Mais Emily bondit, l'attrapa par le bras et la força à pivoter vers elle. La bouche d'Ali s'arrondit en un « O » de stupéfaction.

Emily saisit la jeune fille par les épaules et la secoua brutalement.

— Comment as-tu pu faire ça ?

Ali tenta de se dégager. Ses yeux étincelaient de haine.

— Je te l'ai déjà dit, cria-t-elle. Vous avez bousillé ma vie, espèce de garces !

Même sa voix ne lui ressemblait plus.

— Mais... je t'aimais, couina Emily, dont les yeux se remplirent de larmes.

Ali eut un gloussement malveillant.

— Ce que tu peux être nulle, ma pauvre Emily.

Ce fut comme si elle avait planté un pieu dans le cœur d'Emily. Les mains de celle-ci se crispèrent sur ses épaules. Elle voulait qu'Ali comprenne combien ça faisait mal. *Comment peux-tu dire ça ?* avait-elle envie de hurler. *Comment peux-tu nous haïr à ce point ?*

Puis une détonation assourdissante résonna. Une vive lumière blanche aveugla Emily, et une bourrasque brûlante la frappa de plein fouet. La jeune fille se couvrit la tête de ses bras tandis que le souffle de l'explosion la soulevait de terre. Elle sentit quelque chose craquer et atterrit rudement sur son épaule, en se mordant la langue.

Un instant, le monde fut blanc, vide et silencieux. Puis Emily rouvrit les yeux. Le son, la chaleur et la douleur revinrent aussitôt à la charge. Elle gisait près de la porte d'entrée, une flaque de sang sous la bouche. Maladroitement, elle se dressa sur les genoux et saisit la poignée. Celle-ci était brûlante, mais elle tourna. Emily rampa sous le porche, se traîna jusqu'à la pelouse et s'affaissa dans l'herbe humide.

Quand elle rouvrit les yeux, quelqu'un toussait sur sa gauche. Spencer et sa sœur s'étaient écroulées non loin d'elle. Emily aperçut Aria roulée en boule au pied du gros noisetier. Dans l'allée, Hanna se redressait lentement.

Emily reporta son attention sur la maison. De la fumée s'échappait par tous les interstices. Des flammes bondissaient depuis le toit. Une ombre passa derrière la baie vitrée du salon. Puis il y eut un craquement sonore, et toute la maison explosa.

Emily hurla, se couvrit les yeux et se recroquevilla en position fœtale. *Compte jusqu'à cent*, s'exhorta-t-elle. *Imagine que tu fais des longueurs. Contente-toi de garder les yeux fermés jusqu'à ce que tout soit fini.* L'air était chaud et plein de cendres ; la détonation avait fait plus de bruit qu'un millier d'avions décollant simultanément. Deux braises tombèrent sur les épaules d'Emily, roussissant son sweat-shirt et grésillant contre sa peau.

Le vacarme se poursuivit pendant quelques secondes. Lorsque le calme revint, Emily écarta les doigts et jeta un coup d'œil craintif vers la maison. De la demeure massive, il ne restait qu'une montagne de feu.

— Ali, chuchota Emily.

Mais le fracas de la cheminée qui s'écroulait engloutit sa voix. Ali était toujours à l'intérieur.

31

ℒes pièces manquantes

Spencer gisait sur la pelouse à bonne distance des flammes, toussant à s'en fêler les côtes. Près d'elle, Melissa semblait évanouie. Un brasier infernal, orange et jaune, dévorait la maison. De temps en temps, une mini-explosion projetait des braises très haut dans le ciel. De l'étage où les filles étaient encore prisonnières quelques minutes plus tôt, il ne restait qu'une carcasse rougeoyante.

Les amies de Spencer se traînèrent jusqu'à elle.

— Tout le monde va bien ? demanda la jeune fille.

Emily acquiesça. Hanna cracha un « oui » rauque. Aria enfouit son visage dans ses mains et balbutia faiblement que ça allait. Un vent glacial leur cinglait le visage, apportant une odeur de bois calciné et de chair brûlée.

— Je n'arrive pas à me sortir cette lettre de la tête, dit Emily sur un ton morne, frissonnant dans son sweat-shirt léger. Ali en voulait tellement à sa sœur de l'avoir envoyée à l'asile qu'elle l'a tuée.

— Ouais, grogna Spencer en s'adossant à un arbre et en

s'agitant pour trouver une position confortable sur le sol bosselé.

— Ian n'était pour rien là-dedans. Et Billy non plus. Ali avait juste besoin de faire porter le chapeau à quelqu'un. Et pour finir, elle comptait nous tuer.

C'était comme si Emily cherchait à se convaincre elle-même de la vérité.

— C'est Courtney qui est sortie nous parler le jour où nous avons tenté de voler le morceau de drapeau de la Capsule temporelle, enchaîna Aria en essuyant son visage maculé de suie. (Elle semblait tout aussi incrédule qu'Emily.) C'était le seul moyen de faire croire à ses parents qu'elle était la jumelle normale. Et si elle nous a choisies le jour de la vente de charité, c'est parce qu'elle y était obligée. Elle ne pouvait pas être amie avec Naomi et Riley puisqu'elle ne connaissait que nous. Elle ne connaissait que nous.

— Naomi et Riley m'ont dit qu'Ali les avait laissé tomber sans raison à l'époque, confirma Hanna avec un soupir.

Spencer replia les genoux contre sa poitrine et les entoura de ses bras. Une autre braise jaillit vers le ciel. Un écureuil terrifié descendit d'un arbre voisin et traversa la pelouse comme une flèche.

— Quand Ian est venu me voir en enfreignant son assignation à résidence, il m'a dit qu'il était sur le point de découvrir un secret démentiel qui mettrait tout Rosewood sans dessus dessous, se remémora Spencer. Il devait savoir que Courtney se trouvait chez ses parents ce week-end.

— Et Ali devait savoir que nous penserions que c'était Jason ou Wilden qui avait allumé l'incendie dans les bois, renifla Hanna. Mais tout ne s'est pas passé comme elle l'avait prévu. Les flammes l'ont prise au piège. Alors, elle a appelé Wilden, et il l'a emmenée – croyant qu'elle obéissait aux ordres de ses parents en restant cachée. En fait, elle est partie pour nous faire passer pour folles.

— Et je suppose que c'est elle qui a mis ces photos dans l'ordinateur portable de Billy, ajouta Spencer.

Quelque chose craqua à l'intérieur de la maison incendiée. Spencer frémit. Elle jeta un coup d'œil à Melissa qui avait repris connaissance et sanglotait en silence, le visage dans ses mains.

— Et c'est elle qui a passé un appel anonyme aux flics pour leur dire que Billy avait tué Jenna.

— Alors qu'en réalité, c'était elle la coupable, murmura Aria.

Les filles se turent. Spencer ferma les yeux et tenta d'imaginer Ali poussant Jenna Cavanaugh, si belle, si timide, si aveugle, au fond de cette tranchée. C'était tellement horrible... et incompréhensible.

— Vous vous souvenez de cette photo que « A » nous avait envoyée, celle qui montrait Ali, Courtney et Jenna dans le jardin des DiLaurentis ? reprit Spencer au bout d'un moment. Wilden mis à part, Jenna était la seule personne extérieure à la famille qui connaissait l'existence de la jumelle d'Ali. Peut-être soupçonnait-elle qu'un échange avait eu lieu. Elle a rencontré Courtney le week-end où ça s'est produit. (Spencer pencha la tête sur le côté.) Mais pourquoi Ali nous a-t-elle envoyé cette photo si elle ne voulait pas que nous découvrions ce que savait Jenna ?

— Parce qu'elle pouvait le faire, suggéra Hanna. Parce qu'elle comptait sur le silence de Jenna. Et quand elle a eu l'impression qu'elle était sur le point de parler...

Sans achever sa phrase, la jeune fille enfouit son visage dans ses mains.

Melissa leva la tête et poussa un grognement. Son visage était maculé de suie et de poussière. Elle avait une entaille à l'épaule, et des traces rouges sur les chevilles et les poignets, aux endroits où les cordes avaient brûlé sa peau. Elle sentait la chair décomposée. L'estomac de Spencer se souleva.

Tendant une main, Spencer lissa une mèche de sa sœur pour en faire tomber les cendres. Ses yeux se remplirent de larmes. Comment avait-elle pu se tromper à ce point sur Melissa ?

— Pourquoi Ali voulait-elle t'éliminer, toi aussi ?

Melissa se redressa sur un coude, mettant son autre main en visière pour se protéger les yeux contre l'éclat des flammes. Elle toussa et s'éclaircit la gorge.

— Quand Jason m'a parlé des jumelles, il y a des années, il m'a dit qu'Ali et Courtney n'avaient aucun contact – qu'elles se détestaient. (Elle s'assit, étira prudemment son cou et fit rouler ses épaules.) Alors, quand vous m'avez dit que selon Courtney, Ali lui avait raconté des tas de choses sur vous, j'ai trouvé ça bizarre.

Un craquement sonore résonna à l'intérieur de la maison, et les filles se détournèrent d'instinct. Une partie du premier étage s'effondra avec fracas.

— Je suis allée voir Wilden, poursuivit Melissa en haussant la voix. Il m'a dit que les DiLaurentis s'inquiétaient un peu au sujet de Courtney quand elle est sortie de l'hôpital, surtout après que vous aviez vu le corps de Ian. Jason s'est demandé si Courtney n'avait pas tué Ian pour venger le meurtre d'Ali.

— Oh, elle l'a fait, dit Aria en enfonçant une brindille dans la terre détrempée. Mais pas par vengeance.

Les grands panneaux vitrés de la véranda éclatèrent. Les filles se couvrirent la tête alors qu'une pluie de morceaux de verre s'abattait sur la pelouse.

— Mais elle avait un alibi pour cette nuit-là, reprit Melissa en repoussant une mèche pleine de sang qui lui tombait dans les yeux. Puis on a découvert les photos et les messages dans l'ordinateur de Billy, et les pièces du puzzle ont enfin paru s'assembler.

Aria se rapprocha frileusement d'Hanna. Melissa tira les manches crasseuses de son pull en cachemire sur ses mains.

— Mais quand les DiLaurentis ont révélé l'existence de Courtney, j'ai fait le rapprochement avec toutes les incohérences dans le dossier de Billy.

Pendant quelques instants, seul le crépitement des flammes rompit le silence. Quelque chose s'écroula à l'arrière du bâtiment en feu. Emily sursauta, et Spencer lui prit la main.

— J'ai beaucoup suivi Courtney... Ali, rectifia Melissa. Mais ce n'est qu'après mon passage au Sanctuaire que j'ai acquis la certitude de ce qui s'était passé.

Spencer en resta bouche bée. Le dépliant publicitaire qu'elle avait vu dans la chambre de sa sœur. Le rendez-vous avec la thérapeute.

— Alors, c'est pour ça que tu es allée là-bas ?

Un torrent d'étincelles jaillit du toit de la maison. Melissa acquiesça.

— J'ai parlé à Iris, l'ancienne camarade de chambre d'Ali. Elle savait tout – y compris que tu allais loger avec elle, Hanna.

— Oh, mon Dieu, gémit Hanna, dont les épaules s'affaissèrent.

Spencer posa ses paumes sur le sommet de sa tête en un geste consterné. Ses amies et elle étaient passées à côté de tant d'indices ! Ali leur avait tendu un piège diabolique... et elles s'étaient jetées dedans tête baissée. Spencer dévisagea sa sœur.

— Pourquoi ne m'as-tu pas parlé plus tôt de ta visite au Sanctuaire ?

— Je n'y suis allée que ce matin. (De la vapeur blanche sortait de la bouche de Melissa à chaque phrase qu'elle prononçait. La température chutait un peu plus chaque minute.) Après ça, j'ai voulu me rendre au commissariat. Mais quelqu'un m'a sauté dessus dans le parking. Quand je me suis réveillée, j'étais dans le coffre d'une voiture. J'ai reconnu la voix d'Ali.

Hagarde, Spencer regarda s'embraser les balançoires en tek qui se trouvaient derrière la maison. Ali avait dû kidnapper Melissa après être passée chez les Hastings se préparer pour le bal. Spencer n'aurait jamais dû lui dire que sa sœur aînée l'avait mise ne garde contre elle...

Puis une autre pensée traversa l'esprit de la jeune fille.

— Tu as bien dit que tu étais dans le coffre ?

Melissa acquiesça, ôtant une feuille noircie qui s'était prise dans ses cheveux blonds.

— Tu étais avec nous quand on est montées ici, hoqueta Spencer, l'écorce du tronc pressant contre chacune de ses vertèbres.

— Je savais bien que j'avais entendu quelque chose, chuchota Aria.

Un moment, les filles gardèrent le silence, observant le feu d'un air hébété. Les flammes crépitaient et sifflaient. Au loin, un nouveau bruit s'éleva. On aurait dit des sirènes.

Melissa lutta pour se relever en s'aidant du gros arbre.

— Je peux voir la lettre qu'elle vous a écrite ?

Spencer fouilla les poches de son sweat à capuche, mais celles-ci étaient vides. Elle leva les yeux vers Emily.

— C'est toi qui l'as ?

Emily secoua la tête. Aria et Hanna écartèrent les mains en signe d'impuissance. Toutes les têtes se tournèrent vers la maison. Si Spencer l'avait laissée tomber à l'intérieur, la lettre devait être réduite en cendres.

À cet instant, un camion rouge remonta l'allée, précédé par le hurlement de ses sirènes. Trois pompiers en tenue sautèrent à terre et se mirent à dérouler leurs tuyaux vers le bord du lac. Un quatrième homme se précipita vers les filles.

— Vous allez bien ? (Immédiatement, il utilisa sa radio pour appeler une ambulance et la police.) Comment est-ce arrivé ?

Spencer jeta un coup d'œil aux autres.

— Quelqu'un a tenté de nous tuer, répondit-elle.

Puis elle fondit en larmes.

— Spence, dit Emily en lui touchant l'épaule.

— Ça va aller, ajouta Aria sur un ton apaisant.

Hanna serra Spencer dans ses bras, et Melissa fit de même.

Mais la jeune fille ne pouvait pas s'arrêter de pleurer. Pourquoi n'avaient-elles pas soupçonné qu'Ali était la coupable ? Comment avaient-elles pu être aussi aveugles ? À leur décharge, Ali leur avait dit exactement ce qu'elles voulaient entendre. « Vous m'avez manqué. Je suis désolée. Je veux que les choses changent. » Et, à Spencer : « Tu es la sœur que j'ai toujours rêvé d'avoir. » Pas étonnant qu'elle se soit laissée faire. Elles s'étaient toutes fait avoir, et elles avaient failli le payer de leur vie.

Le pompier rangea son talkie-walkie dans sa poche, et les filles se séparèrent.

— Les secours arrivent, dit-il en faisant signe aux rescapées de le suivre.

Tandis qu'ils gravissaient la pente et s'éloignaient de la maison, Spencer enfonça un index dans le bras de sa sœur.

— Il fallait absolument que tu résolves ce mystère avant moi, hein ? la taquina-t-elle en essuyant ses larmes.

Elle pouvait toujours compter sur Melissa pour lui damer le pion, même en des circonstances aussi tragiques.

Melissa rougit.

— Je suis juste contente que tu sois saine et sauve.

— Et réciproquement, répliqua Spencer.

Les filles se retournèrent vers la maison qui continuait à flamber. Les lits, les fauteuils et les commodes passaient à travers le plancher calciné de l'étage et s'écrasaient au rez-de-chaussée en soulevant des gerbes d'étincelles.

Emily scrutait le brasier comme si elle cherchait quelque chose. Spencer lui toucha le bras.

— Ça va ?

Emily se mordit la lèvre inférieure et jeta un coup d'œil au pompier.

— Il restait quelqu'un dans la maison quand elle a explosé. Une... amie à nous. Y a-t-il la moindre chance qu'elle ait...?

L'homme détailla la structure en flammes et gratta son menton mal rasé. Puis il secoua la tête avec gravité.

— Personne n'aurait pu survivre à un incendie pareil. Je suis désolé, les filles. Votre amie est morte.

32

Hanna Marin, réellement fabuleuse

— Et voilà, dit Hanna en posant sur la table du Steam un porte-gobelet en carton contenant quatre cafés fumants. Un cappuccino écrémé, un *latte* normal, et un café au lait de soja.

— Super.

Aria saisit un sachet d'édulcorant, qu'elle déchira de ses ongles vernis en jaune fluo. Elle ne cessait de répéter que c'était *la* couleur à la mode en Europe, mais aucune de ses amies n'avait trouvé le courage d'essayer pour l'instant.

— Il était temps, grommela Spencer en engloutissant d'un coup la moitié de son cappuccino.

Elle révisait pour son examen d'économie depuis le début de la semaine, et venait juste de faire une nuit blanche.

— Merci, Hanna.

Emily rajusta son top plissé Free People. Hanna l'avait enfin convaincue de renoncer à porter des T-shirts de l'équipe de natation sous son blazer de l'Externat.

Hanna s'assit et promena un regard autour de la table.

Les notes de cours et les manuels d'économie de Spencer voisinaient avec l'iPod d'Aria, contenant probablement plein de groupes de yodle scandinave, et l'ABC de chiromancie d'Emily qui promettait d'apprendre à n'importe qui à lire l'avenir dans les lignes de la main. C'était comme au bon vieux temps... mais en mieux.

Un bulletin d'information démarra sur l'écran de la télé plasma fixée contre le mur du fond. Un journaliste bien connu se tenait devant un tas de gravats bien connu lui aussi. Hanna toucha le bras d'Aria.

— La police continue à fouiller les ruines calcinées de la maison qui appartenait autrefois à la famille DiLaurentis. Les experts cherchent les restes de la véritable Alison, cria l'homme blond pour se faire entendre par-dessus le grondement des engins de chantier. Mais selon eux, il faudra des semaines pour établir si la jeune fille est vraiment morte dans les flammes.

Le pompier qui avait parlé à Hanna et aux autres la nuit de l'incendie apparut à l'écran.

— J'étais là quelques minutes après l'explosion, rapporta-t-il. Il est très possible que le corps d'Alison ait été incinéré instantanément.

— Comme d'habitude, la famille DiLaurentis se refuse à tout commentaire, ajouta le journaliste.

Le bulletin d'information s'interrompit, cédant la place à un spot publicitaire pour le All That Jazz – le restaurant à thème comédie musicale du centre commercial King James. Hanna et les autres sirotèrent leur café en silence, observant la pelouse de l'autre côté de la baie vitrée. La neige avait enfin fondu, et deux ou trois jonquilles impatientes pointaient déjà leur nez au pied du drapeau de l'Externat.

Cinq semaines s'étaient écoulées depuis qu'Ali avait failli les tuer. Dès qu'elles étaient rentrées des Poconos, Wilden et le reste du département de police de Rosewood avaient ouvert une enquête officielle sur elle.

Le château de cartes de la jeune fille s'était écroulé ridiculement vite. Les enquêteurs avaient trouvé des copies de messages signés « A » sur un téléphone portable planqué sous la terrasse de la nouvelle maison des DiLaurentis. Ils avaient découvert que quelqu'un avait trafiqué l'ordinateur saisi dans le camion de Billy. Ils avaient analysé les Polaroïd ramassés par Aria dans les bois et déterminé que le reflet dans la vitre était bien celui d'une des jumelles DiLaurentis. Personne ne savait pourquoi Ali avait pris ces photos – sinon, bien sûr, parce qu'elle était obsédée par la vie que sa sœur lui avait volée –, mais elle avait dû les enterrer peu de temps après avoir poussé Courtney dans le trou, afin de se débarrasser de preuves accablantes.

Un moment, il avait été question d'arrêter le reste de la famille pour complicité de meurtre, mais les parents d'Ali et son frère avaient fui la région sans laisser de traces. Hanna but une nouvelle gorgée de café et laissa le liquide brûlant lui envahir la bouche. Soupçonnaient-ils depuis le début qu'une des jumelles avait tué l'autre? Était-ce pour cela qu'ils s'étaient empressés d'amener celle qui restait au Sanctuaire après la disparition de la soi-disant Ali? Ou étaient-ils simplement accablés par la honte et l'horreur de savoir que leur fille si belle et si parfaite avait commis trois crimes barbares?

Pour Hanna et ses amies, les semaines qui avaient suivi l'incendie avaient été très agitées. Des journalistes tambourinaient à leur porte à toute heure du jour et de la nuit. Elles s'étaient rendues à New York pour passer dans l'émission *Today*, et elles avaient fait une séance photo pour *People*. En compagnie de tout le gratin local, elles avaient assisté à un gala sponsorisé par l'Orchestre de Philadelphie afin de récolter des fonds pour l'association de chiens d'aveugles dédiée à la mémoire de Jenna, et pour une bourse établie au nom de Ian Thomas. Mais les choses commençaient à se calmer, et leur vie à redevenir quasi normale.

Hanna essayait de ne pas penser à toute cette histoire, mais c'était presque aussi facile que de passer une journée entière sans compter les calories qu'elle avalait. Depuis des années, elle croyait qu'Ali l'avait choisie parce qu'elle avait vu en elle quelque chose de spécial, une étincelle qui ne demandait qu'à être encouragée pour grandir. En réalité, c'était tout le contraire. Ali avait jeté son dévolu sur Hanna parce qu'elle la trouvait nulle et insipide. La seule chose qui consolait quelque peu la jeune fille, c'était qu'Ali avait fait la même chose à Spencer, Emily et Aria. Et puis, les jumelles DiLaurentis étaient folles toutes les deux – aurait-elle vraiment voulu que l'une d'elles la considère comme digne de devenir son amie ?

Aria renversa la tête en arrière et inclina son gobelet pour recueillir les dernières gouttes de café – tant et si bien qu'Hanna put voir le symbole « papier recyclé » sur le fond.

— Et les déménageurs, ils viennent quand ?

Hanna redressa les épaules.

— Demain.

— Tu dois être super contente, sourit Spencer en rajustant sa queue-de-cheval.

— Tu ne peux pas imaginer à quel point.

C'était l'autre grande nouvelle. Quelques jours après qu'Ali eut tenté de les tuer, Hanna avait reçu un appel pendant qu'elle regardait *Oprah* vautrée dans son lit.

— Je suis à l'aéroport de Philadelphie, avait aboyé sa mère à l'autre bout du fil. J'arrive dans une heure.

— Quoi ? s'était exclamée Hanna, si fort qu'elle avait

réveillé Dot qui dormait dans son panier Burberry. Pourquoi ?

Mme Marin avait demandé à réintégrer son poste à l'agence de Philadelphie.

— Depuis que tu m'as appelée au sujet de ces fausses invitations, je m'inquiète pour toi, avait-elle expliqué. Alors, j'ai parlé à ton père. Pourquoi ne m'as-tu pas dit qu'il t'avait envoyée à l'asile ?

Hanna n'avait pas su quoi répondre – ce n'était pas le genre de choses qu'elle aurait pu mentionner en passant, dans un mail ou au dos d'une carte postale, type : « Bons baisers de Rosewood ! » Et puis, elle avait pensé que sa mère savait. Ne recevait-on pas *People*, à Singapour ?

— C'est une honte ! s'était emportée Mme Marin. Qu'est-ce qui lui a pris ? À mon avis, il n'a même pas réfléchi. Tout ce qui compte pour lui maintenant, c'est cette femme et sa fille.

Hanna avait reniflé.

— Je vais me réinstaller à Rosewood, avait annoncé sa mère. Mais les choses vont devoir changer entre nous. Je ne te laisserai plus la bride sur le cou. Tu ne seras plus livrée à toi-même. Désormais, il y aura des règles à respecter. Un couvre-feu, notamment. Et il faudra que tu me parles, d'accord ? Si jamais quelqu'un essaie de t'interner ou qu'une folle tente de te tuer, tu devras me le dire.

Une boule s'était formée dans la gorge d'Hanna.

— D'accord.

Pour une fois dans sa vie, sa mère avait dit exactement ce qu'elle avait besoin d'entendre.

Après ça, tout s'était enchaîné très vite. Il y avait eu des disputes, des négociations acharnées et pas mal de larmes – de la part de Kate et d'Isabel –, mais Mme Marin s'était montrée intraitable. Elle revenait, Hanna restait, et Tom, Isabel et Kate devaient partir.

La recherche d'une nouvelle maison avait commencé le week-end suivant. Mais apparemment, Kate avait joué les divas et refusé tout ce que l'agent immobilier leur avait fait visiter. Du coup, ils allaient devoir s'installer dans une location du Vieil Hollis – le quartier le plus hippie et le moins bien entretenu de Rosewood – en attendant de trouver quelque chose à acheter.

Un éclair de cheveux blonds attira l'attention d'Hanna vers l'autre bout du café. Naomi, Riley et Kate entrèrent en se pavanant, s'installèrent à l'une des tables près de la porte et adressèrent un rictus à Hanna. « Grosse nulle », articula Naomi en silence. « Garce », ajouta Riley.

Mais Hanna s'en fichait. Plus d'un mois s'était écoulé depuis qu'elle avait perdu son statut de reine des abeilles, et aucune des choses qu'elle redoutait ne s'était produite. Elle n'avait pas repris en une nuit tout le poids qu'elle avait perdu. Son visage ne s'était pas couvert de pustules. Ses dents péniblement redressées à l'aide d'un appareil ne s'étaient pas remises de travers. En fait, ne pas se goinfrer de Cheez-It chaque fois qu'elle craignait qu'une autre fille ne la détrône lui avait permis de perdre encore un kilo.

Son teint était toujours radieux et sa chevelure soyeuse. Les garçons des autres lycées continuaient à la mater au Rive Gauche, et Sasha lui mettait toujours des fringues de côté chez Otter. Hanna commençait à se demander si ce qui la rendait vraiment belle n'était pas quelque chose de beaucoup plus profond que sa popularité. Peut-être était-elle réellement fabuleuse, après tout.

La cloche qui signalait la fin des cours sonna. Les salles de classe se vidèrent dans le couloir. Hanna sentit son estomac se nouer tandis qu'un grand garçon aux cheveux noirs passait devant le Steam et se dirigeait vers l'aile des arts plastiques. Mike. Elle hésita, faisant rouler son gobelet en carton entre ses mains. Puis elle se leva et traversa le café.

— Tu vas voir la psychologue du bahut, Cinglée ? lui lança Kate sur un ton moqueur.

Mike regarda Hanna approcher. Ses cheveux noirs étaient ébouriffés et l'ombre d'un sourire prudent flottait sur ses lèvres. Avant qu'il ne puisse dire un mot, Hanna le rejoignit et l'embrassa sur la bouche. Elle lui passa ses bras autour du cou et sentit Mike l'enlacer. Quelqu'un siffla.

Hanna et Mike se séparèrent, haletants. Mike plongea son regard dans celui de la jeune fille.

— Euh, salut.
— Salut toi-même, chuchota Hanna.

Le jour où elle était rentrée des Poconos, elle avait foncé droit chez les Montgomery et supplié Mike de revenir avec elle. Dieu merci, son petit ami lui avait pardonné de l'avoir plaqué – même s'il n'avait pu s'empêcher d'ajouter : « Ça te coûtera... disons, deux strip-teases. »

Hanna allait l'embrasser de nouveau lorsque le portable du jeune homme sonna dans sa poche.

— Ne bouge pas, dit-il, portant l'appareil à son oreille.

Il n'eut même pas le temps de saluer son correspondant. « D'accord », répéta-t-il deux ou trois fois. Quand il raccrocha, son visage était tout pâle.

— Que se passe-t-il ? demanda Hanna.

Mike jeta un coup d'œil à la table où Aria était toujours assise.

— C'était papa, lança-t-il. Meredith est en train d'accoucher.

33

ARIA MONTGOMERY, REINE DES EXCENTRIQUES

Aria avait supplié ses amies de l'accompagner à la clinique de Rosewood. À présent, Mike et les cinq filles étaient assis dans la salle d'attente de la maternité. Une heure s'était écoulée depuis la dernière fois qu'on leur avait apporté des nouvelles; ils avaient eu le temps de lire toute la pile de *Glamour*, de *Vogue*, de *Car & Driver* et de *Good Housekeeping* et de télécharger une centaine d'applications iPhone.

Byron refusait de quitter le chevet de Meredith. Son numéro de nouveau père impliqué et enthousiaste laissait Aria extrêmement perplexe. Apparemment, à la naissance de ses deux aînés, il s'était évanoui à la vue de la première goutte de sang et avait passé le reste de la soirée aux urgences, une intraveineuse plantée dans le bras pour empêcher sa tension de chuter trop bas.

Aria fixa le tableau accroché au mur d'en face, qui représentait un paysage désertique des plus banals, et poussa un gros soupir.

— Ça va? demanda Emily.

— Oui. À part que je ne sens plus mes fesses, répondit Aria.

Emily la dévisagea avec inquiétude. Mais Aria ne mentait pas. Elle s'était fait à l'idée de sa nouvelle famille recomposée. Le lendemain du jour où Ali avait tenté de les tuer, Ella avait appelé sa fille sur son portable. Elle était en larmes, bouleversée à l'idée qu'Aria ait failli mourir. Aria lui avait avoué pourquoi elle se montrait distante depuis quelque temps – parce qu'elle voulait donner à sa mère une chance d'être heureuse avec Xavier. Quand elle lui avait raconté que ce dernier lui avait fait des avances, Ella avait poussé un cri :

— Le salopard ! Aria, tu aurais dû m'en parler tout de suite !

Elle avait rompu avec Xavier dans la foulée. Depuis, les rapports entre Aria et sa mère étaient redevenus normaux. La jeune fille se partageait désormais entre la maison d'Ella et celle de Byron et Meredith. Sa mère et elle avaient même parlé du bébé à naître. Bien qu'un peu triste, Ella avait déclaré :

— C'est la vie. La plupart des choses ne se passent pas comme prévu.

Aria ne le savait que trop bien. La seule chose qu'elle avait retirée de toute cette expérience avec Ali, c'était la conviction que certaines choses sont bien trop belles pour être vraies.

Y compris Ali elle-même.

Byron poussa la porte de la salle d'attente. Il portait une blouse bleue, un masque en tissu et une sorte de bonnet de douche censés empêcher les germes de se propager.

— C'est une fille, annonça-t-il, le souffle court.

Tout le monde se leva d'un bond.

— On peut la voir ? demanda Aria en enfilant la bandoulière de son sac en peau de yak.

Byron acquiesça et les entraîna dans un couloir désert. Il s'arrêta devant une grande baie vitrée. Meredith était assise dans son lit, le dos calé contre un oreiller. Ses cheveux trempés de sueur lui collaient au front, mais elle était radieuse. Dans ses bras, elle tenait un petit paquet rose.

Aria entra dans la chambre et détailla la minuscule créature. Les yeux du bébé n'étaient que des fentes; son nez avait la taille d'un bouton, et il portait un bonnet rose hideusement conventionnel. *Beurk. Il va falloir que je lui tricote quelque chose de plus cool.*

— Tu veux prendre ta sœur? demanda Meredith.

Ma sœur...

Aria s'approcha d'un pas hésitant. Meredith sourit et lui plaça le bébé dans les bras. Il était tiède et sentait le talc.

— Comme elle est belle..., murmura Aria.

Derrière elle, Hanna poussa un soupir de plaisir tandis que Spencer et Emily roucoulaient. Mike était trop sonné pour réagir.

— Vous allez l'appeler comment? demanda Aria.

— Nous n'avons pas encore décidé. (Meredith avança les lèvres en une moue taquine.) Nous pensions que tu aimerais peut-être nous aider à choisir.

— Vraiment? souffla Aria, touchée.

Meredith acquiesça.

Une infirmière toqua à la porte.

— Et comment allons-nous?

Aria lui tendit le bébé, et elle pressa un stéthoscope sur sa poitrine.

— Il faut qu'on y aille, dit Spencer en étreignant Aria.

Hanna et Emily se joignirent à elles. En 6e et en 5e, elles faisaient toujours ça dans les grandes occasions. Évidemment, elles étaient cinq à s'étreindre à l'époque, mais Aria décida de ne pas s'attarder là-dessus. Elle ne voulait pas gâcher ce moment.

Après que ses amies eurent disparu – Mike était parti main dans la main avec Hanna –, Aria regagna la salle d'attente et s'affala sur le canapé le plus proche de la télé. Pour changer un peu, on répétait aux informations que le corps d'Alison DiLaurentis n'avait toujours pas été retrouvé dans les ruines de la maison des Poconos. Un journaliste interrogeait une femme au visage buriné qui habitait dans le Kansas et avait créé un groupe Facebook affirmant qu'Ali était toujours vivante.

— Vous ne trouvez pas ça étrange de n'avoir pas même retrouvé une de ses dents ou un de ses os dans les décombres ? déclara-t-elle, les yeux écarquillés. Faites-moi confiance : Alison est vivante.

D'un index rageur, Aria appuya sur la télécommande pour changer de chaîne. Cette pauvre folle se trompait. Ali avait péri dans l'incendie, un point c'est tout.

— Aria ? appela quelqu'un.

La jeune fille leva les yeux.

— Oh, dit-elle faiblement. (Elle se leva, le cœur battant la chamade.) S-salut.

Noel Kahn se tenait sur le seuil, vêtu d'un vieux T-shirt noir et d'un jean moulant juste comme il faut. Depuis l'autre côté de la pièce, Aria sentait l'odeur de savon et d'épices qui émanait de sa peau. Ils s'étaient à peine adressé la parole depuis le bal de la Saint-Valentin, et Aria pensait que tout était fini entre eux.

Noel traversa la salle d'attente et s'assit sur l'un des fauteuils inconfortables.

— Mike m'a envoyé un texto pour me prévenir de la naissance de votre sœur. Félicitations.

— Merci, dit Aria.

Ses muscles lui semblaient durs et figés, comme de l'argile juste sortie du four.

Des docteurs en blouse bleue passèrent devant la salle d'attente, leur stéthoscope brinquebalant sur leur poitrine. Noel glissa son doigt dans un trou minuscule au genou droit de son jean.

— Au cas où ça t'intéresserait, je n'ai pas embrassé Courtney. Ali. Cette fille, quoi. C'est elle qui s'est jetée sur moi.

Aria acquiesça, une boule dans la gorge. Dès qu'Ali avait révélé ses motivations, tout était devenu douloureusement clair. Elle voulait à tout prix attirer Aria dans les Poconos, non pour rebâtir leur amitié, mais parce qu'elle avait besoin que toutes ses anciennes amies se trouvent au même endroit pour pouvoir les tuer d'un coup.

— Je sais, répondit Aria en fixant le coffre à jouets qui occupait un coin de la pièce. (Il était rempli de livres d'images cornés, d'affreuses poupées avec des cheveux en laine et de Lego dépareillés.) Je suis vraiment désolée. J'aurais dû te faire confiance.

— Tu m'as manqué, dit Noel tout bas.

Alors, Aria osa lever les yeux vers lui.

— Toi aussi.

Très lentement, Noel se leva et vint s'asseoir près d'elle sur le canapé.

— Tu es la fille la plus belle et la plus intelligente que j'aie jamais rencontrée. Et je le pensais déjà en 5e. Prends-le pour ce que ça vaut.

Aria eut un demi-sourire.

— Menteur.

— Je ne plaisante jamais avec ces choses-là, répliqua Noel, l'air grave.

Puis il se pencha vers elle et l'embrassa.

34

La vie merveilleuse et imparfaite de Spencer Hastings

Andrew Campbell vint chercher Spencer à la maternité avec sa Mini Cooper et la raccompagna chez elle. KYW News diffusait toujours le même bulletin d'information déclarant que la police n'avait pas encore retrouvé de traces du corps d'Ali dans les décombres. Spencer pressa son front contre la vitre et ferma les yeux.

Andrew s'arrêta devant la maison des Hastings et se mit au point mort.

— Ça va ?

— Laisse-moi une minute, marmonna Spencer.

Au premier abord, la rue où elle habitait était un endroit de rêve avec ses demeures majestueuses, ses jardins impeccablement délimités et entretenus, ses allées pavées d'ardoise ou de brique. Mais si on y regardait de plus près, des imperfections ne tardaient pas à apparaître. Une pancarte À VENDRE était plantée au milieu de la pelouse des Cavanaugh, et aucune lumière ne brillait plus aux fenêtres de leur maison depuis la mort de Jenna. Le chêne dont la fourche avait jadis abrité la cabane de Toby n'était plus qu'une souche morte. La tranchée au fond de laquelle on avait découvert le corps de Jenna avait été rebouchée avec de la terre noire. Sur le trottoir, l'autel dédié à la mémoire de la jeune fille s'était étendu jusqu'à déborder devant la maison des voisins.

En revanche, celui qui lui faisait face quelques semaines plus tôt avait été démantelé. Spencer ignorait ce qu'étaient devenues toutes les photos, les bougies et les animaux en peluche – ils avaient disparu du jour au lendemain. Plus personne ne chérissait le souvenir d'Alison DiLaurentis. Elle avait cessé d'être la petite princesse de Rosewood.

Spencer détailla la grande bâtisse victorienne au coin de l'impasse. « Tu t'appelles Spencer, c'est bien ça ? » lui avait demandé « Ali » le jour où elle s'était introduite dans le jardin des DiLaurentis pour lui voler son morceau de drapeau de la Capsule temporelle. Sur le coup, Spencer avait pensé que l'adolescente faisait semblant de ne pas se souvenir d'elle, mais… en réalité, elle la rencontrait bel et bien pour la première fois. Elle devait tout apprendre de la vie de sa jumelle, et vite.

De là où elle se trouvait, Spencer voyait également la grange en ruine au fond de la propriété familiale, détruite par l'incendie allumé par Ali. « J'ai essayé de vous brûler. J'ai essayé de vous faire devenir folles. J'ai essayé de vous envoyer en prison. » La nuit de leur soirée pyjama, la seule Ali que Spencer ait jamais connue avait quitté la grange en trombe après leur dispute, probablement pour retrouver Ian. Mais la véritable Ali, celle dont on avait volé la vie parfaite, l'attendait dehors.

« J'ai vu deux blondes dans les bois », avait dit Ian à Spencer le soir où il avait enfreint son assignation à résidence pour venir parler à la jeune fille. Spencer aussi les avait vues. Elle avait d'abord pensé que la deuxième personne était Ian, voire Jason ou Billy... mais au final, il s'agissait bien de deux filles – de deux jumelles.

La véritable Ali savait à quel moment le trou au fond du jardin des DiLaurentis devait être rempli de ciment : ses parents avaient dû en parler devant elle quand ils étaient allés la chercher à l'hôpital ce week-end-là. Elle connaissait aussi la profondeur de la tranchée, et la force avec laquelle elle devrait pousser sa sœur dedans pour la tuer. Elle pensait sans doute qu'une fois son forfait accompli, elle n'aurait qu'à rentrer chez elle et reprendre le cours de sa vie. Mais tout ne s'était pas passé comme prévu.

Dans ses cauchemars, Spencer revivait encore ces minutes affreuses avant que la maison des Poconos ne parte en flammes. Ali et Emily étaient en train de s'affronter près de la porte quand soudain, une boule de feu blanc avait explosé... et Ali avait disparu. Le souffle de l'explosion l'avait-il projetée dans une autre pièce ? Les filles avaient-elles, sans s'en rendre compte, enjambé son corps en essayant de s'échapper ?

Spencer avait vu à la télévision quelques fêlés persuadés qu'Ali était toujours vivante.

— C'est d'une logique imparable, avait affirmé, la semaine précédente au micro de Larry King, un homme coiffé comme s'il avait mis les doigts dans une prise électrique. Les parents DiLaurentis se sont volatilisés. De toute évidence, ils ont rejoint leur fille et se cachent avec elle à l'étranger.

Mais Spencer n'y croyait pas. Ali avait disparu dans l'incendie avec le corps de Ian et sa lettre terrifiante. *Finito. The end.*

Spencer reporta son attention sur Andrew et poussa un gros soupir.

— C'est tellement triste. (D'un geste vague, elle désigna sa rue.) Avant, j'adorais vivre ici. Je trouvais que c'était un endroit parfait. Maintenant... j'y ai trop de mauvais souvenirs.

— Dans ce cas, nous devrons en fabriquer plein de bons pour prendre les remplacer, déclara fermement Andrew.

Mais Spencer n'était pas du tout certaine que ce soit possible.

Quelqu'un toqua à la vitre, et la jeune fille sursauta. Melissa était penchée vers la fenêtre côté passager.

— Salut, Spence. Tu peux rentrer ?

Son expression disait qu'il s'était passé quelque chose, et l'inquiétude tordit le ventre de Spencer. Andrew se pencha pour embrasser sa petite amie sur le front.

— Appelle-moi plus tard.

Spencer descendit de voiture et suivit Melissa à travers la pelouse, admirant le pull en cachemire rouge à col en V et le jean skinny noir que portait sa sœur. Elle l'avait aidée à les choisir chez Otter la semaine précédente. Incroyable mais vrai : quand Spencer lui avait dit qu'elle s'habillait comme un clone de leur mère, Melissa l'avait écoutée.

C'était l'une des rares choses positives qui soient ressorties de toute cette affaire. Spencer et Melissa s'entendaient bien à présent. Elles ne se sentaient plus en compétition, et ne cherchaient plus à se discréditer mutuellement. Survivre à l'incendie – et à la tentative de meurtre préméditée par leur demi-sœur – leur avait remis de l'ordre dans les idées. Quant à savoir si cette entente cordiale durerait...

Une bonne odeur de sauce tomate et d'ail planait dans la maison. Pour la première fois depuis deux mois, le salon était impeccablement rangé, le plancher ciré, et tous les tableaux du couloir semblaient accrochés bien droit. En passant devant la salle à manger, Spencer vit que le couvert était mis. Du Perrier pétillait dans les verres à eau, et une bouteille de vin s'aérait dans un seau en cristal sur le chariot de bar roulant.

— Que se passe-t-il ? murmura Spencer, inquiète.

Elle doutait fort que sa mère ait invité des gens à dîner.

— Spence ?

M. Hastings apparut sur le seuil de la cuisine, vêtu d'un costume de travail gris. Spencer ne l'avait presque pas vu depuis le soir où elle avait révélé sa liaison avec Jessica DiLaurentis. Plus étonnant encore, Mme Hastings apparut derrière lui, un sourire las mais satisfait aux lèvres.

— Le dîner est prêt, pépia-t-elle en ôtant une manique de sa main droite.

— D-d'accord, balbutia Spencer.

Elle entra dans la salle à manger en continuant à dévisager ses parents par-dessus son épaule. Comptaient-ils sérieusement faire comme s'il ne s'était rien passé ? Pouvaient-ils vraiment tirer un trait sur cette histoire ? Et souhaitait-elle au fond qu'ils le fassent ?

M. Hastings servit un doigt de vin à Spencer et remplit le verre de Melissa. Mme Hastings et lui s'affairèrent pour apporter des bols, des cuillères et une corbeille de pain à l'ail. Spencer et Melissa échangèrent un coup d'œil perplexe. D'habitude, M. Hastings restait assis comme un roi pendant que sa femme se démenait pour faire le service.

Tout le monde s'assit : M. et Mme Hastings chacun à un bout de la table, Spencer et Melissa face à face sur les côtés. Un silence gêné régnait dans la pièce. Un peu de vapeur s'élevait du plat de pâtes à la *puttanesca*. L'odeur du vin et de l'ail chatouillait agréablement les narines de Spencer, mais les quatre membres de la famille s'entre-regardaient comme des étrangers forcés de s'asseoir les uns près des autres dans un avion.

Finalement, M. Hastings se racla la gorge.

— Qui veut jouer à la Star du jour?

Spencer en resta bouche bée, et Melissa aussi. Mme Hastings eut un petit rire fatigué.

— Il plaisante, les filles.

M. Hastings posa ses paumes sur la table.

— Nous aurions dû avoir cette conversation depuis longtemps. (Il marqua une pause pour siroter une gorgée de vin.) Je tiens à vous dire que je n'ai jamais voulu vous faire de mal. À aucune de vous trois. Mais c'est arrivé quand même. Rien ne pourra effacer ça, et je ne vous demande pas de me pardonner. Je veux juste que vous sachiez que, quoi qu'il arrive, je serai là pour vous. Les choses ont changé, et elles ne redeviendront jamais comme avant. Chaque jour, je regrette davantage ma conduite. Je suis torturé par la culpabilité, et horrifié qu'une personne qui nous était liée par le sang ait pu faire quelque chose d'aussi horrible à mes deux filles. S'il vous était arrivé quelque chose, je ne m'en serais jamais remis.

Il eut un petit reniflement.

Spencer avait posé un doigt sur le bout de sa fourchette; elle appuyait sur les dents de celle-ci pour soulever le manche de la table et le reposer tour à tour. Ça la mettait toujours mal à l'aise quand son père devenait sentimental... et c'était la toute première fois qu'il admettait, fût-ce à mots couverts, être le vrai père d'Ali. Spencer voulait lui dire que tout allait bien, qu'elle tournait la page et qu'il ne fallait plus penser à tout ça. Mais ç'aurait été un mensonge.

— Et maintenant, qu'est-ce que vous allez faire? demanda Melissa d'une petite voix, en triturant la serviette en tissu posée près de son assiette.

Mme Hastings but une minuscule gorgée d'eau pétillante.

— Essayer de comprendre ce qui s'est passé et comment nous avons pu en arriver là.

— Vous allez vous remettre ensemble? lâcha Spencer.

— Pour l'instant, non. Votre père loue une maison de ville plus près de Philadelphie. Mais nous verrons comment évoluent les choses.

— Un pas après l'autre, renchérit M. Hastings. Ce qui est sûr, c'est que nous voulons nous réunir ici pour dîner au moins une fois par semaine. Pour discuter et passer du temps avec vous. Donc... voilà.

Il tendit la main, attrapa un morceau de pain à l'ail dans la corbeille et mordit dedans avec un *crunch* sonore.

Ainsi se déroula le repas. Ils ne cherchèrent pas à déterminer qui était la Star du jour, ne se vantèrent pas de leurs accomplissements respectifs, ne se lancèrent pas d'insultes subtiles déguisées en compliments. Tout à coup, Spencer comprit ce qui se passait. Ils se conduisaient comme une famille normale.

La jeune fille enroula des spaghettis autour de sa fourchette et les enfourna bruyamment dans sa bouche. D'accord, ce n'était peut-être pas la famille dont elle avait toujours rêvé. D'ailleurs, ses parents ne se remettraient peut-être jamais ensemble; son père resterait dans sa maison de location ou en achèterait une à Philadelphie. Mais s'ils pouvaient enfin parler – dialoguer et s'intéresser sincèrement les uns aux autres –, ce serait quand même une amélioration.

Tandis que Mme Hastings apportait des pots de Ben & Jerry's et quatre cuillères à dessert, Melissa poussa le pied de Spencer sous la table.

— Tu veux venir passer le week-end chez moi? chuchota-t-elle. Des tas de boîtes et de restos géniaux ont ouvert ces derniers mois à Philadelphie.

— Vraiment? demanda Spencer, étonnée.

Melissa ne l'avait encore jamais invitée chez elle. Mais sa sœur acquiesça.

— Oui. Il y a une chambre d'amis pour toi. Et je te laisserai même réorganiser ma bibliothèque si tu veux. (Elle fit un clin d'œil à Spencer.) Tu pourrais peut-être ranger les livres par couleur et par taille plutôt que par ordre alphabétique.

— Marché conclu, gloussa Spencer.

Deux taches rose vif apparurent sur les joues de Melissa, elle semblait ravie. Une douce chaleur se répandit dans le ventre de Spencer. Quelques semaines plus tôt, elle avait deux sœurs ; aujourd'hui, il ne lui en restait plus qu'une. Mais Melissa était peut-être la seule sœur dont elle avait besoin. Elle pouvait peut-être être la sœur que Spencer avait toujours voulue… et réciproquement. Tout ce qu'elles devaient faire, c'était se laisser une chance.

35

$\mathcal{E}$MILY FIELDS ENTERRE LE PASSÉ

Au lieu de rentrer directement chez elle en sortant de la maternité, Emily tourna en direction de Goshen Road. C'était une route de campagne pittoresque qui passait entre les collines ; sur les bords, on pouvait apercevoir des fermes laitières en enfilade, un mur de pierre effrité datant de la Guerre d'Indépendance et un manoir immense doté de trois garages et d'un héliport privé.

Emily finit par atteindre le portail en fer forgé du cimetière Saint-Basil. Le crépuscule tombait rapidement, mais le portail était encore ouvert, et il restait deux voitures dans le parking. La jeune fille se gara près d'une Jeep Liberty et coupa le moteur. Elle resta assise un moment dans sa Volvo, prenant de grandes inspirations pour se donner du courage. Puis elle fouilla dans la boîte à gants et en sortit le sac plastique qu'elle y avait rangé.

Ses Vans s'enfoncèrent dans l'herbe molle et humide tandis qu'elle marchait entre les tombes dont beaucoup étaient ornées de fleurs fraîches et d'un drapeau américain. Celle qu'Emily cherchait était coquettement logée entre deux pins. « Alison Lauren DiLaurentis », disait l'inscription. C'était surprenant qu'elle soit toujours là alors que la famille de la défunte avait quitté Rosewood à jamais.

Et que la défunte n'était pas Ali, mais Courtney.

Du pouce, Emily suivit le tracé du A sur la pierre tombale. Elle s'était enorgueillie de connaître Ali intimement, beaucoup mieux que toutes les autres. Pourtant, à aucun moment elle ne s'était doutée que l'Ali qu'elle embrassait n'était pas celle qu'elle avait connue quatre ans plus tôt. Elle était trop aveuglée par l'amour. Aujourd'hui encore, une partie d'elle avait du mal à admettre ce qui s'était passé. À croire que la fille qui leur était revenue lui était inconnue – et que l'Ali qu'elle avait connue était une autre personne.

Emily s'agenouilla près de la tombe et plongea sa main dans le sac en plastique. Le cuir vernis du porte-monnaie rose couina entre ses doigts. Elle y avait fourré autant de photos et de petits mots envoyés par Ali que possible, au point que la fermeture Éclair semblait sur le point de craquer. Avec un soupir, elle caressa les arabesques du E majuscule sur le devant. Ali lui avait offert ce porte-monnaie un jour après leur cours de français, en 6e.

— *Pour toi, de la part de moi*[1], avait-elle déclaré.

— En quel honneur ? avait demandé Emily.

— Rien de spécial. (Ali lui avait donné un coup de hanche.) Sinon que j'espère qu'Emily Fields sera ma meilleure amie pour toujours.

Emily entendait presque la voix de l'adolescente siffler dans le vent. Elle se mit à creuser près de la tombe. Très vite, elle eut de la terre sous les ongles et plein les paumes, mais elle continua jusqu'à ce qu'elle ait fait un trou d'au moins trente centimètres de profondeur. Alors, elle prit

---

1. En français dans le texte.

une grande inspiration et y laissa tomber le porte-monnaie. Avec un peu de chance, il resterait enfoui cette fois. Sa place était là – et celle des photos et des petits mots aussi.

C'était la Capsule temporelle personnelle d'Emily, quelque chose qui symboliserait à jamais son amitié avec Ali, la vraie. Le panneau au-dessus de son bureau était bien vide désormais, mais elle n'aurait qu'à le remplir de nouveaux souvenirs. Ceux-là, espérait-elle, incluraient Aria, Spencer et Hanna.

— Au revoir, Ali, dit-elle doucement.

Les feuilles bruissèrent. Une voiture passa dans la rue en contrebas, la lumière de ses phares rebondissant à chaque tronc d'arbre.

Alors qu'Emily allait partir, elle entendit un autre bruit. Elle se figea. On aurait dit... un ricanement.

Elle balaya les arbres du regard, mais personne ne se tenait parmi eux. Elle scruta les pierres tombales, mais nulle ombre ne se déplaçait entre elles. Elle leva même les yeux vers le ciel, comme si elle cherchait un visage en forme de cœur et une chevelure blonde parmi les nuages qui s'assombrissaient.

Elle songea au site Internet sur lequel elle était tombée quelques jours plus tôt, une collection de tweets anonymes de gens qui juraient avoir rencontré Alison DiLaurentis. « Je viens de la voir entrer chez J. Crew à Phoenix, dans l'Arizona », affirmait quelqu'un. « Je suis sûr de l'avoir croisée au Starbucks de Boulder », déclarait quelqu'un d'autre. Il y avait déjà une cinquantaine de messages semblables, et de nouveaux venaient chaque jour s'ajouter à la liste.

— Qui est là ? chuchota Emily.

Cinq longues secondes s'écoulèrent sans qu'elle reçoive de réponse.

Emily laissa échapper une expiration tremblante. Rassemblant son courage, elle redescendit la colline en direction de sa voiture. Ça lui apprendrait à traîner dans les cimetières la nuit. L'obscurité rend effrayants les ombres les plus innocentes et les bruits les plus anodins. Ce qu'elle avait entendu n'était sans doute que le vent.

Ou pas.

Ceux qui oublient le passé

Imaginez que c'est votre année de terminale. Vous êtes assise en classe, pas franchement ravie d'entamer une nouvelle journée de cours. Votre autobronzant en spray vous donne une mine radieuse, et vous portez votre sweat à capuche Juicy Couture tout neuf – oui, Juicy Couture est revenu à la mode ! Vous rêvassez au garçon qui vous fait craquer, celui qui sert de caddy à votre père au country club. Vous êtes en train de vous vernir les ongles en Jade de Chanel et d'attendre que le prof se remette à ânonner des trucs assommants.

Soudain, une nouvelle entre dans la salle. Elle est jolie – bien plus que vous – et sans savoir pourquoi, vous ne pouvez pas détacher votre regard d'elle. Vous pensez : *Mmmh, peut-être qu'elle aime le vernis à ongles vert, elle aussi.* Vous êtes sûre que le caddy de votre père lui plairait. Et que s'il avait le choix entre vous deux, c'est avec elle qu'il sortirait.

Son regard balaye les rangées de pupitres et s'arrête sur vous. Comme si elle pouvait voir à l'intérieur de votre tête et de votre cœur, ou qu'elle connaissait vos secrets les plus noirs et vos désirs les plus profonds. Vous vous sentez violée et vous frissonnez. Mais sans vous expliquer pourquoi, vous avez envie de tout lui dire. Vous voulez la conquérir

– qu'elle devienne votre amie et qu'elle vous préfère à toutes les autres filles.

Le prof apostrophe l'ensemble de la classe.

— Je vous présente Laura de Saint-Lions, dit-il en touchant le bras de la nouvelle.

Ou Sara Dillon Tunisi.

Ou Lanie Lisia Dunstor.

Ou Daniella Struision.

Et là, votre cerveau cale. Tous ces noms ont quelque chose de familier, mais quoi ? Ils sont comme la version remixée d'un refrain connu, ou l'anagramme d'une expression très répandue. Et le visage de cette fille vous dit quelque chose. Vous avez déjà vu ces yeux qui pétillent, ce sourire taquin et légèrement moqueur. Brusquement, vous pensez à la photo qui ornait le côté des briques de lait il y a quelques mois – celle de la fille disparue dont les médias avaient tant parlé... *Se pourrait-il que... ?*

Vous secouez la tête. *Non*. Vous divaguez. Vous faites signe à la nouvelle, qui agite la main en retour. Soudain, vous avez le pressentiment qu'elle va vous choisir pour être sa meilleure amie. Que toute votre vie va s'en trouver bouleversée.

Et vous avez raison.

Cet ouvrage a été imprimé en France par

à Saint-Amand-Montrond (Cher)
en juin 2011

FLEUVE NOIR
12, avenue d'Italie
75627 Paris Cedex 13

N° d'impression : 111824/1
Dépôt légal : décembre 2010
Suite du premier tirage : juin 2011
R 08857/02